此心安处是吾乡

胡新天◎著

海天出版社
HAITIAN PUBLISHING HOUSE
·深圳·

图书在版编目（CIP）数据

此心安处是吾乡／胡新天著． －深圳：海天出版社，2022.1
ISBN 978-7-5507-3277-3

Ⅰ．①此… Ⅱ．①胡… Ⅲ．①散文集－中国－当代
Ⅳ．① I267

中国版本图书馆 CIP 数据核字（2021）第 182738 号

此心安处是吾乡
CIXINANCHU SHIWUXIANG

出 品 人　聂雄前
责任编辑　杨　可　陈邢准
责任技编　陈洁霞
责任校对　李　春
内文插图　王荟姝
装帧设计　思成致远

出版发行　海天出版社
地　　址　深圳市彩田南路海天综合大厦（518033）
网　　址　www.htph.com.cn
服务电话　0755-83460239（邮购、团购）
排版制作　深圳市思成致远创意文化有限公司　TEL：0755-82537697
印　　刷　深圳市希望印务有限公司　TEL：0755-89502914
开　　本　787mm×1092mm　1/16
印　　张　16
字　　数　200 千
版　　次　2022 年 1 月第 1 版
印　　次　2022 年 1 月第 1 次
定　　价　38.00 元

回望来时路，我觉得人生的经历倒是与陶罐有几分相似：大家都是由家乡泥土做成的坯子，挂上一层釉料后就离开了，然后经过社会上不同炉子、不同火候的烧制，还有不同环境的浸润，才成就了陶罐不变的质地、多变的釉彩和丰富的沁色。

原乡情结，当代人的"深式乡愁"

——读胡新天散文集《此心安处是吾乡》

在往返深圳和北京的班机上，摊开胡新天先生的散文集打印稿《此心安处是吾乡》，我的心竟完全沉醉于作者描绘的意境之中了。机舱里交谈声、视频播放声不绝于耳，却丝毫没有影响我的阅读兴致，甚至空姐连叫了我几声"先生，你喝点什么？"我都没有听到，是旁边的一位小伙子摇了我一下，我才从沉醉中抬起头来，向美丽的空姐报以歉意的一笑。

的确，在万米高空上，我的心已随新天先生优美的文笔，飞向那我一直向往却无缘一见的美丽的桃花江。

牧歌，诗意的乡村画卷

新天先生描写的生活情境，既让我感到熟悉，又让我觉得新鲜。

书中有我熟悉的风土，熟悉的人情，熟悉的语言，熟悉的文化。虽然我没有到过桃江，但书中提到的"马迹塘""邓石桥"这些地名，我却也是耳熟能详。以"爹爹"称呼爷爷，以"翁妈"称呼奶奶，赞美漂亮的女孩为"乖"，这正是我家乡的方言，听起来是那样亲切。燦直竹条制钓竿，剪断高粱做鱼漂，在水田里捉黄鳝，在草垛里面找王八，在水草边上钓柴鱼，在水塘里扳鱼罾，在水沟里装鱼篓，用苍耳子粘女同学的头发，在大片的紫云英里打滚，在芦苇丛中驾驶老旧的小船，这就是我儿时常玩的游戏呀；夏夜乘凉，一边用烟熏蚊虫，一边听大人们给我们对句、猜谜、讲古，这正是我童年的乡村夜课呀。还有那熟悉的碾坊、榨油坊、灰屋子，家中那堪比龙椅的坐桶，那耕田用的犁耙、禾滚，灌溉用的脚踏水车，以及踩起来轰隆隆的脚踏式打稻机，这都是我一一触摸过的东西。而那串串的熏鱼腊肉，高级零食"雪枣"，那待客的姜盐芝麻茶、红枣煮鸡蛋，还有传说中的海参席、蛏干席，以及那一排排的腌菜瓦坛和神秘的保鲜陶罐，现在想来都流口水。

新天先生的笔将我带回了那令人回味无穷的童年生活场景。

而新天先生的描写，又让我产生了新鲜之感。

这里有我的家乡所没有的茶园、板栗树，有不熄火的神秘火坛，有各种各样的石桥、青石板路，有漫山遍野的竹子。

这里尤其有我不曾见过的桃花江的美。在我的童年，桃花江，那是一个神仙住所。桃花江，清清流水，夹岸桃花，这名字，想想都美；尤其更有那"桃花江上美人窝"的传说，童年的我，曾痴痴神往。

新天先生书中描写的，是全国闻名的茶乡，全国闻名的竹乡，全国闻名的美女之乡。尤其他的家乡琅琊村，更是一个美的所在。将新天先生书中描写的各种意象组合在一起，会在你的脑海中展现这么一幅近乎《富春山居图》的画卷：象征富贵的楠木山，屈子行吟的天问台，竹海里，茶山下，清溪边，芦苇丛，漫野的紫云英、油菜花，此时，你撑着竹排、木筏，或者荡一叶旧舟，又或者你走过石桥，行吟在青石板路上，映入眼帘的，是青砖、黑瓦的老屋和水灵灵的女孩儿。这是怎样一个美的所在？这便是胡新天的故乡。

还是新天先生的描绘更能将我们带入画境：

楠木山分出两条支脉，并列延伸六七里，像伸出双臂拥抱着一条狭长的山间平地，这就是琅琊村。俗话说山清则水秀，两条山脉之间果然就孕育了一条清清亮亮的小河—琅琊溪。琅琊溪从山间平地中间穿流而过，河边有一条青石板路相伴延伸。

从小河向两边山坡，是一块块稻田逐级升高，呈梯状。两边山坡与稻田之间，各有一条泥土小路，形成了两列青山、一条小河、三条乡间小道同向延伸的格局。站在河边石板路上，不论是朝小河上游还是下游看，能看见的都是山间稻田两三里、坡脚农舍六七家的景象。

——《琅琊深秀》

小河将田野分成左右两片，像对襟大褂。早春时节，田野里满是浅紫罗兰色的紫云英和金黄色的油菜花，随后田野就会反复交替呈现禾苗的翠绿或稻谷的金黄。而石桥，不论寒来暑往，它就是乡村胸前一颗青色的纽扣。

——《故乡那一座石桥》

站在溪边大路上一望，房前的竹林像屏风，屋后的竹林像帷幕，家就在前后翠竹之间露出黑瓦屋顶，升起袅袅炊烟。

——《青青竹影数十载》

这里不仅有美景，还有美食：泥鳅、黄鳝、武潭鱼，乌龟、甲鱼、石斑蛙，吊锅"三鲜"、灰中"三煨"、梁上"三腊"，红枣煮鸡蛋、姜盐芝麻茶、桃江擂茶，剁辣椒、白辣椒、辣萝卜、酸萝卜、酸黄瓜、酸豆角、辣刀豆、湿咸菜、干茄子、干鱼块等别具风味的各色腌菜、泡菜。

而更美的则是生活在这片天地中的人物。

在这里，活跃着这么一群人，他们以仁心仁术、造福一方的"医生外公"为中心，有乐善好施、干儿女一大群的"舅舅""舅妈"。

看看作者仁心仁术的"外公"：

每次有人来看病，外公总是先让病人坐下来喝碗茶。天寒时节，他会让病人坐到火塘边，然后将自己的手搓热了才给病人把脉。如果有年长或行动不便的病人来看病，外公常常会让我去镇上代为买药……外公和病人就像亲人一样，连我这个跑腿买药的孩子也被乡亲们喜爱和看重。

——《永不消失的老街》

看看作者乐善好施的"舅妈"：

村里其他孩子嫌弃桃花的家人，又怕被传染上癞痢头，所以基本都不和桃花玩耍。舅舅、舅妈不仅没有这样的想法，还经常接济桃花一家。有一个清冷的早上，白霜满地，一开门就看到桃花缩在我家屋檐下，小手冻得红肿，开裂渗血，捧个冰冷的蓝花瓷碗，低着头，怯生生不出声，舅妈见了就知道她家又揭不开锅了。于是，拿过她的碗，给盛上堆尖的一碗米……看着桃花离去的身影，舅妈说："新伢子，你要好好待桃花。"

——《桃花依旧笑春风》

就是这个舅妈，她未曾生育，却认了好多"干儿女"，她"埋头在自家天地里按照内心节奏和质朴旋律舞蹈"，"赢得了土地菩萨的名声"。

而"外公""舅舅""舅妈"一家，关系却很"特殊"，舅舅、舅妈不是原配，却相敬如宾；"和舅舅、舅妈一起生活的'医生外公'也不是亲外公，'医生外公'先后收养了舅舅和妈妈，于是外公、舅舅和妈妈才成为了一家人"。多好的一家人。

这里还有善良的"店主妈妈""桃花妈妈"，勤劳却苦命的"麻子妈妈"，神秘而威严的"胡须爹爹"，乐观开朗的"驼子翁妈"，没有血债、做过好事的"符十爹"，屡立战功、参与核研究、热心家乡教育的"晋二爹"，更有"表哥""表姐""表弟"和让作者牵挂的"桃花姑娘"。

他们的心肺好像被桃花江水淘洗过，是那样地纯净、善良，充满着人情、人性之美。

美的生态与美的人情，更是孕育了作者多情的美感，在作者的笔下，这两者是如此地水乳交融。请看看作者描写他外公种的桂树下的情景：

后来，又听说了一种雅趣：在树下铺上白布，点一盏油灯，静静坐着，当灯的青烟慢慢升上去的时候，就能看到听到桂花纷纷落下。不过我所经历的是舅妈在树下铺好竹篾垫子，让我和哥哥轻摇树枝，她收集落下的桂花，制桂花糖、泡桂花酒，当礼物送给亲友……舅舅则喜欢收集桂籽，播种到大树周边，等小桂树长到一米高左右的时候，也送给亲友们。

桂树下是村民干农活休息时常来的地方，生产队长站在树下，拉着长调吼上一声"哦—呵……"，村民们自然就从附近各丘稻田里走上来，聚集到桂树下，此时舅妈则会端来茶水。路过这里的乡亲也喜欢在树下小憩……经常待在门前两棵树下的，还有队里的耕牛……

——《幸福就在门前大树下》

读胡新天的散文，难免想起沈从文笔下的湘西凤凰。胡新天这里，是湘中的桃花江。无论沈从文的湘西凤凰，还是胡新天的湘中桃花江，都是一首田园牧歌。

乡愁，适中的审美距离

读着新天先生的散文，感受作者家乡的美好，忽然觉得，作者笔下的故乡，怎么那么美？

掩卷沉思，觉得这种美，固然来自美丽的桃花江，也来自作者那灵动的文笔。是桃花江的美使作者的文笔有了依托，而作者优美的文笔又使桃花江的美更增了灵动。

这种美，也许更来自作者敏锐的观察。作者是地理学科背景，自修过书画，又喜好摄影，练就了一双精于观察的慧眼。他的父母都是文史专家，他自然禀受了他们的文化气息。

这种美，也许更来自作者那对于善与美的敏感多情的心。以"外公""舅妈"为代表的一众善良的亲人的熏陶，楠木山下自然秀美风光的陶冶，明净桃花江水的濯洗，让作者有了对美的敏感、对善的敏锐。在我看来，只有主体真善美的心灵，才能与客体的真善美产生共鸣。

但是，这一切仍然不足以解释作者的笔下何以那么美好，以至于几乎纤尘不染。而最可能的解释就是，作者笔下桃花江的美，是因为浸润了作者浓浓的乡愁。作者当年也没有觉得那儿是多么美好，就像作者自己所说，"其实，童年时我并不懂得欣赏竹林的秀美"。而今，借着乡愁重新打量，借着乡愁重新发现，于是，家乡的一切，有了距离，有了选择，有了回味，有了逝去，有了珍惜，因为时光不再，原来一切的过往，竟是那么美好。

也许，这也正是新天先生的散文如此打动我的深层原因。因为我和他一样，都是来自湖湘的"深漂"，都是一枚"乡愁客"。其实，千千万万的深圳人，我们都是侨居者，我们都是乡愁客。深圳这座现代化大都市，固然有它的神奇美丽，为我们所热爱，但是，作为侨居者，却也往往都会发现这个城市与我们原乡的差异，我们又都在怀念着原乡的美。

审美是要距离的，这距离，与其说是空间的距离，不如说是情感的距离。什么是最适当的审美的情感距离？在新天先生的散文里，乡愁就是一条浅浅的河，乡愁就是那一尘不染的桃花江，它洗净了辛酸，洗净了不快，洗净了恩怨，给了我们一片美好。

原乡，当代人的"深式"乡愁

正是新天先生的散文，引发了我对乡愁的另一番思考。

安土重迁，家国情怀，是中国文化的特色，乡愁自然是中国人的一种根深蒂固的情感，所谓"此夜曲中闻折柳，何人不起故园情"？

然而传统的中式乡愁，都是空间概念，都是一种"异域乡愁"。中国古代，交通不便利，文人多侨居，或他乡仕宦，或天涯孤旅，或萍飘蓬转，或漂泊异国。即使当代著名的乡愁诗人余光中，其乡愁也是"异域"的。

但是，深圳人的乡愁，却并不相同。当代深圳人，虽然多是侨居者，却似乎并没有太多的漂泊之感。一方面，深圳这座城市，极富包容性，它让每一个外来者都有了主人翁的感觉。另一方面更在于，在今天这样一个交通极为便利的时代，从深圳到全国的任何角落，几乎都可以朝发夕至，甚至朝发午至，即使远在欧美，也不过昼夜之间，所以有不少人甚至过起了双城生活。在空间上，我们似乎可以随时往返于家乡与侨居之地。再加上随时可以视频通信，侨居的深圳人，还有多少传统的"异域乡愁"呢？

古人的那种异域的空间的乡愁，在今天，难以引起太多的共鸣了。

可是，胡新天的散文，让我看到了当代深圳人，也是当代人的更深层次的乡愁，这种乡愁，是一种时间的乡愁，是一种文化的乡愁。

在新天先生这里，并不是我们离开了家乡，而是故乡在离我们远去，我们不断往返于深圳与家乡之间，却发现故乡的原味在渐渐消逝。新天先生怀念的不是那地理概念的桃花江，而是他记忆中的那一份美好。从地理的角度说，他随时可以回到他的家乡琅琊村，可是从另一层面说，他永远也回不到他心灵中的琅琊村，回不到他的故乡，回不到他的原乡。

胡新天先生具有的是一种"原乡情结"。这种"原乡情结"，是对那一种真，那一种善，那一种真善美的集合体的怀念，是一种文化的眷恋。所以，他写故乡，是将故乡放在湖湘文化的背景中来写的，放在贾谊、杜甫、朱熹、张栻、曾国藩、左宗棠、毛泽东、蔡和森的大历史背景中来写的；也正是在他的乡愁文集中，却有"客而家焉""临海观潮"这样描写南粤生活的栏目，写他对于保存客家文化的愿望，写他对于"杨美，明年你还在吗"的担忧。在他看来，文化似乎在离我们远去，文化似乎也在漂泊，而我们的心自然也在漂泊。

在空间上，今天的我们似乎可以随时往返于家乡与侨居之地。但是回去之后呢？却又发现眼前的家乡并非我们心中的"原乡"。

所以，胡新天的乡愁，已经不再是地域的乡愁，而是一种历史的乡愁，文化的乡愁，甚至是精神的乡愁。胡新天的散文既非那种宏论式的文化大散文，也非那种呻吟式的抒情小散文，而是一种渗透乡愁的真实的叙事，是一种有着真实的纵深感的、隐含宏阔背景的叙事。他在一种真实的叙事中追寻着，他从深圳追寻到桃花江畔，从桃花江畔追寻到湖湘文化之根，又从湖湘文化再追寻到深圳，追寻到粤港澳大湾区，由古代追寻到改革开放的前沿。他在追寻什么？他在追寻精神的原乡，这种精神的原乡，便是那真善美的人间至情至性。所以，胡新天对于他的琅琊村，始终是一种真善美的观照。

也许，胡新天这种精神原乡的追寻，将是现代人乃至未来人永恒的乡愁。这也可能是胡新天这部散文集最大的价值。

新天先生在他这部散文集即将付梓之际，嘱我作序。而我何德何能敢为新天先生作序？不过先睹为快。读完文集，感慨良多，尤其对于"深式乡愁"有了更多的思考，也就拉拉杂杂写下了上面这些文字，算是聊塞新天先生作序之责了。

胡立根

2021 年 4 月 10 日，星期六

目　录

日暮乡关何处是

桃花依旧笑春风

夜夜溪声入梦清

楠木山下四季歌

那山那校那座楼

客而家焉

临海观潮

日暮乡关
一·何处是

　　依绵绵青山，居黑瓦木宅；临蜿蜒大江，饮小溪清流；房前青竹林，屋后百草园……童年故事和少年梦想，饱含乡土亲情，长进了骨血里。回看家乡巨变，既有物是人非的感慨，又有山林依旧的欣慰，几分不舍、几分忧虑、几分欣慰，说不清，道不明。

幸福就在门前大树下

出家门，沿青石板台阶往坡下走二十来米，就是一个土坎，坎边长着一棵高大的桂花树。台阶在桂树下右转近 90 度，斜斜的又有二十来米长，一直下到小河边去了。在正对桂树的坎下，河边长着一棵柳树，树干斜伸到河面上，柳丝点水，柳荫下小栈桥直伸向河中央。在这两棵树下，留下了我美好的童年回忆，温馨而别有趣味。

一

桂树是外公所种，种下的时候已经不小，经过好几十年生长，早已亭亭如盖，而且树干直挺，足有成人的腰一般粗大。桂树每年会开两次花，浓香满村，直飘小镇。在走出乡关后，读到王维"人闲桂花落，夜静春山空。月出惊山鸟，时鸣春涧中"的诗句，当时就以为王维所写的正是我家门前景象。后来，又听说了一种雅趣：在树下铺上白布，点一盏油灯，静静坐着，当灯的青烟慢慢升上去的时候，就能看到听到桂花纷纷落下。不过我所经历的是舅妈在树下铺好竹篾垫子，让我和哥哥摇树枝，她收集落下的桂花，制桂花糖、泡桂花酒，当礼物送给亲友。由于当年桂花糖特别珍贵，我只尝过一点点，但从此就坚信"桂花是甜的，糖是香的"。舅舅则喜欢收集桂籽，播种到大树周边，等小桂树长到一米高左右的时候，也送给亲友们。

最难忘是我与哥哥在桂树下的战斗。我五岁时曾拍着胸脯宣称，长大了要娶村里最可怜的小女孩桃花。两年后，哥哥拿这事与我开玩笑，我恼羞成怒，追着哥哥要打架。当然这只是小孩子间的嬉闹，哥哥自然是会让着我的。他被我追得到处跑，实在没地方躲了，就飞快地爬上桂树去。我也追着往上爬，可是我必须全力以赴才能爬得上去。眼看我就要爬上去，而哥哥已无处可逃时，突然我手臂一阵发热，抬头一看，原来竟是哥哥在高处往我手上撒尿。真是两个熊孩子！

桂树下是村民干农活休息时常来的地方，生产队长站在树下，拉着长调吼上一声"哦——呵……"，村民们自然就从附近各丘稻田里走上来，聚集到桂树下，此时舅妈则会端来茶水。路过这里的乡亲也喜欢在树下小憩，不仅因为树大荫浓，可遮阳避雨，也因为舅妈经常会邀请树下的乡亲到家里喝茶，冬天还会把淋湿衣服的路人请到家里来烤火，烘干衣服。

除了我家哥俩和村民乡亲，经常待在门前两棵树下的，还有队里的耕牛。一般黄牛会在桂树下打盹、吃草。水牛会在柳树下的水里泡着，慢悠悠地吃树下备好的草料。喂牛的事虽然是由村民轮流负责的，但我们总是很乐意割些草去喂喂牛。

遗憾的是这棵桂树已不知所终。桂树高大，树型漂亮，花多香浓。在改革开放多年后，城里四处开发商品住宅，经常会有人来打听是否可以买走这棵大树。后来，就在舅妈中风瘫痪在床，舅舅深陷痛苦的时候，有人竟然说舅妈中风是因为桂树香味太浓，要想舅妈早日康复，须得移走桂树。这人连哄带骗，挖走了桂树。为了运走桂树，他还拓宽了从我家至小镇的乡间小道，把汽车开了进来。当我和哥哥听说这个消息时，桂树已不知去向。不过，桂树！我相信你应该是得到了珍视，生长得很好，而且有更多人欣赏到了你的风采。我想告诉你，因为家里通了车路，我和哥哥都曾开车把瘫痪的舅妈接到镇上去看看，这是你的功劳。我在你的荫庇下，闻着你的浓香长大，现在也在花园里种了几棵小桂树，由于脾性相通，它们在我的精心养护下一年能多次开花。浓浓的桂香总让我有回到故乡、回到童年的快乐。

二

如果说关于桂树的记忆温馨香浓，那么柳树下的一切则充满趣味。冬天大雪过后，清晨，我和哥哥被反射进屋里的强光刺醒，兴奋地看到窗外四野皆白，只有家门口青石板台阶和小路已被清扫，露出青青本色。我俩是在省城"见过世面"的人，就自己动手按城里孩子的方法做了个雪橇，其实就是用一个木墩子，底下装两条竹片而已。人坐墩上，脚踩竹片，我俩轮番从台阶前出发往下滑，滑到桂树下转个弯，一直滑到小河边柳树下。虽然我们的雪橇做得歪歪扭扭，松松垮垮，却让村里孩子们好生羡慕。我俩友好地让他们玩，颇有一种施舍心态，仿佛自己就是村里的孩子王了。可是没有想到，村里小伙伴们动手能力非常强，第二天他们都在木板凳的腿上装上又长又宽的竹片，做出来的雪橇比我们的宽大舒服多了，而且更加结实。不过我们仍然十分自豪，因为雪橇是我们引进到村里的，就像是贡献了一项发明，做了一番事业。第二年，出现了十几年不遇的冰冻天，小河竟然被封冻上了，可以走人，雪橇在柳树下的河面上得到了更好的推广。

冬去春来，山溪水易涨易落。每逢暴雨过后，小河水深流急，鱼虾往往会钻到岸边的水草丛中躲藏。这个时候大人们就会扛来长长的大抄网，把它伸到小河中间，然后双手向下按住长柄，慢慢地往岸边拖回，抄网经过岸边水草丛后被拖上岸来。这时，大人双手使劲一抖，就把抄网的网兜翻了过来，将里面捞到的东西全部倒在岸边地上。我们哥俩就像小鸡见到撒下的米糠一样，立马跑过去，仔仔细细翻找。在那堆东西里总少不了几束水草，三五个田螺，还有就是我们最喜欢的小鱼和虾、蟹，有时还有泥鳅。当舅舅捞累了，抽烟休息的时候，我们总能得到机会也试着捞上几网。雨过天晴，水退流缓，这些鱼虾又离开草丛四处活动去了，这个时候再下抄网捞的话，收获一般都很少。

夏天是游泳的季节，但是家长出于安全考虑，并不让我们下水。我如果看到有孩子把衣裤藏在草丛里，偷偷下河游泳，就会悄悄地把他们的衣裤收走，让他们赤身裸体泡在水里不敢上岸，一直等到自己父母来抓人。有些孩子精明，会到偏僻些的地方下水，完事后穿好衣服回家。但是家长只要用手在他们背上一搓，就能查明实情。因为在水里久泡后，即使全身都干了，只要用手一搓，准能从后背搓下几颗泥丸子来。于是，我们就只能钓鱼了。现在，我在深圳海钓，基本上属于最节省的钓手，装备也要几百元。当年，在村里的钓鱼装备却只需花几分钱。从自家竹林里选取一根粗细合适的竹子，砍来用火烤烤，煣制取直就是钓竿；因为当会计的舅舅和当老师的表姐是文化人，我家里有一盒大头针，取来一根，弯成钩状，再烧红淬火，使之硬化，就做成了鱼钩；剪一小段高粱细杆做鱼漂，剪一小条牙膏皮作坠子，再用米酒泡点白米作诱饵，挖些蚯蚓当鱼饵，就基本齐活，只差鱼线了。鱼线须得攒几分钱去镇上买，实在是件大事。有一年柳树上生了虫子，十分肥大，有一位高中生路过时，指着垂丝悬吊在树上的虫子说：把它放在醋里泡泡，拉出来的丝干了就是鱼线，这叫醋酸纤维……醋比鱼线还贵，因为买不起醋，我们没试过这个方法。

三

秋老虎时节，天气比夏天还热。家人常常会到水边柳树下，堆上刨来的湿草地皮，点上火，用烟熏赶蚊虫，然后搬来凳子乘凉。我们为长辈们摇扇子，长辈们给我们讲故事，这似乎是很不错的交易！当然，我们还同时干着另外一种正经事儿。在长辈熏蚊虫的时候，我们已找来一个竹篮，在篮子提手上系条绳子，篮子里放块石头，压着一把碎米或饭粒，还有香香的紫苏叶和砸碎了的田螺，然后从栈桥上把这个装置轻轻地沉到水底，只留绳索挂在桥上。每当听完一个故事，我们就轻轻地、缓缓地把竹篮拎出水面来，里面常能捉到一些鱼虾蟹。第二天，舅妈把我们的战利品用茶油炸炸，放上辣椒，就成了美味。

当然，这些都是我俩的小儿科工作，真真带劲的是抓王八。这家伙有个特性，春天上岸产卵，而且一定是把卵产在春汛时水能漫到的高度。小王八自然孵化出壳后，三两下就能爬到水里，开始新的生活。非常巧合的是，这时节我家正在做堆肥，也就是刨来带土的草皮，添些稻草，把它们烧成一堆火土灰，然后加上一年来从自家灶里取出的柴灰，拌上农家肥，让它们慢慢发酵。我们堆上肥之后，正是王八上岸产卵的时节。我家的堆肥松软，还有点发热，刚刚好是王八喜欢产卵的地方。于是，我们每年都可以抓到产完卵的大王八，然后把它养在水缸里，待到入夏时节吃。外公是老中医，说这个时候吃王八最滋阴，利于我们平安度过酷暑。当然，那些王八蛋我们是不吃的，要让它们变成小王八，以便年年继续这个美好的循环。

还有两个奇特的现象：酷热的秋夜，会有一群乌龟悄悄地爬到栈桥下的横梁上乘凉，早上我们多次见到这情景。不过只要稍有响动，它们就猛力一爬，掉回水里去了。我总是想着，悄悄地把长抄网伸到栈桥木横梁下，受惊的龟一个一个翻身跳水，接二连三正好全部掉入网中。我还想过这样的情景，攒足了钱就买好几枚带倒刺的鱼钩，把它们系在点水的柳丝下面，这样一来，我每天放学后都可以为家里增加一道美味的菜。当然，这些美梦并没有成真。

另一个奇特现象，却总是让我实实在在感受到惊喜：有种肉食性的鱼，叫作乌鱼，也有叫黑鱼、柴鱼、生鱼的。乌鱼产卵后，孵出来的小鱼苗是黑乎乎的一大团，并不散开，就像超大的蝌蚪群一样。这时，大乌鱼就守护在那团乌云下面，只要有东西进入小鱼苗群中，不论是青蛙还是鱼钩，它都会毫不犹豫地冲过去张嘴就咬。于是，当这团乌云漂到栈桥边的时候，我们就能轻易抓获大乌鱼，并且用斗笠当抄网，一举抓获半碗小乌鱼。这样做并非因为我们残酷，而是当地人都认为如果小河里乌鱼多了，其他鱼就一定会遭殃。更绝的是乌鱼生命力极强，鱼肉有生肌的作用，非常适合产后、术后体虚的人吃。因此，我们很高兴能抓到乌鱼，却不会轻易吃掉它，一般会在家里养上几天，看看是否有急需此物的亲友。为了晚上乌鱼不被猫偷吃，舅妈总是会把装鱼的桶吊在家里房梁上。有几次，乌鱼半夜从桶里跳了出来，第二天早上我们发现时，它在地上依然生猛，活跳跳地被送给村里乡亲了。

就这样，在门前两棵树下，我们一直在读着一本特别的大书，度过了美好童年。我们的玩具出自自己的双手，快乐就来源于美好的自然环境，滋长于小朋友的和谐交往。看看自己的"熊孩子"，真希望他也能更多地体会人与自然的和谐，而不是把难得的休息时间用在电子游戏、网络社交之上，把情感寄托在迷幻、封闭的虚拟空间之中。

（此文部分内容曾于2017年10月刊于《南方教育时报》）

青青竹影数十载

我是竹乡人，素来爱竹子。

2018年5月中旬，我在广东博罗县的山村农庄小住。清晨早起，出门就寻着翠色进了一片竹林，足足两个小时没有出来，拍了一批以竹为题的作品。坐在林中石块上小憩，一边回看相机里的图片，一边想，叫上三五好友，在这叫作临泉谷的竹林里小聚，那该是多么有趣的事儿！

我手头正好还有点酒，直接封装在新竹筒里的那种，现在已是该开筒品饮的时候了。从竹节处把筒敲开，那一定是酒香和竹香融合漫逸，酒体淡黄，恰如翡色。虽然我不善饮，但友人品酒，我自品竹，各得其乐，也不失为一种情趣。我久久不愿离开，坐听蝉鸣，自小关于竹林的种种印象就像画面，一幕幕从眼前翻过。

一

我母亲老家在湖南省桃江县乡下，乡里地形四处相近，基本上都是两山之间蜿蜒一条溪流，大路沿溪延伸。溪流与两边青山之间是稻田，而稻田与山坡之间是沿坡脚延伸的小路，路边三三两两、星星点点地散布着农舍。所以，农舍基本上都是背靠青山，面朝小路。路边有土坎，从坎下至溪边是稻田。房前土坎处与屋后山坡上都会有竹林，小时候并没太在意，长大了再回乡，站在溪边大路上一望，房前的竹林像屏风，屋后的竹林像帷幕，家就在前后翠竹之间露出黑瓦屋顶，升起袅袅炊烟。好一派和谐美景，尽在竹林掩映之中。

其实，童年时我并不懂得欣赏竹林的秀美，只关注它的实际功用。家乡的楠竹冬春两季长笋。冬笋金黄，是上好食材，但一般不会长出土，更不会长成竹子。长辈们大多能凭着丰富经验与高超技巧，把它们从土里刨出来。当然，也有不谙此道的人，大家这样形容他们挖冬笋：把满是落叶和杂草的土坡挖得四处是坑，黄泥裸露，却挖不到一个笋，只好气呼呼地点根烟坐下来猛吸，结果却被冒出土的笋尖扎痛了屁股……

春笋则不同，会自己破土而出，外包深褐色笋衣，见风沾雨就疯长，很快就会直钻云天，开枝散叶成为新竹。春笋如果不是长错了地方，从太靠近路面、菜地或是屋基的地方冒出来，我们是不会把它采来吃的。它若真是长错了地方，我们就在它有一两尺高的时候，把它从平地面处踢断，那也是一种美食，不过味道稍逊于冬笋。

因为不采春笋，所以房前屋后年年都长出新竹，我们就必须把过密的老竹子砍些来用，比如搭瓜棚、立晒衣的竹架、编箩筐和竹篮之类。竹林里偶有一两根竹子长得特别瘦弱细小，那却是做钓鱼竿的好材料。

竹子最让人尴尬的功用，是取一根枝丫，去掉叶子插在墙上的竹筒里备用，专门用来抽打闯进农田、菜地偷吃的牛，还有在耕田时偷懒的牛，或者家里不听话的小孩。把细硬而有韧劲的竹枝丫用力一挥，它就会在空中嗡嗡作响，要是落在人身上，那皮肉上就会立刻红条见血，想想都让人疼得发抖。但这个动作却有一个美味的名字——"金条炒肉"。回想起来，用竹枝丫打牛背上的牛虻，那是真打；用它赶牛，那是轻打；用它抽人，却多半只是吓唬小孩子的假打，竹枝丫挥得嗡嗡响，却很少往孩子身上去，更不会朝没有衣服遮挡的皮肉上抽。

二

我回长沙读书后，上初中时学了袁鹰先生的《井冈翠竹》一文，知道了井冈山无边无际的竹海曾为革命作出重要贡献，于是从此认定竹林有一种昂扬向上、不屈不挠、生生不息的革命精神。"文革"后，我开始自己学习传统文化，知道了竹子的君子品性：虚心有节、刚正不阿。千百年来文人都喜欢与梅兰竹菊四君子比德自修，郑板桥不仅画竹，还常有诗和联句题画，比如"虚心竹有低头叶，傲骨梅无仰面花""衙斋卧听萧萧竹，疑是民间疾苦声；些小吾曹州县吏，一枝一叶总关情"。我自认是竹乡人，每每读到这些诗文时，不仅觉得自豪，而且会自觉用竹子的人文精神律己自修。

在高中和大学阶段，我才开始慢慢体味到竹的诗意，最初是读柳宗元的《小石潭记》："从小丘西行百二十步，隔篁竹，闻水声，如鸣佩环，心乐之。伐竹取道，下见小潭，水尤清冽……"虽然老师说，此文体现了柳宗元被贬永州后"幽深冷寂，孤凄悲凉"的心境，但我还是很喜欢那种宁静与清幽，总觉得文章描写的就是本村小景；后来读了诗画与音律精绝的王维的名篇《山居秋暝》："空山新雨后，天气晚来秋。明月松间照，清泉石上流。竹喧归浣女，莲动下渔舟。随意春芳歇，王孙自可留。"从此更是把竹林当成了诗意空间的上佳场景。

我大学时曾自修书画，画过竹，临过王羲之的《兰亭集序》："此地有崇山峻岭、茂林修竹，又有清流激湍，映带左右，引以为流觞曲水，列坐其次。虽无丝竹管弦之盛，一觞一咏，亦足以畅叙幽情。是日也，天朗

10

气清、惠风和畅，仰观宇宙之大，俯察品类之盛，所以游目骋怀，足以极视听之娱，信可乐也！"于是，不仅惊叹王羲之书文双绝，更崇敬他性情豁达，津津乐道他坦腹东床的故事。后来，又知道了竹林七贤饮酒清谈，弹琴赋诗，"弃经典而尚老庄，蔑礼法而崇放达"。

我还偶然读到一则趣事：一位武将出上联"两船并行，橹速不如帆快"向纪晓岚挑衅，纪晓岚续下联"八音齐奏，笛清难比箫和"。这联可谓千古佳作，橹速、帆快、笛清、箫和分别与鲁肃、樊哙、狄青、萧何是谐音，文官武将各显风流。随着年龄增长，并在岭南安家，我回老家的机会越来越少，了解的竹文化内涵却逐渐增多，莫名地认为自己来自竹乡，理当成为有文化修养、有人文意趣的人。

三

走过了青葱岁月，我开始关注家乡竹林作为一种资源的价值。某日静品家乡黑茶，突然发现在家人成长过程中，漫山的竹子竟然发挥着至关重要的作用。

三堂街镇的表哥几兄弟打小生长在牛栏村，他们的名字都带有一个牛字，"几头牛"是村里最早进城闯荡的人。他们取竹制篾，编成凉席，进省城走家串户卖凉席。那还是在改革开放之前，国家实行粮食配给制，百姓生活贫困，基本没有余钱。他们卖凉席，其实只是用上好的竹席换粮票，以粮票抵扣农民应上交国家的公粮。如果还有点余票，就再卖给城里缺粮的人，换点小钱过生活。改革开放后发展市场经济，他们就在城市里租房，长期贩卖各种小商品，最后购房安家，开起小商店，让孩子们在城里读书，直到大学毕业，然后留城创业。妥妥一个完整的农村人口城市化的励志故事。

也有人口逆向流动的情况，哥哥的一位同学在乡下苦读，然后上大学、回县城、做老师、当校长，之后却毅然回乡，开了一家竹制品厂，从生产工地搭脚手架所需的竹架板起家。所谓竹架板，就是把楠竹剖开，制成宽狭长短一致，约 3 厘米宽、2 米长的竹片，再把竹片侧立起来，20 多条排成约 3 厘米厚、40 厘米宽、2 米长的一组，横向钻孔，穿透那 20 多条竹片，然后以圆铁棍穿过孔去，两端拧上螺丝，把一组竹条紧紧集束在一起，就成了一块竹架板。当时正赶上国家大兴基础建设，工地最需用原竹和竹架板搭脚手架，而新竹年年生，隔年就成材，取之不尽，便宜耐用。原竹和竹架板即使用的时间长，不结实了，还可以在工地上用来烧火煮饭炒菜。

于是，家乡的竹子和民工大规模进城，老同学很快赚了第一桶金。当乡下做竹架板的小作坊越来越多，而城市里逐渐开始用钢管和板材来搭脚手架的时候，他就开始用机器做竹筷子、竹片凉席和竹胶合板。

更成功的是一位表妹，在深圳打工时认识了一位特别有想法的工友，结婚后不久就回乡去，开了家竹制品加工厂。生意越做越好、越做越大，后来竟然突破技术瓶颈，成功研制出环保型的黏合剂，大规模生产高质量竹胶板，以竹胶板做原材料，可做地板、家具等等。这家厂现在成了当地有名的科技企业和上市公司。

四

我和各位表亲不一样，先当老师，后转公务员，按部就班过日子，却发现自己的生活也与竹子密切相关，而且时常会不由自主地走到竹林里去。

童年，我们伴竹而居，家具不是由木头做的就一定是由竹子做的。妈妈珍藏着一只竹篾做成的箱子，据说是外婆的嫁妆，应该有上百年了，已经变成深深的枣红色。家里的传统木衣柜门上，也画有竹子。

　　我来深圳定居时，住在大头岭下，上班下班忙忙碌碌，也没太注意四周环境。有一天，竟然发现大头岭被建成了一座城市里的山林主题公园——翠竹公园。什么主题？竹文化！山路边长着各种竹子，抛光了的花岗岩台阶上刻着真草篆隶不同字体的"竹"字，石碑上刻着各种关于竹的诗文和图画。

　　此后，我经常晚上到公园登山锻炼，慢慢发现公园里高大的竹子多属丛生竹，总是一丛一丛分布，每一丛竹子的蔸部紧紧靠在一起，竹竿上半部分才稍向四周散开。不像楠竹，竹根主要向两个方向延伸，根上再出笋长新竹，所以竹子总是一根两根地散布整片林子。

　　我在翠竹公园旁住得久了，慢慢认识了不少竹子。竿子金黄细小的，叫琴丝竹；竹节间肥大如佛肚的，叫罗汉竹。有一种丛生竹，竹竿的绿皮上覆盖着一层白粉，远远看去竹子白中透绿，那是白粉竹。家乡的楠竹竿上虽然也有白粉，但白粉很少很薄，主要分布在新竹的竹节附近，看上去是绿中透粉。

看着翠竹公园的各种竹子，我总是会想起家乡的名竹：在父亲老家附近，洞庭湖君山岛上产斑竹，又叫湘妃竹。相传舜帝出巡死在回程路上，他的两个妃子娥皇、女英的眼泪滴在竹子上斑斑点点，以后就有了湘妃竹。后来两人投水而死，死后成为湘水女神。湘女多情的说法，不知是否从此典故而来。在母亲老家附近的桃源县桃花源里有一种方竹，竹竿略成方形，在明万历年间竹林旁建起了一座方竹亭，八方形三门四窗砖石结构，和方竹一样奇特。不过，我最常想起的还是自家屋后的紫竹，那是外公引种来的名贵品种。长大后，我一看到紫竹，就会想起《红楼梦》、潇湘馆和林黛玉，一看到紫竹笛、紫竹箫，听到《紫竹调》，就会想起自家的紫竹。

有一年冬天，我带父母到深圳海边，在悬崖之上的鹿嘴山庄走走，不由自主就走进了一片有竹的树林。林间以白帆布为棚，棚下摆放桌椅，是一个临崖望海的露天餐厅。在棚下吃饭时，我发现竹影投映在棚布上非常有趣，就拍了张图，回家稍加裁剪，"P"上文字和印章，完全就成了一幅中国画。

从此以后，我就开始对竹子的光影效果特别感兴趣，发现国人当真是"不可居无竹"，在我周边的公园、小区，甚至办公楼下，几乎都少不了竹子。细细欣赏，发现竹影婆娑，正是早年学国画时特别喜欢的味道。现在我也玩玩摄影，又发现逆光下的竹叶通透如翠玉，很有意趣。

观竹怀乡，我会留意关于家乡的信息，知道桃江不仅有屈原行吟的天问台，以出美女闻名，而且是全国著名茶乡，还是江南极负盛名的竹乡。全县楠竹面积达103多万亩，被原林业部命名为"中国竹子之乡"，仅万亩以上的大片竹林，就有30多处。我开车回乡，在距县城不到2公里的地方，看到一个旅游区——洪山竹海，上网一查：洪山竹海与桃江美人窝度假村相连，总面积761.2公顷……

非常遗憾！我至今还未曾进过洪山竹海。下次返乡时，一定要进去好好看看，拍拍家乡的美竹。

日暮乡关何处是

我南迁广东已有二十几年。广东是侨乡，不少祖屋和传统习俗有幸得以保存。这种家族兴旺、人文传承的风俗，往往被族人自豪地写在祠堂门口的对联上，比如"汝南家声远，厚德继世长"，渊源可上溯至南北朝时期。每次见到这种情境，总会让我想起自己的家世。

传宗接代，延续家风，曾经是国人唯此为大的事，不论你是农民还是大学教授。在我家一口破旧箱子的最底层，珍藏着一张父亲的学生证，发黄的纸上写着曾用名竟然是董河清，而非姓胡。后来我才得知，我祖辈姓胡，曾入赘董家，于是就有两代人姓董。按祖制到了第三代要认祖归宗，父亲就成了回归胡姓的第一代，在家族传承方面责任更加重大。

根据父亲多次讲述的片断，我把家世串连成这样：祖上是洞庭湖边放牧鸭子的好手，因养的鸭子又多又好，让当地人不得其解，于是传说"董家爹爹"会收养驯服野鸭子，让野鸭子来自家下蛋。鸭子养在湖中的无人荒岛上，养鸭人的全部装备就是一条船和一个鸭棚。棚子是住人的，只有一人多宽，竹质基座加木床板，上盖竹篾顶棚，只能坐卧一人而已。

鸭子是很讲纪律的家禽，往往会自觉排队行动。"鸭司令"有两件宝：一根粗而长的竹篙，用于撑船；另一根细而长的竿子，尖端系着红布条，竿子挥向哪儿，鸭群就游向哪儿。于是，我常想象这样的情景：清晨，一轮红日升出洞庭水面，薄雾中，"董家爹爹"蓑衣斗笠，立于船尾，撑支长篙，迎着朝阳离开小岛，断断续续地吼着赶鸭子号子。白天，鸭子都在芦苇荡里穿行，寻食鱼虾螺蟹。傍晚牧归，落日融金，芦苇荡间，一叶舟、一笠翁、一群鸭，徐徐归来。

据说，清晨千余只鸭子下水后，岛上还有另外一番绝景：八九百枚蛋

15

白花花铺满一地！除了自家人收捡，没有外人会上岛取蛋。放鸭人除了会带一些米上岛，其他食物就是鱼虾、鸭蛋，可以任吃，但是因为缺油少盐，更无葱姜调料，所以味道并不好，有时候就只好抓硕鼠来吃。对现代都市人来说，这是多么浪漫的生活。其实对于放鸭人来说，风里来雨里往，顶严寒冒酷暑，寂寞孤独，却只能养家糊口。

因为家人克勤克俭，到了父亲童年时，家境渐渐好转，家里开始置办田产，但是很快又因祖父病逝而重归贫困。父亲学习勤奋，成绩很好，却因交不起学费，不得不辍学。后来，好心的先生保荐奶奶进校当女工，以工钱抵学费，但仍不够缴足费用。于是，父亲放学去水沟里捉乌龟。据说那时当地只有叫花子才吃乌龟王八，很少人去抓。就这样，家人常常靠吃龟肉打牙祭，龟板则被奶奶用来熬制龟膏，卖钱交学费。有了首年的学费，父亲就靠奖学金和卖龟膏的钱一直读到了初中，解放后又上了中师，被保送上大学，直至毕业后留在湖南师大任教。因为早年艰苦的经历，父亲更加怀念勤劳一生的爷爷和奶奶，主持做了为祖上修坟立碑等诸多事情。

2014 年，家父 84 岁高龄，一天我开车送父母去哥哥家走走，半路他接到电话，是我老家的堂兄们相约回乡祭祖，在爷爷奶奶坟头放爆竹烧纸钱，然后给父亲打电话报告"盛况"。父亲很高兴，提出要再修葺祖坟，择日全部家人都回去祭祖。我却接住话头，讲起了另外一件事：我曾带父母参观过一座客家围屋，虽然围屋里的人大多已经迁出旧宅，甚至走出乡关，但是毕竟祖屋祖产还在，有一位老者和他儿子仍坚持守在围屋里。据说他就相当于族长，每年春节，围屋里出去的子孙后代总有一部分会回来拜年和祭祖。老者就给回家的每家人送一份土特产，每人发一个红包，里面的钱往往很少，甚至可能只有一元，虽不及后辈奉上红包的千百分之一，却是十分暖心。这种习俗是由当地"太公分猪肉"的做法延续和演化而来，也就是每年由家族里的老太公将公田所产物资分给族人。在较长时期内，一些大家望族还有公产办学或资助族人外出求学的习惯。而衣锦还乡的族人为家族捐钱捐物、修葺祖屋、铺路架桥造福乡里也是常事。

我内心也希望老家能有一栋祖屋，可是家贫，没有祠堂，没有大宅。当下社会转型发展，家人出乡关，闯世界，天各一方。老家几个伯父早已过世，祖辈住过的老屋已不复存在，一大群堂兄堂姐们各自分家立业，都进镇上、进县城、进省城安家去了。仍然留在村里的，只有最小的堂兄了，而他的 3 个女儿如今已远在长沙、上海，甚至新疆。现在，让我们牵系老家的根主要有两条：一是爷爷奶奶的坟茔，二是堂兄守着的老屋台。如果有朝一日他也进城去了，我们再回村里时该到哪落脚？是否还能找到没于荒草的祖坟？

虽然父母在家就在，但是我仍免不了有一种日暮乡关何处是的惆怅。

（此文写于 2015 年，曾刊于《南方教育时报》）

静静地，我回乡走一圈

一

又有几年没有回乡下老家了。我曾无数次地想象家乡会变成什么样子。

我始终坚信会是这样的基调：楠木山因为二十多年封山育林，变得更加苍翠茂密，琅琊溪水质清亮，砾石浑圆，石桥跨岸，灌木拥簇，游鱼翠鸟各得其所，老牛小童嬉戏其间。随着武潭镇街区范围不断扩大，从小镇街边向山冲里，农田逐渐转化为菜地，有的还成了花木苗圃……

所以，不记得是在哪个夜晚，我就记下了这些文字：

我想静静地，
回老家去看看，
就是那儿，
资江河畔，琅琊溪边，楠木山下，那个小山村。

拂晓，等候晨光把江水染红，
静听马达声穿透清新薄雾，
眺望小渔船从河汊里出来，
在江面上拉出长长的波痕。

中午，到紫云英盛开的田野里打个滚，
再捉几只蜜蜂放到小纸盒里，
看看是否还能听懂它们的吟唱，

日暮乡关何处是

19

或许还会遇到少时玩伴带着孙儿。

黄昏，回到村外石桥上，
听听牛哞犬吠，
远远望见竹林中老宅升起袅袅炊烟，
仿佛能闻到飘来的菜根香气。

夜晚，再拿着手电筒走上田埂，
听虫鸣数萤火，
寻找水田里呱呱叫的石斑蛙，
还有机警狡猾的泥鳅黄鳝。

……

后来，我听说家乡巨变，自家老宅已被拆除，原址上修了所学校，镇上的中心完小搬了过来，在老宅里长大的外甥女随校回到老宅基地上任教来了。于是，我又续写了以下文字：

可是，我知道这一切都不可能实现了，
村里稻田铺成了水泥马路和广场，
老宅已被拆除，
屋基掩埋在了新建学校的操场下。

但是，我还是想静静地，
回老家去看看，
或许在学校的某个角落里，
能找到老宅台阶上的青石板。

我要坐在石板上，

听山风吹过树林刷刷作响，

然后打个盹，

让童年时光一幕一幕闪回。

醒来后仍然坐在青石板上，

看着曾经在石板上玩泥巴的外甥女，

曾经在老宅昏暗灯光下攻读的小学生，

如今正欢唱着带学生游戏。

从青石板上站起来，

我要沿着当年去上学的路走一走，

经过由几根圆木搭成的小桥，

去看看自己童年的村小是否还留有一丝痕迹。

……

二

2019 年元旦前，我终于下决心请了几天假，驱车千余公里回乡。在路上得知，当天晚上和第二天湖南大面积地区多雾，于是我晚上七点多到长沙后，接上父母就马不停蹄赶往乡下老家。行到半路，大雾已起，车沿着一条新建成的高速公路慢速行驶，就像在白云里穿行。深夜，从家乡武潭出口驶出高速，竟然发现这里离外公的老宅子不出 200 米。再沿省道前行十几分钟，就到了武潭镇街上，这条原本在田野间穿行的公路已被建成了高等级公路，而且路旁建满了屋舍、商店，甚至还有工厂。夜深雾重，不便细看，我们很快就穿过武潭镇街区，在老家村外的武都酒店住下了。

我对第二天的乡村漫游充满了期待，却又担心乡村巨变会彻底摧毁我童年的美好记忆。翌日清晨，在迷蒙中听到村里鸡鸣声，此起彼伏，遥相呼应，先后三遍。想起童年时我常睡在舅舅、舅妈中间，迷迷糊糊听到他们说话，无非是些当天的生活安排："鸡叫三遍了，我先起床去挑几担水，再去武潭街上买点灯油和盐回来……"现在，我也到了舅舅、舅妈当时的年纪，听到这熟悉的鸡鸣声，决定起床去拍些武潭小镇在资江朝霞中苏醒的图片。

从小镇沿资江向东行几里路，是一个大河湾的凹岸，从这里往下游原本有几里长的险滩，水流湍急，冲击河中礁石翻起无数白浪，被称为龙拱滩。现在因为下游水电站截流蓄水，河流水面上涨，险滩处已变得江深流静，水平如镜，站在这里眺望对面，河流的凸岸恰如湖中岛屿。

好几年前，我曾在这里拍到孤舟早渔的情景，很有韵味，却一直遗憾当年是用小傻瓜相机拍摄的，图片质量不太好，难以尽显家乡江河之美。这次我带上了新相机，希望能够弥补过往的遗憾。

可惜，当天阴冷有雾，阳光不现，江面迷茫。好在不一会儿江面上就传来了渔船马达声。上下游江面上各有一艘木质竹篷的小渔船从树丛、河汊中驶出来，开始捕鱼了。我虽然实现了再拍资江早渔图的心愿，但这次拍摄的效果又不理想。心中暗叹天公不作美，希望能等到日出雾散。这时父母亲起床后开始用电话呼叫我了，我只能心有不甘地离开河岸返回了酒店。

回到车上，我突然感到脚脖子一阵刺痛，低头一看，是几颗苍耳子粘在了袜子上，刺到了皮肤。苍耳子是一种杂草的种子，有小花生米粒大小，形如刺猬，刺尖上带有小钩，靠钩子粘在动物身上传播种子。

回到深圳后，我在清洗鞋子的时候，竟然发现鞋带上还粘有一颗苍耳子。苍耳子是我们童年的玩物，小伙伴们常用它互相扔向对方的头，看谁的头发上中弹最多，谁就算输了。也有淘气的小伙伴，会把数颗苍耳子扔到女生头上，女生想要一颗一颗把它取下来，可是不容易，而且一定会弄乱头发。苍耳子不只是"干坏事"的工具，它还可以入药，是什么药性已经记不清楚了，不过它一定可以医治乡愁，不然怎么会随我来到深圳呢？

三

我回到酒店时，雾气稍散，天色大亮。四下一看，才发现乡村的变化实在太大了，我虽然已有思想准备，但是仍然感到震惊：从小镇到老宅，再到原琅琊村小学，是从河口向山冲里去的方向，约有两里远，山冲间的田地约有一里宽，现在这里的农田全部都被盖在水泥道路、广场和商品住宅小区的下面了。在这个范围内，琅琊溪和支流已被建成大型水泥涵管，埋入地下。我童年的乡村记忆虽然没有被连根拔去，却被硬生生地全封在水泥下面了！

我赶忙去看看老宅子现在变成什么模样了。童年时往返老宅和小镇之间，觉得距离不算近，要过一座水坝、两座桥，穿田埂小路、走石板"大路"，沿途总能遇到各种情景和人物，丰富而生动，而现在却是踩一脚油门就到了。下车一看，门前的小溪和小水坝，填了；老宅子，折了；房后山坡上的菜园，是我曾经的百草园，不仅被铲平了，还新挖去了一大片山体，老宅痕迹已荡然无存。

只不过老宅基地和菜园原本远远高于农田，现在校园也还是整体高于道路，是一大块平整的台地。三栋教学楼分别为博学楼、厚德楼和尚美楼，立在台地上更显高大，进学校需得上坡，颇有些求学上进的象征意味。

我家老宅子里先后走出过十多位教师、工程师、医生和会计，如今又变成校园，还有后人在这里任教，也算是对我们的宽慰吧！可惜这次没能见到外甥女夫妇，他俩每周末都会去地区首府益阳市，陪伴在那里的寄宿制中学就读的女儿。

离开校门口，前行几百米已是水泥大路的尽头，我沿着似曾相识的泥泞小路找到了童年就读过的琅琊村小学，这里已是一片废墟和菜地。说来也怪，附近的其他菜地都是用竹枝编制篱笆，唯独在这里有一小块菜地是用长长的废弃红布条围成篱笆，这红布曾是一幅巨大的对联，而且上面的字还是手书在白纸上再贴上去的，那字颇有些功底。不知是否因为当地文气不当绝，才有此景象。

离开时，我在旁边的瓦砾堆中寻找，挑出了一块相对完好的瓦。虽说是块极普通的灰瓦，却也是有历史感的东西，论样式，它还是秦砖汉瓦的材质和模样；论年头，48年前我就曾在它的庇护下上课读书。于是，我把它带回了深圳，安放在书案上，作为焚香的托盘。

原村小的旁边，是另外一个山冲——桃花村的入口，童年时我们也经常在这里玩耍。

让我印象最深的是这里有一座榨油坊，油坊里最神奇的物品是一根巨大的圆木，足有两三个人合抱粗，两米多长，圆木已被横着掏空成了"C"字型，像张着大嘴，嘴里却整整齐齐塞着很多个炒制过的茶籽饼。

最让人兴奋的是榨油的过程，几位壮汉赤裸着上身，每人脖子上搭一条粗纱毛巾，他们扶住一根悬在空中的粗大圆木，使劲让它一次又一次地向前猛冲，撞击插在那排茶籽饼间隙中的木楔子。当汉子们低沉的吼声与沉闷的木头撞击声一遍遍重复响起，木楔子被一寸一寸地硬挤进茶籽饼中间去的时候，茶籽饼下方就会渗出茶油来。

四

可惜桃花村的油坊和外公家的水碾坊一样，早被拆除了。从油坊继续往山冲最里面走，是桃花村水库。这里的自然环境基本保持了以前的风貌，只是村里通了水泥道路，所有的木板瓦顶房和土墙草顶房全都消失了，取而代之的是外墙贴瓷砖的"方盒子"小洋楼。

村民见我们是回乡人，就热情地指引我："开你这样的越野车，可以一直上到山顶去。"车前行至山下，水泥路变成了砂石路，很快车子就开进了楠木山。这里四面竹林茂密，不少往年被积雪压倒的竹子无人砍伐，已经自然干枯，甚至开始腐烂，进入了生于斯归于土的自然循环。后来听村民说，现在大家不烧柴，改为烧煤或煤气了。如果上山砍伐倒伏的竹子做柴卖，除去人工费用后几乎没有利润。所以村民只砍伐老竹送往工厂，不再砍伐倒竹了。

车子摇晃颠簸了一会儿，就爬上了一处山顶，这里还保留了一座木板墙的瓦屋，旁边是一座庙宇。庙宇没有什么香火，也没有穿僧衣的和尚，只有三位村民在那里长住，以求养生，同时打理庙宇。三人都已六七十岁了，母亲与他们交谈，发现其中一位竟然是远房亲戚，还有一位是外公家老宅"白杨树坪"的邻居。

他们很高兴为我们介绍当地的变化，指着与来路相反方向的一条石阶山路说："从这里下去，经过一座发电厂，就到了白杨树坪。""火力发电厂烧的，全是十里八乡竹制品厂的边角废料。"我母亲已经八十五岁高龄了，说自己还是上学之前来过这座庙里，算算已有七十多年了。

母亲十分兴奋，觉得古庙重游、山顶遇亲友，不虚此行。她的情绪感染了我，下山回到桃花村后，我就开始打听小学同学的情况。我在当地只读了一年书，还记得的同学只有三位：薛志成、薛梦兰，还有一位叫团伢子的，连他的真名都不记得了。老乡告诉我："薛志成在县城里办工厂，团伢子家搬到镇上河边去了，薛梦兰刚刚离开，骑摩托车走的……"

中午，我们在镇上美美地吃了一餐武潭水煮鱼和冬笋炒腊肉，下午就返回长沙去了。一路上想着家乡的巨大变化，既有物是人非的感慨，又有山林依旧的欣慰，几分不舍、几分忧虑、几分欣慰，说不清，道不明。

我曾经认为自家老宅就像门前的水坝，家人就像溪水，在这里聚集、停歇、壮大，再从这里出发流向远方。而在某个时候，我们又会像白云一样，飘回家乡看看，或者像雨水一样，再在山林、田间和水坝上走一遭。有的人是"人穷则反本"，有的人是衣锦还乡。我母亲是在"文革"期间从省城回乡，把我生在了老家。我上完小学一年级才离乡回城。记得沈从文老先生的墓园石碑上写着："一个士兵要不战死沙场，便是回到故乡。"我不是战士，人生也无甚波折，只是想回家看看，静静地走走。可惜现在老宅没了、水坝没了、故旧老了、散了。

在老家短暂停留一天，我带走了几块石头和瓦片，除了牵挂什么也没

留下。或许对于家乡来说，我就是一个匆匆地、静静地走了一圈的过客，没对家乡产生什么影响，没留下什么痕迹，但乡土元素却长在我的肌体里，染就了我生命的底色。

檀香灰轻轻掉落在书案的灰瓦片上，旁边放着一个家乡的小陶罐，在浅静的音乐中，我写着这些文字，恍惚觉得，我们的经历倒是与陶罐有几分相似：大家都是由家乡泥土做成的坯子，挂上一层釉料后就离开了，而后经过社会上不同炉子、不同火候的烧制，还有不同环境的浸润，才成就了陶罐不变的质地、多变的釉彩和丰富的沁色。而我每一次回乡，只是想去看看，静静地走一走，一任琅琊溪水和竹海的清新空气涤洗浮尘。

永不消失的老街

在我的童年记忆中，武潭镇只有一条古老的街道，南临资江，北依青山，东西延伸，卵石铺地，木屋夹道，是个热闹而有趣的大地方。现在回想起来，那街道虽然老旧短小，不到两百米长，却特别质朴和温暖，既是我童年生活的美好场景，又像是建在我内心的乡情博物馆，每逢夜深人静，我都可以回去逛一逛。

一

小街西端被称为街头，路的南面有一家小店，卖些油、盐、糖、茶、针线、毛巾等物品。这个地方我觉得特别亲切，舅妈让我叫店主"妈妈"。爸爸被打成右派后，妈妈为了躲避"文革"的冲击，从长沙回到老家，把我生在了乡下。妈妈出月子后又返回省城上班，于是我吃百家奶长大。据说我在舅妈家里常常饿得哭闹不止，舅妈很是无奈，只好把我抱到街头小店来找奶吃。在来往的路人中，我能准确判断出哺乳期的妇女，见到了就会哇哇叫着，身体前倾扑向人家怀里。这家店主是舅妈的童年伙伴，也常给我奶吃。

我稍大一些后，舅妈常让我和哥哥带些鸡蛋来店里换食盐，或者换过河的渡船钱，还让我们把剩下的鸡蛋送到河对岸的亲戚家去。于是，这小店又成了我在街上的固定去处。我清楚地记得，在小店柜台上常放着四个玻璃罐，里面分别放着芝麻、鸡蛋，还有一种比鸡蛋小的灰白色圆球——酒药子，就是酿甜酒用的酒曲团。最左边靠墙的罐里总是插着几支鸡毛掸子，本村小姑娘桃花的妈妈就常把鸡毛掸子插在这里，还把自家编的草鞋挂在旁边的墙上，请店主帮助卖。我也吃过桃花妈妈的奶，也叫她"妈妈"。

我上高中后，有一次回到老家，和舅妈一起又来到"妈妈小店"，正好碰到桃花妈妈也在。舅妈指着我对"妈妈"说："这是新伢子，小时候吃过你的奶的。"我又叫了一次"妈妈！"。"妈妈"高兴得眉飞色舞，她对舅妈说："我说你不用担心的吧！有我们姐妹在，不会饿着孩子的。你看他现在长得多乖啊！"

街头连着一条从河边通往山里的公路，小店旁边是货运码头，已是南街的尽头。北街在这里转了个九十度的弯，沿公路向北延伸了一段，路的东面有些砖质建筑，西面仍是农田，这一段被称为新街，其实还远没有形成街市。小店对面正是北街的扭角，镇上最大的砖楼——乡供销社。我们偶尔会进去看看热闹，却不会买东西，因为"妈妈"很亲切，我们买东西基本都去"妈妈小店"，而且我们没有余钱，没有必要多去乡供销社。很多年后，舅妈在高血压中风后半瘫了，我开车回老家时，曾把舅妈接到街上最好的饭店，和照料她的阿姨一起吃饭。那饭店恰好就在原来"妈妈小店"的位置。由于舅妈已经无法讲话，我担心老人家伤心，就没有再打听"妈妈小店"的情况。

二

从乡供销社往北的新街上，依次是镇医院、中药铺和邮政局，还有粮食收购站。外公是镇医院的中医，所以我常去中药铺。在药铺外面就能看到晾晒的各种药材，听到从里面传来碾药和捣药的声音。走进药房，有一整面墙都是放中药材的抽屉，下面几层抽屉比上面的要突出一些，这就形成了一个台面，药师可以踩上台面去高至屋顶的抽屉里取药。外公无事时曾教哥哥背百草汤头歌，教我认药材，数十个抽屉，不少抽屉里还分小格，放着枝叶根须、花草果实、蛇皮蝉蜕、蝎子蜈蚣之类，林林总总，甚至动物粪便都可入药，比如寒号鸟（复齿鼯鼠）的粪便叫五灵脂，家蚕的粪便叫蚕沙。我在药房里老老实实自己玩耍，不影响外公接诊，外公就会给我一小片甘草，嚼起来有些甜味。这甘草不是什么名贵的东西，却是调和药性的重要角色。现在想想，国人和大自然之间是一种多么奇妙的和谐共生关系啊！

外公退休后仍然在家里行医，每次有人来看病，外公总是先让病人坐下来喝碗茶。天寒时节，他会让病人坐到火塘边，然后把自己的手搓热了才给病人把脉。如果有年长或行动不便的病人来看病，外公常常会让我去镇上代为买药，还特意在药方的前两三味药名旁画上小圈，告诉我："中药配伍讲究君臣佐使，这些画有圈的是'君药'，如果缺少一味，这副药就不管用了，你就一定要到另一家药铺去买药。如果两家药铺的药都不齐，就先在有君药的铺子买药，再到另一家补齐缺的药。"离我家最近的是街东头小镇外面的药铺，药最全的当然是乡医院的药铺。我生长在医生家庭，颇有几分自豪，因为目睹了当年乡村医卫工作人员，甚至是"赤脚医生"，仅用最简单的医疗条件，却尽最大热情去解决村民的防病治病问题。外公和病人就像亲人一样，连我这个跑腿买药的孩子也被乡亲们喜爱和看重。

三

武潭老街的地面很有特色，是用汤碗大小的鹅卵石铺成，虽不平坦，但质地光亮，从不积水。只是被磨光了的卵石一旦沾了泥水就有些滑，好在街道南北两侧的商铺门前都有平坦的台阶，所以老人和小孩都习惯在台阶上行走。

街两边全是木屋商铺，在当年似乎没有什么特别之处，但在小街中段有家饭铺，旁边有个路口，是一条陡峭狭长的台阶坡道直通河边。走在台阶上，人们才会发现武潭老街的独特风味——原来南街商铺虽是修在地面上，但铺子后面店家的住房却全都是以木柱木梁支撑着的吊脚楼，卧室和阳台悬空，朝南临江，木屋与江面之间是一个足有十几米高、几十米长的斜坡，坡上全是瓜棚菜地，一直延伸到河床的卵石和沙滩边。

对着台阶通道，河边是一处渡口，乌篷船靠岸，一根3米多长的竹篙直立，从船首的圆孔中往下，插入水底泥沙中，把船固定在江边。木跳板沟通船和地面，清波里绿草顺流摇摆，游鱼往来穿梭。过渡的人不多，三三两两，一般都是出于自家耕种和生活需要，会挑担、背篓或肩扛，带着一些物品往返街市与乡村之间。

等到有七八个客人在船中坐稳后，船夫就拔出长篙，先把船撑离河岸，再用桨划向对岸。舅舅曾让我猜谜语："忆往昔绿叶婆娑，看今天青少黄多，受尽了风浪折磨，一提起泪洒江河。"当时，我还是小一学生，哪里猜得出。舅舅告诉我，"谜底近在眼前"，原来正是船篙。我觉得很有意思，所以至今没有忘记。多年以后，我才慢慢体会到老街的更多味道，比如小镇和附近的乡亲都很节俭，是不会到街上饭铺吃饭的，只有在往返县城的班轮停靠武潭"起坡"的时候，才会有些饥饿不堪的旅客上岸来吃包子和面条，吃饭的也很少。原来小镇老街的每一个细小格局，都与当时当地人们的生活方式、生活水平密切相关。

至于老街西端的货运码头，那就全然是另外一种模样了。宽阔的斜坡道路一头连着码头，一头在供销社旁边连接公路。坡道西侧装有一台卷扬机，这是我见过的第一台电力驱动的机器，其实它的结构非常简单：长长的钢索一端卷在一个轮轴上，另一端带有钩子，钩住河边装满货物的板车，电动机带动轮轴转动，就会把钢索卷到轴上去，同时慢慢把板车从河边拉到坡顶的平地上来。在坡道的右侧，常常会有一位车夫奋力往上拉板车，同时赶着小镇上唯一的一头驴给他助力。车夫个子小而精壮，头大光亮，前额突起，就像寿星。舅舅爱和他开玩笑："寿星脑壳，是驴子劲大还是你劲大啊？""当然是驴子劲大！""那怎么你拿工分，它不拿？""哈哈哈哈……"旁观的人听了大笑起来。

从河边拉上来的货物主要运往两个方向，乡供销社和乡农资站，大多与集体经济相关。当年农资站位于供销社以东的老街上，在老街正中间位置，是老街上唯一的砖质建筑，大门上方还用水泥做了个五角星，刷上了红油漆，非常显目，直接印证了农业在家乡社会的地位。可是，童年时我并不喜欢农资站，因为这里常年堆着石灰，摆着柴油桶，还有大量化肥、

농약和农用塑料薄膜等物资进进出出，各种气味混杂，很不好闻，我每次经过这里都会快步离开。

今年元旦前我又回到了武潭，在货运码头旁的饭店吃饭，先点了道家乡名菜——武潭鱼，在等待上菜的时候走到码头上看了看。因为下游修了水电站，江面上涨了十几米，原来的台阶通道已不复存在。因为汽车运输已经非常发达，客运班轮早就停航了。原货运码头已经修成了水泥江堤和水泥坡道，两艘渡轮在江面往来行驶，运送村民们的摩托车过江。渡轮旁边停泊着一艘乌篷船在候客，可惜很久不见一人登船。在斜坡道上早已没有了卷扬机和驴子，没人再往农资站拉货了。

四

从农资站往街尾方向的斜对面，是老街上唯一的理发店，店里有一位师傅和两位徒弟。在我上小学前，如果有剃头师傅挑着剃头挑子来家里，全家人就会都把头发理了。我上小学后，舅妈就开始让我到街上去理发。我第一次走进理发店，是徒弟给理的，小伙子一个劲地夸我"这细伢子好乖啊！理发一动不动，就像大人一样……"回到家里，舅妈却说："一定是徒弟伢子剪的，剪得不齐，脖子上还刮出血了。"舅妈叮嘱我："下次去理发，先别进店里，等到师傅得闲的时候才进去……"舅妈对我的疼爱真是无微不至。

从理发店再往东几十米就到了街尾，这里是我进出小街的必经之地，却是小街上我最不愿停留的地方。因为这里没有商铺只有住户，街边常有几个小孩子在玩耍，他们见到有从村里方向来的孩子，就会大声喊："打乡里伢子，吃油粑粑；打野伢子，吃油粑粑。"虽然我不懂得那是什么意思，也知道他们并不会真动手打我，但仍然感到不安和不快。直到有一天，舅妈把我领到这群孩子面前，对他们说："小伢子，告诉你们，我们家这个伢子是长沙的，你们不要欺负他，他也不嫌弃你们是乡下伢子。"舅妈的呵护十分暖心，给了我莫大的勇气。可我还是不愿意在街尾停留。

今年元旦前，我回到老家，武潭老街已经全部变成了水泥街道、水泥楼房，农资站早已搬走了，街上没有了那些光滑的大卵石和熟悉的农资气味。原来街尾的地方现在连着小镇的新街道，还连着一条省级公路和通往自家老宅的村道，多条道路在这里交汇形成一个较大的广场，竟然成了小镇最热闹的地方。我停车在路边粉店吃了碗米粉，味道不错，老板却是外乡人，洞庭湖边南县的。他还问我："你也是外地人吧？现在各地来武潭做生意的人很多！"说话间我寻着一阵嬉笑声望去，粉店门口一群孩子正在玩耍，就暗自想象，在他们之中应该有当年街尾顽童的孙子吧？

就这么看着、聊着，我在粉店里坐了好一阵都没有起身回村里去。这情境让我想起两句话："近乡情更怯，不敢问来人。""儿童相见不相识，笑问客从何处来。"

乡村最后的木屋

村里最后一座木质瓦顶的老宅子，还有屋里屋外的陈设、房前屋后的环境意味着什么？

在我家乡，村子里面，老宅往往是几代人营造、维护和积累的结果，沉淀了几代人的生活与情感。它通常是老人的最终归宿，我曾不止一次听到多位老人说："我不去城里，死也要死在老屋里。"于是，守护老宅就成了他们的下一代人理当承担的责任。或许它们还会成为再下一代人走出乡关的出发地，离乡游子常常感叹"再也回不到出发的那天晚上"，只能默默地把老宅当作永远的精神家园。

我家老宅，是外公两兄弟的两处木质宅子迁到一起，合拼成的一座特大宅子。外公两兄弟、舅舅、舅妈和他们的女儿在那里生活多年，耕读传家，悬壶济世，教书育人，又都是从那里被送往医院，去了天国。我表姐不幸，比舅舅、舅妈走得早，她走的时候一双儿女还在读书。

我和哥哥曾在老宅里生活多年，南迁深圳后，只能偶尔回去看看年老的舅舅、舅妈。后来，表姐的女儿娟娟大学毕业，回到镇上教书，可以经常去照顾他们。娟娟的女儿间或会交由二老照顾，于是老宅又因为后辈的出入而有了生机。

我和哥哥曾想着退休后要回去，把老宅改造一下，建成一个乡村博物馆和小庄园，每年在那里住上几个月。没想到，前年武潭镇大规模扩建，老宅基地被征收，原址上新建校舍，镇中心完小搬来办学，而娟娟就在这里教书。这也太巧合了吧！所以，我一直没想明白，老宅对于我们到底意味着什么？

周末，偶然翻出了一些老宅的图片，是 2009 年 7 月和 2010 年 10 月两次回乡时拍摄的。在整理图片时竟然发现，当时我家老宅就已经是村里保留到最后的老木屋了，其他村民家早已拆掉木屋建起了水泥砖楼，甚至搬到小镇上居住去了。

　　通常可聚水处亦聚人。琅琊村与琅琊溪世代相依，我家老宅的建造与存续，也与门前小水坝紧密相关。当以自给自足为基础的农村生活成为过去，村里一度形成了长辈守家种田，后辈外出打拼的生产生活格局。直至前年，当地发生了最为迅速、最为彻底的变迁，村里的农田在推土机轰鸣

过后，全部被覆盖在了街道与商住小区之下，被坚硬的水泥封进了历史。甚至滋养琅琊村的琅琊溪和各条小支流，也都被封进了地下水泥涵管。

我家老宅的消失和镇中心完小新校舍的启用，标志着小乡村时代的终结，一种原生态生产生活方式的终结。所以，我相信这组照片有独特的价值——村里最全的一组老式木屋影像，传统乡村的最后印记。如今，琅琊村成了武潭镇琅琊社区。武潭镇依资江而建，曾因龙拱滩水电站大坝建成而交通便利，后因高速公路开通而兴旺，还因为弟子遍布北疆南国的大小城市而充满活力。琅琊村已经融入一个更加现代、更加宏大的发展格局之中。

我把这组图片发到自己的微信公众号，放到琅琊社区居民微信群里，放到原琅琊村小学的班级同学群里，期望大家对逝去的一切有所记忆，让亲友们的乡愁有所归依。

漫步湘江边

湘江北去，直奔洞庭，江宽水阔，人文厚重，长沙一段尤其精彩。

在长沙市老城区江中有一个十里长岛，因盛产楠橘而得名橘子洲。橘子洲和另一无名小洲并列，将湘江分成大小不等的三条水道。东西两条高大河堤的堤面都已建成滨江公园。西大堤在岳麓山下，堤外侧是潇湘大道，车水马龙。时值冬季，临西岸的水道已断流裸露出河床来，给了好奇者一探河底究竟的机会。

前些天我赶回长沙为母亲做八十大寿，第二天一早，就想去看看湘江。从湖南师大长塘村出发，向南步行 300 余米，从新民路口穿过潇湘大道的车流就来到了堤上。然后沿石阶走下河道，高堤成为与闹市隔离的屏障，汽车喧嚣之声随即远去，高楼大厦大多也退出了视野。眼前天寒水静，荒草满地，几丛枯黄芦苇迎风，几条老旧小船泊岸，立马就把我的思绪从现实世界摆渡到了历史长河之中，让我对周边一切充满遐想与敬意。

在新民路口和牌楼口岸边，都有一些石块垒成的简易小码头，只能停靠一条小木船，供一人上岸而已。当年，毛泽东、蔡和森等经常邀同学西渡湘江，来岳麓山餐风沐雨锻炼体魄，或者到新民学会探讨治理湖南与拯救中国大计，大概就是纵身一跃，踏石登岸的。往前看，曾国藩、曾国荃兄弟可能也是这样登岸进了岳麓书院。再往前看，即便是朱熹、张栻来岳麓书院开坛讲学，也只能是从船头搭块木板上岸而已。还有杜甫，曾客居长沙最后亡于湘江之上的一条小船上。"小杜"杜牧吟唱"远上寒山石径斜，白云生处有人家。停车坐爱枫林晚，霜叶红于二月花"，是不是也是从这里上岸开始山行的呢？甚至，可以继续往上追溯，东汉长沙太守张仲景"张长沙"，勤于政事、广施仁术，人称"医圣"。西汉政治家、文学家贾谊"贾长沙"提出"民本"思想，投身于政治实践、社会变革，为湖湘知识分子的"经世致用"开创了榜样。他们可能也曾如此往返湘江两岸。那么，这些再普通不过的石头，就是人生一个精彩的起点、一个美妙的转折。

从牌楼口河床爬上河堤，潇湘大道人行道上立有一座石头牌坊，临江一面刻着"道岸"二字，朝山一面有"书院"二字，这便是宋代四大书院之一岳麓书院的山门。石坊屹立江边越千年，迎候往来求学传道之人。从石坊起有一条直路通向书院大门，门联为"惟楚有材，于斯为盛"，显示了书院的历史地位。2014年4月，胡锦涛同志曾对此有评价："岳麓书院也好，湖南也好，是完全担得起的。"进得大门，门厅边悬有长联——"治无古今，育才是急，莫漫观四海潮流，千秋讲院；学有因革，通变为雄，试忖度朱张意气，毛蔡风神"，进一步阐释了书院的学风与传承。

现在，湖南大学校门已东移至牌楼口，书院山门对面，潇湘大道旁是刻着湖南大学校名的石碑。从此沿潇湘大道往南隔天马山，便是中南大学校门；往北过桃子湖就是湖南师范大学校门，三校临湘江靠岳麓山比肩排列。我来到"湖南大学"石碑前，两位大学生正在留影。他们应该知道此碑的后面记载着伟人情怀：1950年，毛主席拒绝将湖南大学改名为毛泽东大学，却应时任湖大校长的中共一大代表李达之请，为大学题写了校名。他回函给李达："鹤鸣兄：校名照写如另纸，未知是否合用？我不会写更大的字，你们自己去放大。顺祝健康！毛泽东八月廿日。"

现在，从山门和校门直通书院的小路，已成为纵贯湖南大学的主干道，虽然再也看不到挑着一箱书、一箩米，一步一步登上河堤，走向书院的学子，但有更多各地才俊从此迈入求学殿堂。湖南大学自豪地把书院作为自己的前身，因而号称"千年学府"。应该说湖南大学以书院为傲，而书院又因大学的发展而焕发了青春。目前，岳麓书院是宋代四大书院中唯一充满生机的，因为书院内至今办有研究所、出版社，还培养研究生，经常有知名专家学者应邀前来开讲座，道脉不断，游人云至。

湘江之滨沉淀了如此厚重的湖湘文化，却也不乏浪漫气息。在岸上的几丛芭茅和水边的几丛芦苇，开着相似的白花，迎风摇曳。《诗经》里"蒹葭苍苍，白露为霜"和《琵琶行》中"枫叶荻花秋瑟瑟"所描写的蒹葭和荻花，大概就是指这类植物吧。琼瑶祖籍衡阳，也在湘江边，她写作《在水一方》时不知是否受到了家乡景物的影响，但她选择在岳麓书院拍摄电视剧却是事实。我一直走到河心，这里虽然没有春潮涌动，却有青草疯长，有爱情在游荡。在大片鲜嫩的青草上，一对小情侣正紧紧相拥，蜜意浓情。

再往东，江面上水鸟成群，对面便是橘子洲了。民国时洲上曾建有英国领事馆，是洋人活动的地方，如今这里是旅游名胜。洲南端被称为橘子洲头，是潇湘八景之"江天暮雪"所在。毛主席的词作《沁园春·长沙》借景舒怀："独立寒秋，湘江北去，橘子洲头。看万山红遍，层林尽染；漫江碧透，百舸争流。鹰击长空，鱼翔浅底，万类霜天竞自由。怅寥廓，问苍茫大地，谁主沉浮？携来百侣曾游，忆往昔峥嵘岁月稠。恰同学少年，风华正茂；书生意气，挥斥方遒。指点江山，激扬文字，粪土当年万户侯。

曾记否，到中流击水，浪遏飞舟？"这气概与"江天暮雪"迥然不同，古今难得几人与之比肩。现在，洲头迎水面全用石块修砌，洲上建了一座巨大的青年毛泽东塑像，主席长发飘逸，一派"指点江山，问苍茫大地，谁主沉浮"的气度。远远望去，橘子洲就像一艘巨轮逆流而上，而主席塑像正好坐在船长位置。

走着走着，一位位千古风流人物不断从我脑海中闪过，他们时代不同，各领风骚。我不想考证他们与长沙或者与岳麓书院和湖湘学派的关系，只是觉得他们在精神气质上有着惊人的相似——为学经世致用，为人硬骨铮铮，处世安民济国。左宗棠少年时屡试不第，转而就读于长沙岳麓书院，遍读群书，钻研兵法，后来成为清朝晚期名臣，收复新疆，从此西域遍植左公柳、湖湘弟子满天山。即便是小说里的关羽和黄忠，也是忠义勇猛盖世。因此，河东的长沙古城楼天心阁、河心的橘子洲头、河西的岳麓书院，还有在长沙保卫战中抗日牺牲的七十三军烈士公墓等等，都是人们思古壮怀的好去处。哪怕是独自行走在湘江河床上，也容易油然而生"三十功名尘与土，八千里路云和月"的情怀。

我对长沙历史略有所知，与父母都毕业于湖南师大历史系有关。从河边走了一圈回家，开始做饭炒菜，妈妈告诉我："听说你去河边，你爸爸找你去了。"过了一会儿，爸爸也从新民路口出发，沿江边到牌楼口走了一圈回来。

（此文作于 2014 年 12 月，曾刊于《南方教育时报》，有修改）

一 ·
笑 桃
春 花
风 依
　 旧

　　故乡人物，不论坚守山村、闯荡他乡、叶落归根或驾鹤
仙游，都定格在了乡土风情中，甚至进入了传奇故事里。回
到小镇，清清资江，水深江阔，风景美得让人心醉，抬头是
蓝天白云，低头是清波云影，谁知道哪片云把雨洒到了江里，
谁又知道哪朵浪花曾是天上的云彩。

青石板上的守望与怀念

在老家老宅的屋角台阶上，有一块约一米见方的青石板，质地细腻，几十年任由雨水洗刷，家人踩踏，已被磨砺得光滑润泽。这块青石板不用作任何加工，摆在居室里就是一件艺术品。如果稍加凿磨，就成了一块难得的大茶盘或砚台，可作为别有风味的镇宅之宝。听说因为附近小镇扩建，老家宅子要被拆除了，我打电话要求把这块青石板留下来，准备在上面刻上些文字作为纪念。可惜，老家人告诉我宅子已经拆掉，青石板早被推土机埋在黄土中去了。虽然遗憾，但是再厚的黄土也掩埋不了青石板所承载的情感与记忆。

在我的记忆中，经常有一个美丽的身影站在青石板上。那是舅妈，当地最美丽、善良的女性，人称"土地菩萨"。其实，舅妈站在青石板上永远是在眺望。宅子背靠一列青山，建在高坎之上，对面是另一列青山，两山之间拥着大片稻田，稻田中间是一条小河，河边是一条大路。所谓大路其实也就只有一米多宽，在泥土上随意铺了些较小的青石块而已。大路通往一里多外的小镇，小河也在小镇处与宽大流深的资江汇合。

细一想，舅妈的守望也无非是三种情形：

一是守望舅舅。其实舅妈与舅舅不是原配夫妻。舅妈原来是小河正对面山坡上人家的媳妇，她在那座宅子里也经常站在一块青石板上眺望出门的丈夫，结果丈夫参加抗美援朝后就再也没有回来。而这时节，舅舅的前妻也病逝了。于是，舅妈过河来，与舅舅走到了一起。舅舅是解放前的高中毕业生，有文化，曾经是镇上的职工、生产队的会计，家境不差，置办了一副捕鱼的网具，叫作罾。罾就是一张两三米见方的网，用两根十字交叉的竹竿把它撑开成方形的网兜状，然后把十字交叉的竹竿和网兜挂在另一根更长更粗的竹竿顶端。如果把长竿立在河边，用绳把长竿拉成直立或者放平，就可把网兜悬在空中或者放到水里。当网兜在水里放置了一段时间，再拉出水面时里面就可能捞到了路过的鱼。用罾捕鱼，一般都是在大雨天，小河水暴涨，直泻大河的时候，最好又是在夜晚。因为这个时候小河里的鱼都会在临近大河口附近的水道里徘徊。在我们年幼时候，当地人家境普遍都不好，很少有

能置办得了这种渔具的，也舍不得去买手电筒和电池。于是，雨夜捕鱼时，河边总是只有两三点渔火。其中最亮的那一点就是舅舅的手电筒。舅妈既希望舅舅捕到很多鱼，又非常担心舅舅的安全，怕舅舅被大雨淋病。因此，从舅舅出门捕鱼后不久，舅妈忙完手头上的事，就会在青石板上望着河边的渔火。那亮光在一处停停，又会慢慢移向大河口，然后再慢慢移回到家附近。我和哥哥也经常站在青石板上望一会儿，不久就被舅妈送回到床上睡觉去了。第二天早上起来，就可以看到舅舅睡在身边，舅妈正在收拾一大盆鱼，有些鱼太大，头尾都伸到了大木盆外面，足有十几斤。这些鱼总

是会被精心腌制成咸鱼或熏腊鱼，够一家人吃很长时间。好多年以后，我才知道家乡有一句俗语：家有一缸鱼，多吃一缸油；家有一塘鱼，多吃一仓谷。意思是只有富裕人家才能多吃鱼，因为多吃鱼就必定会多用油，多吃饭。哥哥和我正是因为吃得好、发育得好的缘故，成了村里跑得最快、摔跤最厉害的孩子。

二是守望孩子。舅妈没有生育过，当我远在省城的父亲被打成右派时，妈妈生下了我的哥哥，舅舅、舅妈就收养了我哥哥。我出生后，随哥哥一同在舅舅家长大。因此，在我心中舅妈就是妈妈。我在农村读完小学一年级后，爸爸错划成右派已经被改正，我也就回到长沙读书去了。每逢放假，妈妈想与哥哥和舅舅、舅妈团聚，我想"回家"，于是妈妈总是早早地写信将我们的归期告诉舅舅、舅妈。回家的班车每天也就那么两三趟，舅妈总是能算到我们回家的大概时间。每到约定回乡的日子，舅妈就会站在青石板上眺望。我们从城里来，往往撑着伞，是黄色的油布伞，不同于乡民常常只戴斗笠或者偶尔有撑红色油纸伞的。我们穿的衣服也比老乡们要鲜亮一些。暑假回家时，小河与大路两边或是早稻金黄，或是刚插下的晚稻淡绿，我们撑着黄伞走在其间，非常显眼。寒假回家时，我们穿行在被粉紫色紫云英覆盖的田地间，更加突出。一见我们出现在远处田野里，舅妈就开始擂茶，还拿出珍藏了很久的瓜子、"雪枣"等仅有的零食。舅舅则开始杀鸡做饭。后来，哥哥考到省城读书了，也是放假才回家。舅妈就继续在青石板上守望。哥哥放假后，在"长沙妈妈"家住上一天，就会迫不及待地赶回乡下去，进屋就能吃到又香又嫩又辣的炒子鸡。舅妈问："好吃吗？"哥哥一抹嘴说："好吃！还能吃一只。"于是，下一餐接着再吃一只炒子鸡。终于有一天，舅妈在青石板上守望着，看到我飞快地跑到她跟前，双手抱拳作揖说："恭喜！贺喜！"身后，哥哥手牵穿着红嫁衣的嫂子回家来了。

三是守望路人。和舅舅、舅妈一起生活的"医生外公"也不是亲外公，"医生外公"先后收养了舅舅和妈妈，于是外公、舅舅、妈妈才成了一家

人。旧时有习俗，被医治好了的人如果没有钱交诊费，或者是富家人重病有幸被从鬼门关救了回来，都会在乡里修路架桥，或者在山坳、山顶处的道路旁搭间茅棚，天天施舍茶水，为路人歇脚提供方便。当时，舅妈觉得家里平安兴旺，理当做些好事。家门外是一条小路，连大路通小镇。早年外公在路边种了一棵桂花树，几十年后长成了参天大树，树荫浓密，每年都会几度花开，浓郁的花香弥漫村里，直飘小镇。经常会有路人在树下乘凉、避雨。每逢风雨突至，舅妈总会站在青石板上守望雨天需要帮助的人，热情地把他们迎到屋里，再端上一碗茶，为他们提供干衣换上，拨旺柴火，为他们烘烤湿衣。夏天有人在树下躲荫时，舅妈也会把他们请到家里来喝茶。因为乐善好施，舅妈赢得了"土地菩萨"的名声，大家称赞她善良，无所不管，无所不能。

现在，舅舅、舅妈都已经去世，青石板深埋地下，高大的桂花树也不知被人移植到哪个城市的花园里去了。只有我们对老人家的怀念、对家乡的眷恋永远不曾淡忘。

（此文写于 2015 年，曾刊于《南方教育时报》）

胡须爹爹和驼子翁妈

说起胡须爹爹和驼子翁妈，就会有一些美好的画面在我脑海里闪现。

资江是湖南第二大江，穿流青山与绿野之间，在家乡转了个大弯。河湾里拥抱着大片农田，只高出河面两三米，叫作北滩。在北滩对面，河湾的弓背位置上，是二十多米高的河岸高坡，坡下是码头，坡上是一个老镇子——武潭镇，镇子后面是连绵的青山。从镇子往下游没几里路有一处险滩——龙拱滩，礁多流急，四处翻起堆堆浪花，浪花之间散布着众多旋涡。

20世纪40年代的一天黄昏，岸上一片静谧，山丘下、小镇上炊烟升起，夕阳像巨大的咸蛋黄，缓缓降向山峦，暮色中间或传来几声牛哞犬吠。这时候江面上传来了渐渐清晰的马达声，远远的一艘大木船挂着白帆，逆流闯滩，全速驶近，小镇子立刻骚动起来。因为这艘船载着小镇人的希望，二十几天来一直在江上漂泊，现在终于平安回来了。大家走向码头，心里盘算着：请船老板带去武汉的货卖了个好价钱吧？要从武汉进的货这次应该进到了吧？船靠岸，伙计把一块跳板从船头搭到岸上，老板在船头高声大喊："三爹，你的货卖了高价，又进了好货，快来清点卸货……"老板娘却轻盈上岸，嬉笑着穿过人群，从小街头飘向街尾。街两侧各家门店的老板娘、大姑娘闻声张望，有的大声招呼："喂，老板娘，买了什么洋把戏（东西）回来？托你扯的洋布扯到了没有？"

最后离船上岸的，是胡须爹爹。他是水手，没有家室，常常独守空船，把船擦洗得干干净净。胡须爹爹曾经是排客，早就习惯了在水上漂泊。家乡山川秀美，河流上游一般在密林深处，砍伐下来的木材被一根根并排绑成木排。排客负责把很多张木排像火车一样，一节节串连起来，两三个人上排，合作控制一串排，趁着春洪把它们从上游漂送到下游，交给木材商，赚取微薄的收入。放排非常危险和艰辛，放一次排短则几天，长则十几天，蓑衣斗笠，风雨漂泊，吃住都在排上。

　　舅舅曾随胡须爹爹放过一次排，几十年后还自豪地对我讲起那次经历。原来，排客们对于险滩总是爱恨交织，因为没有险滩的河流落差不大，水流不急，基本不适合放排，即使勉强能放排，木排也下行缓慢，排客的生意很不好做。如果有险滩，排客就得用生命来拼搏。胡须爹爹站在排头，手持一根装有铁尖的长竹篙，一次次把长篙的铁尖插到礁石上，拼命将排头撑开，使它能远离礁石，顺流而下。排尾还有另一位老排客，紧握着用一整根原木做成的长舵，用它划水或者直接划到河滩底，让排尾跟上排头的方向，以免木排扫到礁石上去。不论是排头还是排尾，稍有闪失，或者是头尾的配合出了点问题，轻则木排触礁搁浅，重则排散失，人伤亡。即使过了险滩，他们也不敢放松，而是趁着水流急，尽量让排漂行远一点。由于没有经历和技术，舅舅其实并没有帮上什么忙，直到天快黑了，排在水流舒缓的河湾处靠岸，他才参与拴竹篾长缆，负责煮饭。晚上，他们喝了几口酒，以驱寒湿之气，这已经是他们觉得最美最奢侈的事了。胡须爹爹是在妹妹嫁给聋子爹爹后，才下排上船，当了水手。

　　在我印象中，胡须爹爹特别神秘和威严，他天天坐在屋角的主位上，用长长的烟杆抽烟，除了与外公沟通，几乎就不怎么说话。吃饭的时候他也不和大家一起上桌，因为他最年长，我们总是把做好的饭菜先端给他独自享用。他吃饭时，哥哥还在卧室与厅屋之间跑来跑去，我跟在后面追。胡须爹爹被我们吵烦了，就会斥责两句，每次听到责骂的总是我，因为哥哥已经又跑到其他地方去了。直到社会开放了，我才意识到胡须爹爹的胡子很像老外，他经常戴的一顶毛线帽子竟然与欧洲的风雪帽一模一样。奇怪！一位乡村孤老头子，怎么会如此装扮呢？没人告诉我答案，只记得舅舅曾经说过，胡须爹爹是见过世面的人，曾经长期随船过洞庭，跑武汉，在武汉还遇到过"好事"，可惜没成。我始终不知道胡须爹爹有什么奇特经历或者浪漫故事，却渐渐地理解了老人家的孤独，那可能是对生活归于

平淡，却未得圆满的不甘，或者还有些许寄人篱下的落寞。

聋子爹爹和驼子翁妈的晚年要明朗得多。驼子翁妈的背已经弯成了近乎直角，但仍然热情爽朗。每次听到有人在远处高声说话，哈哈大笑，舅妈就兴奋地说："驼子翁妈来了！"果然，门一开，驼子翁妈的上半身就先进门了。以我的身高，刚好平视到她满脸笑容，露出两颗大金牙。她手一扶门框，又现出一个玉镯子。据说，她年轻时是一位极美的女子，以她的美丽加上乐观开朗的性格，还有当地唯一的机帆船老板娘的身份，当真就是小镇上的一道风景。

解放后，两老的机帆船以公私合营的方式交给政府了，儿子参军一去多年，转业后在省城长沙工作，很少回乡。两老没有落户在小镇上，而是在北滩的村子里安了家，能拿到稳定而微薄的收入。后来，妇女戴首饰成了不良生活方式的标识，两老的金戒指、耳环等大多作为"封建金"，按国营牌价交由供销部门收购了，换来的钱全留给儿子娶媳妇。从那以后，如果身边有不熟悉的人在场，她总会看似不经意地说明，她的金牙是不能取下来的，她的镯子是小时候戴上去的，现在已经取不下来了。其实，两老还是做了点手脚，将少量的金饰用纸包好，藏在了地板下和菜园里。多年以后，两老却找不到当年"私藏"的金饰了。

胡须爹爹身体不好，基本不出门，外公和舅舅、舅妈又很忙，于是经常让哥哥和我为北滩两老送去些鸡蛋和红糖。我们每次都是走两里地，从小镇街尾逛到街头，拿一枚鸡蛋给同一家小店主，换几分钱，作为往返过江的船费。过得江去，还有两里多路才能到两老家。那时候哥哥六七岁，我四五岁，经常看到聋子爹爹在菜园里挖土，驼子翁妈总是站在一旁，头离地面很近，眼睁睁地盯着，嘴里遗憾地叹息："哎！金子在土里真是会长脚的！"后来，两老藏金子、找金子的事情在亲戚中传为笑谈。虽然那些金子再也没有出现过，但两老还是安享天伦，得以善终。

现在，武潭下游十里处修了一个大型水电站，大坝截流后江水上涨，水位刚好回溯到小镇，淹掉了龙拱滩和以前的码头。由于公路交通便利了，江上除了捕鱼的小船，已经没有跑运输的船。清清资江，水深江阔，风景美得让人心醉，抬头是蓝天白云，低头是清波云影，谁知道哪片云把雨洒到了江里，谁又知道哪朵浪花曾是天上的云彩。

（此文部分内容曾于 2017 年 11 月刊于《南方教育时报》）

符十爹和晋二爹夫妇

在传统的中国乡村社会，尤其是 1949 年以前，族内互助，族际竞争似乎是常态。本人家族长期人丁不旺，在乡里曾备受打压，于是族里长辈们决定从长计议，曾集中有限财力，先后从两代人中各选送了一名优秀子弟出乡关求学，期待他们出人头地，荫及族人。他们就是符十爹和晋二爹，一个从黄埔军校出来，出生入死上井冈山，却又从山上逃了下来；另一个耀武扬威爬上孟良崮，然后被抓了下来。从此，两人的人生轨迹都发生了根本性的转折。

一

符十爹是我外公的堂叔，本名叫玉壶，可是他的经历似乎与"一片冰心在玉壶"的诗句并不搭调。在沈从文先生墓前石碑上，刻着一句名言："一个士兵要不战死沙场，便是回到故乡。"这是对沈老生平和情怀的真实写照。符十爹也曾经是一位士兵，没有战死沙场，也回到了故乡，但他的墓志铭应该是："没有血债，做过好事。"这八个字既救了他的命，也是他一生的遗憾。

十爹是黄埔军校毕业生，曾经上井冈山干革命，据说资格比林彪元帅还老。可是他立场不坚定，在井冈山革命根据地最困难的时候竟然逃下山去，辗转到了上海，还曾经担任国民政府的警察分局的局长。后来，他得知一位共产党人被追捕，此人还是湖南老乡，并且到了他的辖区，也不知道他用了什么高招，竟然悄悄地找到了这位共产党员，更不知道他是哪根神经通了，还冒险把这位老乡藏在自己家里，帮他躲过了一劫。如果十爹是在为党做地下工作，那么他这时可以说：井冈朋友如相问，一片冰心在玉壶。可惜他不是。

后来，十爹在国民党的军界和警界混得并不好，解放前曾一度赋闲在村里，后又被推出来当了伪乡长，也做了一些维护乡里的好事。看来十爹是一个没有理想、更无主义，但有传统道德操守的普通人，所以不论是家族的重托还是时代的潮流，都没能把他推向人生的高峰。解放后，十爹因为历史问题差点被深究，这时他曾救下的那位共产党老乡已成为省领导，政府几经调查并有老革命出面作证，他才得了个"没有血债，做过好事"的结论，保住了性命。

为了不在政治运动中连累家人，从此，十爹就不进家门，自己在家附近搭了一个小茅草棚，独自蜗居。他女儿在省城长沙的工厂工作，父女之间几乎断了联系。一位老人长期受人尊重、有人服侍，却突然落到这步田地，不难想象他的生活该有多么艰难。乡亲们可怜他，时常会悄悄地给他送点吃的、烧的，帮他度过饥寒日子。送的东西很少会给到他手上，多数是悄悄地放在了棚子门帘边，连是谁送的都不知道。也许是乡亲们自发送的，也许是他女儿悄悄请人送的。后来，突然有做黄埔军校校友联谊工作的人来乡下找到他，他以为调查组又来了，连忙申辩："政府已经做过结论了，我是'没有血债，做过好事'的！"这时，他才知道局势有所变化，他可以回家生活，不会连累家人。

我见过十爹几次，他拄根拐杖，寿眉粗而长，精神不错，中气十足，因为耳朵不太好，说话声音特别大。可是他很少说话，更不愿谈及自己的过往，只有在别人谈到他曾经救过共产党人，在国民党部队来抓壮丁时庇护过乡里子弟，他才会神气地拄起手杖，挺直腰板，眼光闪亮，点头称是。现在，大家很愿意谈到家族里曾有十爹这么一号人物，还不无遗憾地叹息，十爹要是坚持从井冈山走到新中国成立，那当然是一位资深的开国将军。可惜我们没有见到这一天，而且他的后代也很少再回乡里。

现在想想，我们为十爹的一生感到遗憾，只是一番谈笑而已，但对于他老人家来说，恐怕是刻骨铭心的痛。他应该是带着遗憾与不舍离开的。

二

晋二爹是外公的弟弟，年纪比符十爹小得多，在下辈人里行二，是家族推选出来的另一位希望之星。说起二爹，我眼前就会出现电影《红日》中粟裕与张灵甫激战孟良崮的画面。强悍而自大的张灵甫部队在山上被围困，饥渴难耐，遭受解放军罕有的猛烈炮火打击，最后张灵甫死在山洞中，众多国军被俘虏。早年看这部电影，我总会在俘虏中极力寻找谁像二爹。因为我曾听到大人悄悄地议论，二爹人品好，读过书，被选征到国民党最精锐的张灵甫七十四师，正是在孟良崮之战中他被俘虏了。后来我才知道，二爹在山上忍饥挨饿病倒了，再被炮火一震，就晕迷在了石缝中，醒来时已是俘虏。在激战中他既没有受伤，也没伤人，从此掉转枪口成了"解放军战士"，还参加了渡江战役和南下后的多次战斗，屡立战功。他至死都珍藏着多枚军功章。

二爹的妻子二翁妈，为人热情，手大脚大，干粗重活是把好手，但是特别粗枝大叶，按老家的话说就是"马虎"得很，根本不会持家。直到我们这辈人长大后，她仍然是有名的"马虎"翁妈。我常随父母去看望二老，她必定热情招待，高规格请喝茶。首先，她端上芝麻茶来，我们却只能把芝麻囫囵吞下去，因为那芝麻里沙土太多，实在没法细嚼。然后，她会再端上一碗红枣煮鸡蛋，每人两个蛋，上面铺着一层红糖，还放着一把小铜勺。因为糖太多太甜，我妻子只能勉强吃下一个蛋，然后趁二翁妈不注意，偷偷把另一个蛋拨到我碗里，再倒过来半碗汤。这样一来，我就不得不硬着头皮吃下三个鸡蛋，喝下一碗半甜得发腻的汤。二翁妈见我们的碗都底朝天了，一定会高兴得笑出声来。可是我却在想，接下来还得去三翁妈家，再吃三个蛋。怎么办啊！

长辈们曾议论，是二翁妈拖二爹后腿，影响了他的发展。解放初，二爹新婚后就接到任务，悄悄去了大西北，在某核研究所边学习边工作。过了一段时间，二翁妈就很想要二爹回来，主观原因是她想念丈夫，客观原

因是她真的不擅持家，必须要二爹回来掌舵。于是，长辈们商议后，就请人以二翁妈的名义给二爹写了一封"召回"信。恰逢国家困难时期，要减少一些核研究部门的非技术人员，二翁妈的信刚好从千里之外辗转到了他手中，也不知道二爹作了怎样的思想斗争，竟然就主动申请回乡了。此后，他不允许族人谈他当兵的经历，更不允许谈他搞"核研究"的事。

二爹是个文化人，清瘦儒雅，回湘后当过小学校长，还曾到县教育局任职。不知什么原因，他最后还是默默地回到了村里生活，当起了农村职业中学教师，甚至还干过生产队长。有一年暑假回乡，我去看望老人家，他穿件白衬衫，手夹着香烟，正指着木板墙上的挂图，给一群村民讲棉铃虫的防治。村民们坐在矮凳上认真听，抽着长烟杆、水烟袋或者自卷的"喇叭筒"。

二爹还有些浪漫。我外婆去世时大家非常伤心，我当时是个毛头大学生，不知天高地厚，竟然劝慰大家：外婆是大好人，走得安详，送终的人多，是她的修行，大家还是节哀吧。乡里人家的挽联一般都是用颜体等正楷书写，第二天二爹为外婆撰写的挽联竟然是漂亮的行楷，内容也很特别："毛淑中秋离亲别伙采桂去，慈母清明携财带富恋亲归。"

二爹夫妇感情极深，两人不仅长相越来越像，生命节奏也越来越接近。在老伴去世后，二爹有条不紊地料理完后事，第二周竟然就无疾而终了。家人谈及此事，认为二爹被族人选送去读书，解放后又放弃那份神秘职业和大好前程，正是为了履行对族人和妻子的承诺，实实在在地回报乡里，与妻子恩恩爱爱过日子。

符十爹和晋二爹同样肩负着族人的希望，却走了两条完全不同的路。二爹一生虽然终归于平凡，却为家庭和乡里尽心尽力，他离世时应该非常坦然，像是去履行承诺，再赴与二翁妈的生死之约。

一切过往皆为序章

我有两个表弟，身材中等、容貌端正，算不上帅气伟岸，一看就是两个朴实厚道的普通人。可是，如果你了解他们的经历，就不会觉得他们很普通了。大表弟叫日升，小表弟叫光辉，旭日东升、大地光辉，长幼有序、气势非凡，而且一听就知道是生在特殊年代，先前吃过苦，然后又赶上了改革开放弄潮年代，必是有故事的人。现在，两人正值壮年、事业有成、家庭和睦，更逢国运昌盛，自然还会有更多作为，上演更多精彩故事。

我外婆家境贫穷，生育四女一男，小女儿不幸夭折，我妈是老二也被送给他人收养了。三个女儿相继远嫁外地，只有舅舅、舅妈和日升、光辉与外公外婆一起过着贫苦日子。

日升是长子，童年时并不淘气，却在死亡边缘走了一趟。他四岁多的时候，有位六七岁的孩子让他和另一个村童山伢子坐在平板车上，然后拖着车子从坡道上往下冲，这样既不费劲，又速度快，特别刺激。不料想平板车从高坡上冲下来惯性大，拉车的男孩根本就没办法让它停住，那车载着两个小孩子直接冲过公路，掉下高坎，栽进小河里去了。拉车的男孩吓得脸苍白，瘫倒在路边像木头一样不动了。日升入水后脚正好碰到车把，使劲一蹬，然后双手扒住水底石头，竟然爬到河对岸，自己走回家去了。家里人见他全身湿透，又被吓呆得厉害，知道他肯定是掉到水里了，连忙给他换上干衣服，塞进被子里捂上。过了一会，山伢子的父亲急匆匆跑来问日升："和你一起耍的山伢子到哪里去了？"日升回答："在河里。他在转圈圈，吐泡泡。"小伙伴不幸夭折，日升却大难不死，应有后福。

日升在乡下读完小学和初中，然后到县城小姨妈家寄住，进了县一中读高中。高中毕业后考入了省城的高校，周末就经常到二姨妈家（我家）

走动，顺便打个牙祭。他学工业和民用建筑专业，成绩优异，还入了党，考驾照等课外学习也都顺利过关。每到假期，他总是先去建筑工地打工，赚点辛苦钱，以减轻家里负担，然后，看过两位姨妈，才回乡下老家去。开学时必定又会看望两位姨妈，并且捉一两只野物，在县城或省城卖了，再赚点小钱。自强者天佑之，他在童年贫苦的农村生活中锻炼出坚强意志，在与两个姨妈家庭的交往中学会了感恩和圆融处世，在工地打工时积累了建筑业实践经验。

大学毕业后，日升进入省建公司工作，被安排下工地，跟一位工头师傅学习施工管理。师傅一看，这小伙子不错！有文化，干活上手快，能吃苦，嘴还甜。于是，又把他介绍给了自己的师傅，一位老资格的项目经理。经理观察了一段时间，就对在工地上管财务的女儿说："日升这个小伙子不错。这样的大学生难得！"这位经理在当地建筑界人脉广，常常可以拿到新工程。接下来，老经理揽工程，日升下工地，经理女儿管财务，一干多年，日升不仅成长为优秀的工程技术人员，还成了老经理的女婿、俏会计的老倌。这时他的位置已经高过他的师傅，却仍然"师傅""师傅"一声声叫得亲热。

然而，日升在一切都顺风顺水的时候，却突然经历艰难与波折，在事业崩盘边缘挣扎了一番。有几年，国内经济领域"三角债"成灾。日升完成的施工项目，甲方总是要欠他一部分工程款，导致他付不清别人的材料款。过年时，他不敢开手机，就怕被人追债。不过，他从未拖欠过工人工资。甲方被他追款追得急了，就以建好的房子抵款。他在南方某省独立完成了一个政府安居小区建设工程，竟然也被软磨硬拖地耗了近两年才完成结算。亲戚朋友都为他担忧，他却稳稳地左拆右挡，继续接工程，抓工程，就像孔子对颜回的评价，"人不堪其忧，回也不改其乐"。几年后，他终于熬过了困难时期，没赚到多少现金，手里倒是积压了一批各色住房。谁料想后来房价疯涨，日升"因祸得福"了。

当日升干得风生水起的时候，他弟弟光辉也刚大学毕业，学的水暖工

程专业，也进入省建公司，干起了水电和水暖安装。要说光辉表弟，可是
与他哥哥不一样，打小有点蔫儿淘，上小学时曾跟小伙伴斗狠，要比一比
看谁敢把老师揪翻在地。于是与几位同学埋伏在放学路上。"看，老师来
了。""上！"几个熊孩子一拥而上，有抱左腿的，有拉右脚的，还有扯
头发的，硬是把一位女老师给揪翻在地了。他凭这次"战斗"赢得了在同
学中的地位，却丢掉了学位，整整一年没能回校上学。他复学后，就像已
经把淘气事都干完了一样，变成了一个乖孩子。在大学期间，他老成持重、
品学兼优，是优秀学生干部，也入了党。工作后因为稳重、勤勉务实，省
内省外奔波，工程越做越大，后来还负责公司的经营管理。

　　光辉的夫人研究生毕业，是省政法部门的干部，高龄怀上了二胎正在
养胎，晚上他陪在一旁，学习研究企业消防管理。夫人佩服他的专业能力
和学习精神，把夫君夜读的图片发到亲友群里。她还发了另一张图片，是
正读高二的女儿给她的生日贺卡："……安心养胎哦！不要担心我，我会
好好的。不需要等我晚上回来再睡觉。把身子保护得好好的才是最重要的，

有什么想吃的可以和我说，我可以买回来的！生日快乐啊，不久之后，你就可以收到双份的礼物了……"于是，大家知道了光辉成功的家庭原因，而且非常羡慕。

现在，这两兄弟不仅工作顺风顺水，而且经常帮助乡里乡亲，对两个80多岁高龄的姨妈更是照顾周到。说来惭愧，前几年我父母搬家，房子要装修，我都没有回去。亏得这两兄弟帮忙，事情很快就干完了。

回想他们的成长经历，一个在适应环境的过程中成长，一个在提升自己的基础上适应环境，各自精彩、各自成功，殊途同归。我告诉儿子"苦难是所学校、苦难是笔财富""工作也是学习，岗位就是专业"，可惜他现在还体会不到其中的艰辛与奥妙。

我要说，日升、光辉，你们真棒！一切过往皆为序章，期待你们的更多好消息。

桃花依旧笑春风

"人面不知何处去，桃花依旧笑春风。"这对于唐朝诗人崔护来说，是一个美丽忧伤的爱情故事。对于我来说，则是一个关于童年小伙伴的伤心之结。

家乡桃江县，有条桃花江，江畔自古是赏桃花胜地。不过桃花江并非因遍地桃花得名，而是因为附近女子貌美肤白，人面桃花。民国时期，有音乐家曾创作歌曲《桃花江上美人窝》，广为传唱，一直流传到东南亚。

我家琅琊村与桃花村交界处有一户人家，家里有一位小姑娘，名字叫作肖桃花，是我童年的玩伴。她的容貌有桃江女子的优点，家境和经历却与美好没有丝毫关系。

她的所谓家，实际就是一个木头框架，顶上盖些稻草，墙壁只不过是用竹篾编好后，抹上一些泥巴而已。说起她的家人，更是让人伤心。她奶奶年事已高，年轻时癫痫发作，跌倒在火堆里，被烧成满脸疤痕，面目十分恐怖。她父亲是个"痨病壳子"（肺结核患者），哥哥身体也不好，还是个癫痫头，两个男人本应是家里的顶梁柱，却都借病偷懒不干活。她妈妈是家里唯一身体正常，而且非常勤劳的成人，可惜却满脸麻子。我自幼不在妈妈身边，靠吃米糊糊和村子里的百家奶长大，应该也吃过她的奶吧。因为，舅妈让我称呼她为"麻子妈妈"。

实际上这个家就是母女俩撑起来的。家里的一切劳作基本靠"麻子妈妈"，而四处"化缘"求助的事大多落在了小桃花身上。每当我们家杀鸡的时候，"麻子妈妈"总是能够听到，并且很快跑过来，静静地等待舅妈把鸡毛送给她。几天后，鸡毛干了，她就会做出一把漂亮的鸡毛掸子，拿到小镇上卖了，换点盐或针线回来。如果杀的是只公鸡，尾巴上的毛很漂

此心安处是吾乡

亮，那鸡毛掸子或许还能多换一撮盐。因为"麻子妈妈"的勤快能干，我家有了破布，也总是会留给她，她会把破布撕成条，编到草鞋里去。带布条的草鞋要柔软一些，比单纯用稻草编成的能多换一两根针。

至于桃花，说实话，几十年过去了，我已经记不清她的模样了，只记得她话不多，特别爱笑。舅妈经常说她很乖。乖，在家乡话中有两层含义，一是漂亮，二是乖巧。在桃江，在琅琊村和桃花村，能够称得上乖的女孩子，自然是不错的。但是，村里其他孩子嫌弃桃花的家人，又怕被传染上癞痢头，所以基本都不和桃花玩耍。舅舅、舅妈不仅没有这样的想法，还经常接济桃花一家。有一个清冷的早上，白霜满地，一开门就看到桃花缩在我家屋檐下，小手冻得红肿，开裂渗血，捧个冰冷的蓝花瓷碗，低着头，怯生生不出声，舅妈见了就知道她家又揭不开锅了。于是，拿过她的碗，给盛上堆尖的一碗米。桃花把瓷碗紧紧捧在手里，苍白的脸颊虽已被冻出两团暗红，却堆满了笑容，乐开了花，小心翼翼地挪步回家去了。看着桃花离去的身影，舅妈说："新伢子，你要好好待桃花。"

我六岁那年回到乡下，还曾与她一起捉鸟。我和她躲在柴堆后面，等小鸟进机关来吃碎米。在傻傻等待的时候，我一声不吭，她却笑个不停，自然是一只鸟也没抓到。那年春节，舅妈叫桃花来取走了一些辣椒萝卜和咸菜。桃花走后，围着火坛烤火的亲戚们都叹气："可惜了！这么乖的孩子，却生在一个破落家里，算是毁了！将来是没人要她，嫁不出去的了……"当时，我不知道哪来的豪气，竟然拍着小胸脯说："我要她！"打这以后几年，大家就常用这三个字和我开玩笑。

后来，听说她在 11 岁那年，嫁给了小镇上一位搬运工。不巧的是她丈夫也是满脸烫伤疤痕。后来，又听说她太小，"不懂事"，曾经从夫家逃跑，被打，再逃，摔伤，终于落下了瘸腿的残疾。现在想来，应该是因为不懂性事，受不了丈夫的折腾吧。听说她 14 岁那年就当妈了。有一年，我仍在省城读中学，寒假回到村里，刚好远远地看到她回娘家来了，一手牵个孩子，一手提个布袋，身上还背着一个更小的孩子，一瘸一拐地走在

田坎上。当时，我正处在羞与女生交往的阶段。因此，只是远远地看着，并没有上前问候、交谈。

几年后，当我再回到家乡时，听说桃花的奶奶、父母、哥哥都已病逝，她家的房子也不复存在，村里人已不知道她的详细情况了。这些年来，每每想起自己曾经的"誓言"，想起她当时的种种境遇，想到不曾给她些许帮助，我心里留下了一个永远伤心的结。

今春，又到深圳桃花开放时节，我只能遥祝她一切安好！其实，连她是否还活着，我都不敢肯定，但我脑海中还是会出现这样一个情境：桃树下坐着一位年龄五十出头的中年妇女，两位年轻妇人陪伴在她身边，几个孩子在爬桃树，花雨满天飞扬，落在她们身上……

（此文部分内容曾于 2017 年 12 月刊于《南方教育时报》）

别样的家乡水坝

哥哥和我与水坝有缘。外公家在水坝边，经营一座水磨坊。后来，我们跟舅舅生活，家又在一座水坝旁。水坝的作用是聚水、调水。水坝边的家养人育人，已有十几人走出乡关，去了乡镇、县城、省城，甚至远赴岭南，在企业、学校、医院和政府机关工作。现在，兄嫂在深圳竟然建起了一座别样的家乡水坝。

一

我童年在水坝边度过，大学学习地理专业，后来又在深圳工作，所以就产生了一些奇怪的联想：下雨后，雨水首先渗入泥土中，而森林之下落叶堆积，土层松软，涵养水分的能力尤其强。降水再多了，就流入山塘水堰，流进小溪，汇入江河，直至大海。那么人呢？在家里长大，在村里活动，在乡镇聚集，逐渐流向城市。这不是一样的情况吗？如果没有森林和土壤的涵养，没有水塘、水堰、水库、水坝的调蓄，水灾、旱灾最容易交替发生。同样，在很长一段时间内，春节前深圳等大城市因为民工们纷纷返乡过年，甚至会出现用工荒。而春节后，大量民工又会离家进城，见工上岗。这不也是一样的道理吗？人如流水家是坝。

20 世纪 80 年代末，哥哥在内地城市工作多年后来到深圳，是走出乡关后南下深圳的先行者。他在深圳安家后，陆续有多位村里子弟闯深圳，基本上都是先在哥哥家住下来，按照他提供的线索去找工作，直到上岗后才离开哥哥家。这些人当中，有从小就相识的，也有亲友的亲友，素未谋面的。他们在换工作的过程中，有时还会再到哥哥家住上一段时间。这些家乡子弟基本都没有受过高等教育，却有家乡人的特质——务实、勤劳、友善，大多是先在深圳落脚，逐渐又随产业迁移到东莞发展，并且闯出了自己的一片天地。

比如，早秋和正新，一矮一高两兄弟。舅妈未曾生育，却有一群干儿子，早秋和正新的爸爸就是其中两个。早秋的爸爸身材高大壮硕，为人朴实厚道。早秋勤恳实诚性格像父亲，身材却十分瘦小，初中毕业身高不到一米六，就独自南下打工了。他从电镀工做起，后来成为东莞一家工厂的技术骨干，依然瘦小，却被尊称"大师傅"。"大师傅"娶了本厂的打工妹，姑娘是安徽人，不仅漂亮能干，而且个子和职位都比他高，后来辞职开了一家超市。正新完全就是他爸爸的翻版，瘦高、机灵、活跃、话多，他当过汽车兵，善于交际，成了公司业务主管，自己又开了家工厂，主要做本公司业务的外围产品。他买了栋别墅，把父母接来一起生活，带带孙子，在院子里种种菜。

还有一白一红两朵姐妹花，是舅妈娘家亲戚。姐姐"茉莉花"，来深圳打工期间做了两件大事：一是积累工厂管理经验，二是找了一位打工仔做老公。大家都觉得她老公聪明，有想法，但谁也没有料想到，他们很快就回湘办了一家竹类加工厂，并且攻克了生产中的环保难关，由于拥有科技创新成果，工厂核心竞争力强，现已发展为上市公司。妹妹红英是大学毕业后南下的，成长轨迹是：销售员、会计、连锁酒店投资人。为了让孩子接受良好教育，她把自家房子出租，在靠近好学校的地方租房居住，恰巧与我在同一小区。

家乡子弟闯深圳，虽然聚而又散，每逢过年过节却会到哥哥家团聚。哥哥是个"热水瓶"，外冷内热，虽然很高兴，却依旧话不多，常常是默默地下厨做一桌子美味，其中不少菜就是大家从老家带来的腊肉、干鱼、土鸡、冬笋之类。哥哥还会拿出好酒与大家畅饮，酒桌上大家谈起早年闯深圳的经历，都说有哥哥家作为依靠，是他们最初的底气。早秋说："在村里，大家有难事了就找爷爷、奶奶。在广东，我们就只有找文哥了。"大家吃得对味、喝得开心、聊得欢畅，哥哥却酒劲上头，眯眼看着大家，

静坐不语像一尊佛。哥哥所做的这一切和家乡子弟的来来往往、聚散离合，让我想到家乡的水坝，还有水坝边老宅子里乐善好施的舅舅、舅妈。舅妈曾是当地有求必应的"土地菩萨"，哥哥由舅妈养大，他济困助人正是深得两老真传。都说知恩图报是常理，以德报怨最难得，舅舅、舅妈却做得很好。早秋家有位长辈原是村干部，曾让舅舅受了很大冤屈，我幼年时曾看到舅舅、舅妈多日以泪洗面，就是因为那次莫大的冤屈。后来，舅舅沉冤得雪，这位长辈中年离世，舅妈竟然将他的儿子、早秋的父亲认作义子，关爱有加，哥哥也待早秋如家人。舅舅、舅妈年纪大了，村里人对两老十分关照，让哥哥非常放心。早秋家原本在村子靠山沟里面的坡上，后来搬到了村口，与舅舅、舅妈为邻，对两老照顾最多。

二

哥哥把自家作为乡里乡亲的南方驿站，舅舅、舅妈是高兴的，但是还必须要过嫂子这一关啊！万幸的是，嫂子从小所受家教与我们一样，而且她还是一个特别热情的开心果，乐观开朗，交际甚广，朋友圈子大，爱帮助人，只要她出现在哪里，哪里就会有笑声。所以在亲友心目中嫂子也是一棵浓荫大树。她毕业于湖南师范大学地理系，一次她的同学黎超携边境证来深圳求职，多日不成，钱粮将尽，更糟糕的是边境证又过期了，还恰逢治安严管严查。有人警告黎超："小心被查证件的给抓了，会被遣送到樟木头（东莞境内一个与深圳相邻的镇）的。"于是，黎同学赶紧跑到附近山上的荔枝林里，找了个窝棚栖身，竟然一猫就是三天，不敢下山来。后来，听说嫂子就在深圳教书，就壮着胆子下山来，忐忑不安地找到嫂子学校去了。兄嫂把他迎进屋，让他洗洗，吃点喝点，好好休息休息。这时，有两个人从窗外走过，飘进来一句话："××中学要招地理教师。"嫂子闻言马上就带同学去应聘，结果黎超一考即中，从此留在深圳教书，后来还被选送去美国接受培训，担任"海培班"副班长，回国后从校长助理一直干到了校长。黎超同学自嘲："我是既上山打过游击，又越洋留过学的人，你嫂子家是'遵义会址'，我的'革命生涯'在这里发生了根本性转折。"

兄嫂重情重义、容人助人的故事还有很多。都说中国是人情社会，其实并非指国人只讲人情不讲原则，而是说国人信奉"亲不亲故乡人"，有乡里乡亲抱团取暖、互帮互助的传统。得人帮助、受人恩惠者，除了感恩或回报以外，就是延续传统，传递友爱，再帮别人。得到兄嫂帮助的乡亲和朋友，现在也都有能力，并且很愿意为他人提供人生"驿站"。他们的家庭，甚至他们的企业，也像家乡的水坝一样，发挥着聚集和调节的作用，只不过聚集的是温暖，是友爱，是社会正能量，调节的是人生节奏，是社会和谐发展步伐。

国人讲究衣锦归乡、叶落归根，当代画坛奇才黄永玉为他表叔沈从文在家乡的墓园题写碑文："一个士兵，要不战死沙场，便是回到故乡。"舅舅、舅妈曾在深圳与哥哥、嫂嫂生活了一段时间，可是两老最后还是决定回到老家老宅，在外孙女、干儿子和乡亲邻里们的陪伴下，度过了人生的最后

时光。出于各种考虑，乡村老人大多都会做这种选择，因为老人家适应环境的能力下降，只有在老家老宅里才会觉得安全安心。而且，老人一辈子的人际关系基本都是以老宅为中心，在村里不会孤独寂寞，也不会给在城里的子女添麻烦。还有就是，老人家希望百年后能够入土为安，不愿被"一把火烧成灰"。

所以，不管是出于互助友爱的传统也好，还是出于叶落归根的情结也罢，在农村，小到一个家庭、一个村子，大到一乡、一镇，那就是人口增长和流动的水塘、水坝。如果乡下的水坝是上游水坝，那么在城市里的水坝就算是下游水坝了。上游下游，大大小小的"水坝"，在社会发展进程中，特别是在劳动与社会保障机制还不健全、劳动力流动呈现无序状态的时候，正是各式"水坝"自发地发挥了社会调节作用，支持了国家日益加快的城市化进程。

2016 年，村子里的土地几乎全部被征收，用于小镇扩建，不再种植水稻，因此我家门前的小水坝也就被彻底废弃了。舅舅、舅妈早已仙逝，我家老宅已被拆除，几辈人像流出去的水，虽然已在县城、省城和岭南建了大大小小的"家乡水坝"，村里子弟还经常去看望兄嫂，但是大家再也难得汇聚到村里水坝边了。

唯有外甥女杏娟留在镇上当老师，她丈夫是位校长。杏娟告诉我，老宅原址上新建了一所学校。我约他们暑假来深圳玩，她说："开学要搬新学校了，可能会早一点忙起来。"我问："搬到哪里？"答案竟然是："就是我们的老屋那里呀！三栋教学楼正好在我们的屋基和菜园上……"

我意识到更大规模的乡村子弟培养与输出正在继续。

夜夜溪声
——入梦清

　　忘不了家门前小溪四季吟唱，忘不了坝上坝下戏水"闹鱼"，忘不了田间地头、茶园菜园、火坛灶台百样滋味，忘不了茶花梅花枝头绽放。这里不仅是家人生活的地方，更是长辈留给晚辈的依靠和真爱，还是晚辈为长辈延续的光荣与梦想。

故乡那一座石桥

出家门，沿河边小路东行约一里路，在邻近小镇的地方，有一座石桥。桥建于何年已不得而知，桥头有棵大树，足有几人合抱粗，生长在桥与岸的交接处，把桥和岸紧紧地连在一起，既保护了河岸，又没有挤坏桥体。

人们说，大凡古桥头和古树下，都会有一方土地爷驻守。我真愿意相信这话，因为对于我来说，这桥这树实在是美好而又温馨。

这是一座石拱桥，十余米长，四米多高，桥面铺着大块的青石板，稳实而又光滑，石板间长满密密的浅草。桥两端河堤的立面完全被灌木覆盖，让人看不清河堤的原貌，堤上是小路，路边长满野菊花。这里的地形是两列青山夹着大片稻田，稻田中间是小河，因此你若爬到两边山上俯瞰，就会发现小镇像是这片乡村的头，小河将田野分成左右两片，像对襟大褂。早春时节，田野里满是浅紫罗兰色的紫云英和金黄色的油菜花，随后田野就会反复交替呈现禾苗的翠绿或稻谷的金黄。而石桥，不论寒来暑往，它就是乡村胸前一颗青色的纽扣。

很多年来，村民们都会挑着木柴、扛着楠竹，或者背着扎制的竹扫把，从各条田间小路汇聚到石桥，然后过桥进镇，卖货买灯油和盐等生活用品。村民们负重行走在没有树荫的田间小路上，酷热难耐，多半会选择放下担子，坐卧在树荫下光滑的青石板上，在桥上小憩。因为桥高数米，下面清水流淌，所以即使再热的天，桥面上也总会有丝丝凉风吹过，村民们很愿意在这里抽上几口烟，互相问候一番，再交流交流卖货经验。

我和哥哥还有村里的小伙伴，经常会坐在桥上垂钓，不时收获一些鲫鱼、沙鳅，运气好时还会钓上鲤鱼，甚至王八。胆子大的孩子会爬上大树，去看树干的空心洞，然后告诉大家那洞可以通到水面……于是，我们就遐想，土地爷与河神会不会在树洞里见面？沙鳅是不是沙僧的徒子徒孙？淘气的孩子还会从桥上往下跳水，当然，这种游戏只能在夏天做。因为冬春水冷，而秋天水浅，在桥的上游二三十米远处的水下，青石板已清晰可见，石板铺得极工整，与桥面竟无二致。河底铺石板，可以防止流水冲刷损坏桥的基础，应该是石桥的附属工程吧。

我们的石桥何尝不是村民良心与特质的标识呢？人与桥、桥与环境多么和谐美好！我想先民们在修桥时，一定在念着要把造福后世的事情做好，秉承着行善的虔诚，因此才有了这样的杰作，世代流芳。曾有走出乡里的人回来说，这桥头的大树原来是飞行的航标。这说法让我们又增添了一份自豪。当我上大学，学了地理专业之后，虽然怀疑航标一说，但已经可以确定，在军用地图或者其他大比例尺地图上，这种重要的小桥、独立的大树是一定会标注清楚的。

不过，更重要的是这桥这树早已标注在了我的童年记忆和情感世界里。

在我读小学和中学的年代，因为所受的教育，人们大多都有些英雄情结，崇拜英雄，想当英雄。记得我初中时就在桥边体验了"当英雄"的快乐。一位乡亲扛着几根竹竿来到桥边，还没能上桥休息，就一头栽进河里，不省人事了，幸好被灌木阻挡和牵挂，才没有立刻沉下水去。我刚好经过，连忙把两根长长的竹竿插进水里，顺竿滑到他的身边，一把拿住他的衣领，把他的头拎离水面，可是我却没有办法把他救上来，只能死死抱住竹竿，力保两人不沉水底。这时，桥上的其他村民也赶了过来，又滑下来一个人拉住我的手，几个人像猴子捞月一样，把我和落水者拉了上来。原来这人癫痫发作，因抽搐昏厥而落水遇险。看到众人都过来施救了，我就像"英雄故事"里说的一样，悄悄离开，回家去了。在那以后的两年里，我还有过两次"壮举"，一次是在师大附中，跳到水塘里把一位女同学拉了上来。另一次是在岳麓山伐木，当一棵小树倒向几位同学的时候，我死死地撑住了小树，让同学们撤离。这两件事不仅让我再次得到了道德情感的满足，而且也让同学们非常高兴，因为他们找到了好的作文题材，纷纷把我当作英雄"歌颂"了一番。

遗憾的事情发生在 1976 年。甚至多年以后，村民们都议论那年不是个好年份，不仅周恩来、朱德、毛泽东等革命老前辈相继逝世，而且还发生了唐山大地震。也就是在那一年，桥头的古树莫名其妙地枯死了，树被锯倒后不久，紧靠树干的桥面又塌陷了一块。哥哥从倒下的大树上救回了一只八哥幼雏，精心地把它养大，还训练它学会了说话，每逢有人回家或者家里来了客人，它就不停地叫"你好！你好！"后来，哥哥要出乡关上大学，临行前将八哥放归自然了。

我暑假时回乡，看到那桥还在，但桥体被涂上了厚厚的一层水泥壳，粗糙生硬得很，寸草不生，暴晒下不堪坐卧，下雨时无处躲避，空荡荡不见一人驻足。不仅如此，因为大河下游修建了水电站，桥附近成了大河水倒灌的回水区，寂静无波，飘浮垃圾……

从此，在我记忆中那座有生命的，不断滋长出更多故事来的石桥死了！

现在回想起来，当年那些普普通通的村民，用最原始的工具和材料，一丝不苟地，甚至可以说是十分虔诚地，把石桥修建得这样坚实，并且赋予了它温暖的秉性和强大的生命力。他们才是农业社会的精神脊梁。现代社会所倡导的开拓、创新、效率等品质，只有植根在数千年来务实、坚韧、和善、虔诚，以及追求天人合一等民风基因之上，才能结出真正属于中国社会的正果。

最近，小镇开始扩建，听说小桥将被围到新建的小镇街区里面了。真希望能够恢复石桥的旧貌，保留这道风景，让它成为人文地标。

（此文部分内容曾于 2017 年 11 月刊于《南方教育时报》）

夜夜溪声入梦清

已近中秋，天气转凉，我独自守家，听着雨声，读汪曾祺老先生的书。汪老在武夷山曾留下一副对联："四围山色临窗秀，一夜溪声入梦清。"对于日夜不绝的溪流声，老先生不嫌吵闹，反觉其清，让我倍感亲切，唤醒了我记忆中故乡的声音。

一

我家老宅建在水坝边，坝宽五六米，坝的滚水坡长十多米，坝上坝下落差四米多。在坝脚高出水平面约 30 厘米处，埋着一根粗大的横木，是整个水坝滚水坡的基座。据说这根木头在埋下去之前，曾经吸饱了桐油，所以长久不会腐烂。坝面用石块和石片砌成。石块较大，半截入土，露出泥土的部分约有 20 厘米高。石块按照与横木平行的方向排列，等距离组成几条类似石梁的结构。石梁之间，全是一排排的小块青石片，竖立排列，紧凑整齐，像书架上的书。因为长期被水冲刷，滚水坡上就难免会出现一些石片脱落的地方，最先发现这些石缝和小坑的，是顺流游逛到此的螃蟹和老虾公，它们很愿意暂时在石缝里住上一阵子。当然，有时也会有泥鳅和沙鳅来做客。不仅它们喜欢这水坝，我和小伙伴们也很喜欢。流水日夜顺坝而下，我从不觉得水声嘈杂，反而能从中听出各种韵味：春季洪水波涛狂泻，声如交响乐；夏秋流水汤汤跳跃，奏响欢快的轻音乐；冬来寒水潺潺，恰如小提琴清音浅吟。四季流水声，与家人、乡亲们在坝边活动的声音交相呼应，更是乐趣无穷。

二

夏秋两季，稻田需要大量灌水，水坝闸门经常关闭，所以只有少量溪水溢出，刚好够在滚水坡的石片上翻出一层层白浪花，发出哗啦啦的响声，正所谓流水汤汤。夏夜坐在坝上，天上月明，水中倒影，正是民歌《小河淌水》的情调：月亮出来亮汪汪，亮汪汪，照见我的阿哥在深山……

水闸一关，坝里水位就上升，溪水会从坝侧面的小渠道流向村里稻田。如果长时间少雨，坝里水量不够，水面升不到小渠口的高度，就必须用木质水车往渠里送水了。生产队的水车很古老，由三部分组成：一部分是支架，由两根立柱和两根横梁组成，高横梁是扶手，低横梁可坐人。一部分是踏轮，在支架前方还有两根矮柱又支着一根横梁，那是轮轴，轴上装有两至三个踏轮，其实就是轴上放射状地伸出几根辐条，每根辐条顶端装了个踏板。高架上的人手扶横梁，双脚交替踩踏板，像是大步走路，把踏轮踩得转动起来。每人踩一个轮子，轮轴就转得快一些；这轮轴一转，就带动了水车的第三部分——木槽木页，就像自行车踏板带动轮子，轮子带动链条一样。只不过这链条是一块块由木条连着、立在木槽中的木板。木槽两三米长，一头放在水里，一头伸向小渠口上方。木槽分上下两层，两端的中间装有轴，木页链条被踏轮带动，在木槽的两轴之间循环转动。在木槽下层，木页从水中上来，木页之间全是水，当木页移动到木槽顶端，水就流出，落入小渠，然后木页从木槽上层转回到水面以下。

水车阻力大，木页和木槽间密闭性不好，要让它转得快就非常吃力，如果转慢了，木槽里的水会很快漏掉，能进入小渠道的水就会很少。所以，踩水车的一定是几个壮汉，而且一律光着膀子，头戴斗笠，肩搭毛巾，拼命地踩，累了就换人踩，一刻都不能停。所谓供人休息的横杆，其实只有轮休者可以稍坐片刻，其他人如果停下，要让水车重新高速运转起来，又得作很长时间的加速，更累！于是，我们能看到壮汉们熟练地换人，而踏轮不停，水车持续发出吱呀呀——哗啦啦——吱呀呀——哗啦啦的响声，长久不绝。壮汉们还不时喊几声号子，以统一踩轮的节奏。

三

我虽然乐意看车水、听号子,但更愿意自己到坝下去进行一种合唱——"闹鱼"。"闹鱼"就是毒鱼的意思，"闹"字只是桃江话中的同音字而已，我并不知道原字的写法。我们用的是自制"生物毒药"——茶枯煮水。茶枯，是榨山茶油剩下的茶籽饼，少量的茶枯粉加入热水中常用来洗碗去油污。如果把大半个茶枯饼砍成碎末，用一桶滚开的水泡上，再加入蓼辣子草，直到放凉后倒入坝下的小水潭中，搅拌开了，就能让鱼短暂昏晕。怎么搅拌？小伙伴们集体游泳，清一色狗刨式：硬着脖子把头伸在水面上，双手在胸前水下不停地刨水，双腿交替打水，噗通噗通震天响。这噗通噗通的声音和一阵阵笑声，全村子都能听到，就像集合号，很快就会招来更多孩子。

不一会儿，潭水浑了，药散开了，小鱼会在岸边草丛边晕乎乎地游，很容易被捉。我们还发现了抓大鱼的秘密，原来稍大些的鱼会悄悄地游到坝底横木下面，那里有水从坝上渗下来，清澈、洁净、含氧多。这时就可以用上捞鱼工具，谁捞到鱼归谁。有幸没被捉的鱼，过一会儿随着药水被冲淡，就清醒过来，飞快地逃跑了。只是它们可能还会遭遇下一次"闹鱼"。现在想来，"闹鱼"一词虽是谐音，却比"毒鱼"贴切得多。

参加"闹鱼"的往往是小孩子，因为大孩子都帮父母干农活去了。在水车上的汉子们，从高处看到小孩子嬉闹，还能捉点小鱼回家，自然是很开心的。这坝下，哪是一汪水潭啊？简直就是小伙伴们的天堂！

四

如果说夏秋时节水坝淌水的声音、人们劳作与嬉戏的声音像合唱中的轮唱与对唱，那么冬天就只有潺潺流水声了，像窃窃私语，像深情浅吟。

初冬时，没有孩子们下水喧闹，坝下水潭异常清澈宁静。但是可以钓鱼，特别是鲫鱼和鲤鱼不太怕冷，还会吃食咬钩。而且，坝下小潭里的鱼怎么都钓不完。虽然潭深超过一米的地方只有几平方米，但是坝下小溪在一里多外与大河相连，大河下游十多里处建有一个大型水电站，只要水电站一关闸，大河水就会上涨，向小溪倒灌，刚好淹到水坝下方横木处。所以，总是有鱼源源不断从大河溯源来到水坝下。水边长大的人都知道，鲫鱼和鲤鱼特别喜欢在上游有水下泄的地方徘徊，一不小心水位退了，它们就留在了坝下小潭里。

有一年，大河水刚退，我在坝下钓上了一条半斤左右的金丝鲤，全身艳红中带着金黄色，非常漂亮，就把它养在了家里大水缸中。晚上，一位盲艺人从村里路过，进家里小坐，听说此事后，连忙告诉我，快把这条金丝鲤放生了。接下来，他说唱了一段当地的渔鼓乐，大意是把金丝鲤放回河里，我会娶到一个远方来的漂亮媳妇。我照办了，第二年仅用三个月时间，就与一位重庆姑娘闪婚了。

五

冬天的水坝并不只是静谧，也有热闹的时候，那就是家里加工丰收的红薯，那声音极有节奏和韵律。

舅妈的工作是做红薯粉，主旋律是：嚓嚓嚓——嚓嚓嚓——嚓嚓嚓嚓——哗啦啦。我们会把饼干桶的铁皮剪下来，用铁钉在铁皮上钉出一排排的无数个小孔，然后把铁皮翻转过来，牢牢钉在一块搓衣板的反面，就做成了工具——红薯擦。舅妈拿来一个大木盆，摆开搓洗衣服的架势，却是把洗干净的红薯按在红薯擦上来回擦，把所有红薯都给弄碎。然后把红薯碎末放在大块纱布里，哗啦啦地大量用水冲，把红薯浆挤压和冲洗到纱布下方的大木桶中去，沉淀一段时间后，木桶里就有了厚厚一层洁白的红薯粉。将红薯粉取出晾干，就成了红薯粉末与粉块，可以长期保存。

舅舅负责做红薯米，主旋律是：嚓嚓嗵——嚓嚓嗵——嚓嚓嚓嚓——嚓嚓嗵。舅舅把干净红薯放在大木桶内，再拿来一个长柄铁铲，就像花和尚鲁智深的禅杖，只是铲子另一端没有月芽。然后就用力铲碎桶里的红薯，在一个位置铲几下后，再往下铲时，铲子会直铲到桶底，发出"嗵"的声音，这时就得换个位置继续铲，直到把桶里的红薯都铲成比花生米稍大的丁状就可以了。这些红薯丁洗掉浆汁以后，晒干就成了红薯米。红薯米有多种用途：送到粮站换米或抵交公粮，国家用红薯米酿酒、做饲料；另外，家家户户都会在煮饭时掺入一些红薯米，充作口粮。在比较穷的人家的饭碗里，自然是红薯米多而白米少。

舅舅和舅妈相敬如宾，从来都是一起在溪边干活，那声音自然就是嚓嚓嗵——嚓嚓嗵——嚓嚓嚓嚓——嚓嚓嗵，哗啦啦——哗啦啦——哗啦啦啦——哗啦啦，响个不停。都说音乐源自劳动，如果舅舅和舅妈按照某种节奏发力，不知道会演奏出什么音乐来。

如果要制作红薯粉丝，那就还要回家完成一道关键工序：把洁白的红薯粉加上适量的水，调成稍硬的糊状，放在一个底部钻了无数小孔的大木勺里，然后用拳头使劲"啪啪啪"地锤，把红薯粉糊糊挤成一根根细丝，从木勺底部垂入沸水中。那白丝一遇沸水，立刻变得透亮而有韧性，被捞出后挂在竹竿上晾干，就成了灰色半透明的红薯粉丝。红薯粉丝往往被收藏起来，一般是在家里办酒席时才会用上。

六

冬去春来，自然界把积蓄了一冬的力量全部迸发出来，降雨不断，溪水暴涨，冲下水坝，汇入水潭时发出巨大轰鸣声，如同山神发怒，却又含混不清，似乎没有什么节奏。但是我们仍然能从中听到重要信息，当坝上洪水吼声如雷的时候，用罾捕鱼的就可以出动了。降雨变小，水势平稳，流水声减弱了，用抄网捞鱼虾的该上场了。细雨绵绵，水流平稳，坝上只有汤汤水响，我和哥哥就戴斗笠、持钓竿出来了。有一次，哥哥甩钓竿时不小心，钓钩钩住了我的耳朵，于是他举着竿在前面跑，我歪着头在后面跟，一起回家向舅舅求救。不过无论水大水小，家长们并不禁止我们在溪

边活动。因为小溪流只有几米宽，大多数地方只有几十厘米深，最深的坝头和坝脚水潭也就一米左右深，小时候站在水深处还能露出头来。凭着在自然放养中练就的生存能力，这点水对我们没有太大危险。我们还希望溪水再深一些才好。

若问小溪小坝边一年四季的水声、人声会有什么主旋律？我想那就是人与自然的和谐，家人、村民和童年伙伴们的和乐吧。

但是，非常遗憾！前几年回老家时，坝上那段小溪已经严重淤塞，原来的水面几乎全被荒草掩没，只剩下了不足一米宽的水道。唯有坝下水潭依旧，因为它连着大河。可以想象，如果再到春天暴雨时节，洪水漫过坝，冲下水坝时一定会更加凶猛地发出怒吼。

驻足坝上，四顾群山，这里"文革"期间曾被开成梯田，建成茶园，黄土裸露的山坡全部都已恢复成茂林修竹。我离开乡下进城求学前，对面山坡全部复林种上了梓树，现在已长得特别高大茂密，大大的叶子上面是翠绿的，背面发白，阵阵山风翻动树叶，山坡不断变换着绿与白的底色，如波浪滚动。都说山清则水秀，小溪自然冲淤，恢复往昔的生机与活力应该是可以期待的。只是有一个现实我却不得不面对，从小坝到附近小镇之间的农田和农舍已被政府征收，土地将用于小镇扩建。老宅里长辈们相继仙游，我和哥哥早已南下深圳，晚辈们都已迁往省城和镇上生活，现在老宅被拆了，连屋台都已被推平。以后不会再有人到坝边车水、洗菜、加工红薯，也不必用小坝把溪水分往稻田了，甚至小坝的存在都已不再十分必要。

我心里怅然若失。再回故乡我到哪里落脚呢？

但愿在思念中睡去，童年溪声入梦来。

（此文部分内容曾于 2018 年 1 月刊于《南方教育时报》）

别把泥鳅黄鳝不当菜

　　泥鳅生活在稻田或池塘里，被称为"水中之参"，是一种营养价值很高的鱼。我在南方乡下度过童年，从小就爱捉泥鳅、吃泥鳅。

　　家乡人种水稻十分用心，吃的泥鳅也多来自水田。在禾苗插下返青之后，会往稻田里撒施生石灰粉，生石灰粉遇水就发热，等它热力散去后，人们就拄根棍子，赤脚在禾苗间趟泥前行，把杂草踩进泥里掩埋起来。长辈们撒生石灰粉，是为了抵抗稻田土壤酸化，补充钙和镁元素，提高土壤生物活性和养分循环能力，达到增产目的。对于村里孩子来说，这是"捡泥鳅"的大好机会。泥鳅对水温和水质的变化反应特别大，在田里撒了生石灰粉后它们往往会晕死过去，我们在田埂上走几圈都能伸手捡到不少，称之为"石灰泥鳅"。当然，更多的"石灰泥鳅"是长辈们捡到后"顶"回来的。长辈们下田后，

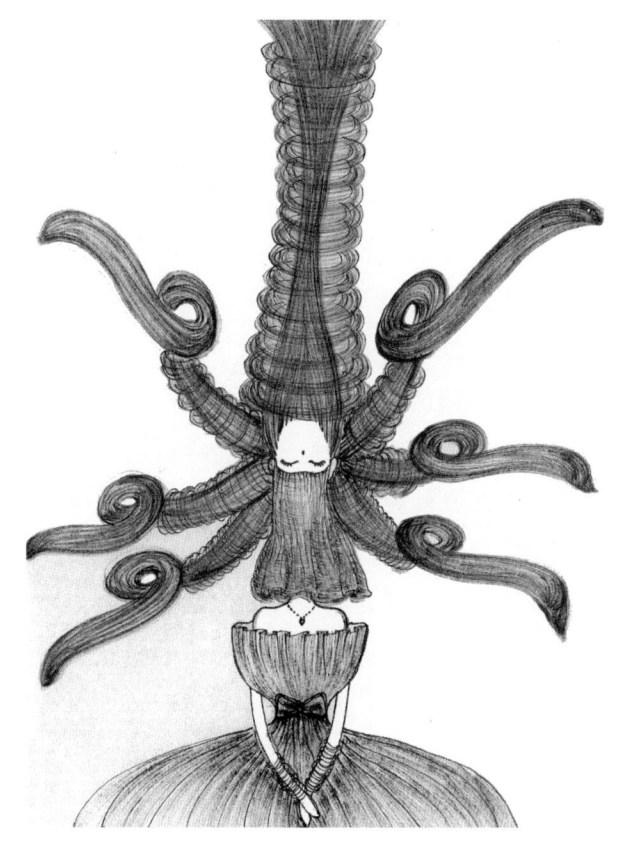

会注意拔除混在禾苗中的稗草，并挑出一根长长的稗草秆，从泥鳅的鳃和口中对穿过去，把泥鳅一条条串成串。泥鳅捡得、串得多了，就要把草秆的头尾相连结成一个环，让泥鳅一条条排列开，恰好就形成了小太阳向四周辐射光线的图形。因为整串泥鳅是一个圆圈形，所以放在斗笠顶上非常稳定，不会掉下来。等到大家劳作完了，回家时泥鳅已经被晒成半干，取下来洗洗，用茶油一炒，放上辣椒，就成了当天的一道主菜，由于味道浓重，真正是下饭神品。

国人讲究药膳同源，我向"度娘"查询，发现泥鳅竟然还是良药，"功能主治：补益脾肾；利水；解毒。主脾虚泻痢；热病口渴；消渴；小儿盗汗水肿；小便不利；阳事不举；病毒性肝炎；痔疮；疔疮；皮肤瘙痒"。最妙的是它的"用法"，非常简便明了——"内服：煮食"。看到如此"用法"，我眼前立刻出现了一个影像：白胖白胖的厨娘，系条围裙站在灶台边，裙上印着两字——"度娘"。再一回想，我就要为自己生在中医之家感到自豪和幸运了。舅舅从稻田回来，如果捡到的泥鳅多，而天气又特别热，他进屋前就会从瓜架上摘下两条深绿色的丝瓜，从瓜架下自然生长的紫苏上摘一把紫红的叶子，一起交给舅妈。舅妈将丝瓜刮去皮，切成块，不放油干炒至软嫩出汁，飘出淡淡的清香后盛出。接下来，把茶油在锅里烧得冒出青烟，满屋飘香，再下泥鳅，煎至飘香，然后把炒好的丝瓜倒回锅里，与泥鳅一起煮，煮至汤浓奶白，放入紫苏叶再煮一会，锅里飘出一种混合香味来，浓鲜的丝瓜煮泥鳅就做好了。

与丝瓜煮泥鳅的做法类似，还可以做成泥鳅煮面条。哥哥上高中时，家里条件好了起来，舅妈终于能够买来面条，做一大锅泥鳅煮面。泥鳅煮面的妙处在于浓鲜，用煎过的泥鳅煮出来的汤白而鲜，再与面条一起煮过后，一锅软软的面条浸在又浓又鲜的汤汁中，里面还混有煮得软烂的蒜籽和青椒，再点缀些紫苏叶、青葱沫、黄姜丝，当真是色香味俱全。最绝的是把面条夹起来时，每一根面上都粘满了汁，特别入味。我们每人一碗，津津有味地吃着，外公却告诉我们，泥鳅还有更精致的做法：冷水下锅，

放入嫩豆腐，倒入活泥鳅，慢慢煮，水热起来泥鳅就钻入豆腐中躲避高温，最终成了一道从外表看只是清汤豆腐，实则是内藏玄机、味道鲜美的名菜。我们完全有条件做这道菜，只是觉得做法太残忍，从来没有试过。

期盼吃泥鳅的不只是哥哥和我，舅舅回家时，原本趴在地上睡觉的猫会来到他脚边喵喵地叫，乞求得到一两条泥鳅的奖赏。到了我们吃饭的时候，猫还会来到饭桌下，在我们脚边钻来绕去，吃被扔到地上的泥鳅头和骨，它吃独食的样子远比我们从容、淡定和享受。

与泥鳅齐名的，还有另外一种好东西。鳝鱼是合鳃鱼科黄鳝属的一种鱼，也是席上佳肴和治病良药，据《本草纲目》记载，黄鳝有补血、补气、消炎、消毒、除风湿等功效。不过黄鳝最奇特之处还是它的"性逆转"能力，雌鳝在产卵后会逐渐变成雄性，所以体长在 22 厘米以下的全是雌鳝，36 厘米左右的鳝鱼雌雄各半，而长到 53 厘米以上的鳝鱼就全部都是雄鳝了。

因为鳝鱼白天很少活动，夜间才出来觅食，所以哥哥和我较少抓到它们。上初中时，有一次我回乡下，和哥哥外出捉了点泥鳅回来，父亲不屑地一瞥，"要是我去，可以抓一篓鳝鱼回来"。哥哥和我正处在青春期，正是自以为是，有点看不起长辈的阶段，我们根本就不相信父亲有这本事。我们知道父亲虽然是大学老师，学问做得好，却是一个双手并不灵巧，什么都要母亲照顾的人。母亲喜欢拿父亲开玩笑，在一旁说："你爸爸小时候还真是会抓鳝鱼的。奶奶说他每天给伯伯去学堂送中饭，走到半路就下田抓鳝鱼去了，不是迟迟没把饭送到，就是把饭菜打翻了，有一次还让捉到的鳝鱼跑到饭碗里去了……"

下午，我们硬拖着父亲，"走啊，看看你到底能抓多少鳝鱼？"来到田边，父亲把竹制小鱼篓放在田埂上，赤脚下了田，指着禾苗下泥里的两个小洞说："这里有两个洞，我能让鳝鱼乖乖地跑到我手里来。"他边说边行动，伸出两个拳头，左拳伸出中指往一个洞里捅，右拳也伸直中指，凑近另一个洞口等着。果然，左手才捅了几下，就有一条黄鳝从右边洞里逃了出来，父亲右手中指一收，拳中就攥住了一条鳝鱼。就这样，他一气就捉了七八条鳝鱼。我们既高兴，又不情愿接受面前这个事实——父亲捉鳝鱼当真比我们高明很多。于是，我们默默地在田埂上观看，心里希望他多抓些美味，脸上却不露喜色。不过父亲还是很快就暴露了他手脚并不灵活的本色，一不小心就把鱼篓弄翻了，小半篓鳝鱼跑得只剩下几条。看到这情景，我们竟然哈哈大笑起来，既是笑话父亲所犯的低级失误，更是因为自己青春期的叛逆心理驱使。

2018年父亲已经快88岁了，身体非常健朗。真希望大家能够一起回乡下，用他传授的左右开弓一指禅手法，捉一篓鳝鱼来，好好做一碗炒鳝段、一碟盘龙鳝，再煮一碗丝瓜泥鳅，和老爷子喝两杯。

（此文曾于2017年9月刊于《南方教育时报》）

家乡的茶园

老家桃江是著名茶叶之乡。四十几年前，在老家老宅后面的茶园里，因为惊奇地发现了一种小东西，让我知道了有广东这个地方。当我定居广东二十几年后，又见到这种小东西的时候，思绪一下子就回到了自家茶园。

一

茶园也不是只种茶，应该说是一片生态家园。在老宅旁边和屋后，是精细种植的菜园，而从屋后再爬上一个土坡，有一大片与屋脊差不多高的斜坡地，这就是茶园，在当地家家户户基本上都是这种格局。我家茶园四周种着杉树、板栗等高大乔木，还长有竹林，中间种了几排一米多高、修剪成圆球状的茶叶树，在其余土地上比较粗放地种着一些作物，比如红薯、辣椒、芝麻等等。茶园里种什么？家里必需什么就种什么。种多少？家里需要多少就种多少。小农家庭，自给自足，既不靠园子里的物产卖钱，也不指望家里有余钱来买地里能生长的东西。就靠代代传承，家家都知道如何打理好茶园，维持生计，甚至是维系家庭亲情。可以说一片茶园，既延续着传统，又经营着现在，还孕育着未来。

在园子最西面，长着几棵高大的杉树，舅舅在哥哥出生前就已经种下了，是为哥哥结婚时做家具准备的。哥哥大学毕业后留在城里，后来在深圳结婚安家了，没有用上那几棵树。但那些树却是童年帮助我吃饭的神器。我幼年中气不足，从能吃饭开始就有个毛病：只要两口饭下肚，就会开始打瞌睡，双肘撑在桌子上，举着小碗都能睡着，还把头低到两臂之间、碗的下面。每到这个时候，舅妈就会说："新伢子，快看，杉树上喜鹊回窝了。"我总是会睁开眼，看上一眼喜鹊，再吃上一口饭。我能吃下多少饭，

85

完全要看喜鹊的表现。因为这个原因，我还用上了不怕摔的搪瓷碗，成了村里"最时尚"的孩子。

在杉树东边，是园里唯一的风雅之物，或者说奢侈品——一小片紫竹林，那是外公外出行医时，从大户人家引种回来的，是外公的骄傲，因为四周乡里的紫竹全都是从外公的紫竹林里引种出去的。园子最南边，也就是最靠近宅子的地方，种着几棵楠橘树，有的已嫁接成了蜜橘树，这些也都是外公的得意之作。外公出诊，病人家有用当地罕见的蜜橘感谢他的，外公就把蜜橘枝带回来，嫁接上了。此后，上门求医的人也就能尝到我家的蜜橘了。当年，在乡里能想到并且做好这种事情的，真不是一般人物。这也是一种美与善的传播吧。

从紫竹林再往东，是两棵高大的板栗树。收获的板栗除了待客之外，舅妈一定会收藏三大包，其中两包是当着哥哥面收藏的，并且说明那是他一包、我一包，而另一包则是悄悄收藏的。最后的结果往往是，当我寒假从省城回到老家时，前面那两包板栗已经只剩下半包了，而舅妈则像变魔术一样，又拿出一大包来。哥俩皆大欢喜。精明的舅妈待我俩如亲生。

春节过后，天稍回暖，就可以种红薯了，把发芽的红薯整个种下，或者切成多个带芽的小块种下。到了春雨绵绵时节，红薯藤已经长得很长很密，能盖住大半个茶园，这时就可以把红薯藤全部割掉。绝大部分红薯藤会被切碎了，煮一煮，储存在大缸里，作为猪饲料。很小一部分红薯藤会被剪成小段，再插回到上足了基肥的红薯地里。每年收获的大量红薯，实际是这些后插的藤长出来的。而猪粪自然是最好的肥料。红薯、红薯藤、猪、猪粪之间存在着一种微妙的循环与和谐。

从板栗树再往东，是一个小棚子，竹木架构，上盖稻草，被称为"灰屋子"，用来存放从家里灶膛和火塘里掏出来的草木灰。这些灰，加上刨除茶园里杂草烧成的火土灰和粪，再堆沤上一段时间就成了上好的农家肥，往往都会被施到菜园和茶园里去。这又是一种务实而高效的循环。

二

那么，茶园里到底有什么好东西，在跨越了四十多年后，仍把老家与广东给联系在一起？其实，只是一窝乳鼠而已，就是刚出生才两三天的小老鼠，全身粉红娇嫩，无毛，还没睁眼，只会蠕动。我五岁时的一天，舅舅在茶园里干活，突然高声叫我过去，声音中透着惊喜。肯定有好事！我连忙跳过门槛，爬上土坡，跑进茶园。舅舅指着一丛比我还高的茶树告诉我："新伢子，这里有一窝老鼠崽。"好奇怪！在树杈上有一个鸟窝，里面没有鸟，却有一窝小老鼠。鸟去哪里了？老鼠怎么爬上去的？它们怎么住在鸟窝里了……

舅舅告诉我，小鸟长大后飞到南方去了，老鼠就用上了鸟窝。老鼠很厉害，可以把树干当梯子爬，哪怕是一根电线，它也可以在上面飞跑。舅舅还告诉我，有道广东名菜叫"三叫"，最让我感到惊奇，他说广东人要是发现这样一窝小老鼠后，就会拿回家当菜吃。当时，我并不觉得"三叫"有多么恐怖，只想要摸摸小鼠，却被舅舅制止了。舅舅说，小鼠要是沾上了人的味道，大鼠就会叼着幼崽搬家，它们恐怕一时找不到这么好的窝了。舅妈还在一旁告诫我，回到家里就不要再说茶园里有小老鼠的事，不要让猫听到了。舅舅、舅妈真是非常善良的人！

在茶园里能把老家和广东联系到一起的，还有另一样东西，那就是茶。来广东已久，我也习惯了喝工夫茶，但总忘不了老家独特的绿茶。家乡的茶树并不特殊，就是普通的绿茶品种，花瓣洁白，花蕊金黄，蕊中一定含着一滴晶莹的蜜。采茶时只采枝尖上的一芽一叶或一芽两叶，经过炒、揉、晒之后，还有一道特别工序——熏，把园里一种野生香草捆好，放在茶叶中，用厚厚的草纸把茶叶和香草包好，再放进细密的竹篾篓子里，然后挂到屋内梁上，任家里烧柴时迷漫的烟慢慢地熏。所以这种茶带有一种特别的复合香味。各家各户自制的茶基本上都只供自家使用。哥哥和我定居深圳后，舅舅、舅妈总会托人捎来一些自家茶叶，喝起来特别香，特别有韵

味。可惜广东朋友喝不习惯，原因正是我们最喜欢的那股浓浓的复合香味。

如果这么说还不能让你体味到自家茶的妙处，那么我就用时下广东人热衷的黑茶来做个参照吧。在我家茶园外二十米处，隔着一条界沟就是生产队的茶园，当年茶园里产的茶都是交给国家收购，上好的可以定为特级。而采过嫩芽嫩叶的绿茶后，人们还会连采带剪地采集一大批完全长开了的大片茶叶，甚至包括一些比较老的叶子，送到茶厂作半发酵加工，然后压制成茶砖。茶砖由国家调配运往边疆地区，专供牧民使用，因此被称为砖茶或者边茶。这就是正宗的黑茶。我家离黑茶原产地安化县只有几公里路程。也就是说，同一方水土滋养的好茶叶，按照不同采制方法，不仅制成了我们的自家茶，也制成了广东朋友甚至全国茶友都喜欢的黑茶。

三

喝着自家茶，静下心来想想，我在琅琊村只生活了不到五年，家里的那片园子，家人的那份真心、那份深情，让我在国家困难时期度过了美好的童年，给我的人生染上了慈善、友爱、和谐、快乐和崇尚自然的底色，让我内心长满了对家乡的依恋。现在，我已在广东生活了二十三年，却只把深圳当作第二故乡。自然界有一种奇特现象，当小鸭子破壳而出看到第一个移动的物体，它就会认为那是妈妈，然后紧跟不放。在人世间，我们何尝又不是一只鸭子，把最初生活过，并给自己染上人生底色的地方，认定为家乡。

家，不仅是家人生活的地方，还是长辈留给晚辈的依恋和归宿，更是晚辈为长辈延续光荣与梦想的传承。家，是一片茶园，是深深依恋的故土。不论我们离开家乡的前夜是如何决绝，不论我们在他乡打拼是如何勇敢与坚强，不论我们在他乡营造的小窝是如何舒适与温馨，只要思乡的情绪把我们淹没，我们就会像刚睁眼的懵懂小鸭，或者是还没睁开眼睛的粉红乳鼠。

在他乡，我们只是路边的一朵小花，心底常响起《鲁冰花》的旋律：

……

家乡的茶园开满花
妈妈的心肝在天涯
夜夜想起妈妈的话
闪闪的泪光鲁冰花
啊
夜夜想起妈妈的话
闪闪的泪光鲁冰花

……

（此文部分内容曾于 2017 年 12 月刊于《南方教育时报》）

永远的火坛

童年故乡，农家早已不设神坛，却家家都有火坛。我童年的快乐记忆与成长经历不少都与火坛相关。现在，老家生活条件大为改善，生活方式变化很大，火坛已消失殆尽。在客厅里，以长辈为核心的亲人交流，正在向以电视和手机为中心的个人娱乐转变。所以，读懂火坛，记录火坛，是我辈应该为家乡做的事情。

一

火坛，是一个积满火灰后与地面齐平的坑，用四块光滑的青石条砌边，一米多见方，专门用于天寒后烤火取暖，烧水烹食。如果只从形状来看，叫它火塘是准确的。但是，各家的火坛又都是家庭伦理秩序的窗口、亲情友爱的舞台、文化传承的阵地、烟酒美味的厅堂，如果从它对家庭的重要性来论，应该称之为"坛"才恰当。

火坛所在的房间叫火坛屋，类似于客厅，一般都位于灶房和卧室之间。火坛屋上有房梁和多根木方，却不装天花板，火坛多位于门边的窗户旁，以便于柴烟消散。我家房屋是当地典型的传统格局，如果把火坛屋的平面比作一个"田字"，则右下角处是进房的前门，右上角处是放碗柜的地方，左上角处是后门，而左下角处就是火坛的位置。"田"字中间"十"字的上下两个端点处分别是后窗和前窗所在的位置，左右端点分别是通往厨房和卧室的门，而"田"字的中心区域，是家庭就餐或者开一两桌酒席宴客的地方。我的童年正值"文革"期间，妈妈在省城工作，我听说城里人必须踩着"十字"步伐跳"忠"字舞，而舅妈的绝大部分时间却是在这个"田"字格中来回走着十字。我和哥哥经常在屋外坪地上画出比"田"字更复杂的方格，玩"跳房子"游戏。现在回想起来，舅妈埋头在自家天地里按照内心节奏和质朴旋律舞蹈，虽然非常辛苦，却是踏实而幸福的。我和哥哥随舅舅、舅妈生活，在乡下度过童年，那是今生最美好的时光。

火坛里的火自天冷烧起来后，只要家人没有全都出门不归，那火是不会被熄灭的。晚上家人睡前，会把没烧尽的木柴、火炭埋在火坛灰里，第二天主人起床后的第一件事就是拨开火坛灰，让坛火重新烧旺，家里温暖起来，象征着家庭兴旺。过年守岁时，更是要选用较大个、干透了的木桩烧火，让它能从大年三十晚上一直烧到新年初一，而且坛火旺，冒烟少，寓示家庭年年有余，少烦无忧的美好愿望。

火坛里有一样神器，若按家乡方言读音而用普通话表示，它叫"梭筒搭钩"。它的主体是一根粗大中通的楠竹圆筒，足有近两米长，竖吊于火坛正上方的屋梁上，竹筒下端还斜挂着一块带有圆孔的木块，另有一根长而直的木杆从木块的圆孔和竹筒里穿过去，也用绳索系在屋梁上。这根木杆的下端留有一小截朝上的枝杈，被削成了一个木钩，于是这根长木杆就像"小"字中间的那一竖钩，我们称之为搭钩。如果让竹筒下的木块与搭钩垂直，搭钩就可以上下伸缩移动；当木块与搭钩之间成斜角的时候，木块上的圆孔壁就会与木杆磨擦，卡住木杆，使它上下不得，搭钩上挂的东西越重，木杆就被木块卡得越紧。初到乡下的城里人往往百思不得其解，为什么这个东西上没有螺钉、螺纹和弹簧，却可以上下伸缩自如，还可以挂得住重物？因为长期被烟熏火燎、汤锅熏蒸，而且天天用布擦拭，所以那根竹筒棕红润泽如同琥珀，而搭钩和木块则是乌黑发亮像墨玉，整个"梭筒搭钩"就成了一件有趣的古董。前不久，一位画家朋友到湘西张家界写生，在山民家里见到这东西，竟然惊为天物，马上掏钱买了一件，拿回深圳挂在自家别墅的客厅里。

二

与火坛关系最密切的美食，是吊锅"三鲜"、灰中"三煨"和梁上"三腊"。

乡下主好客，宾有礼，宴客时一桌会有八到十二个菜，其中必不会少的是鸡、鱼、肉和三丝（豆干丝、笋丝、粉丝）等。我家只有在外公或者舅舅生日时才会摆酒席请客，舅妈总是忙前忙后，舅舅和一两位至亲好友分别在各自席上，招呼大家吃好喝好。客人对外公和舅舅非常尊重，不仅因为他们辈分高，更因为他们德高望重，是当地少有的文化人。所谓"士者国之宝，儒为席上珍"，恰巧舅舅的大名就叫"席珍"。客人尊主而自重的方式，是对桌上美味手下留情，让每碗都留下一些，以示饭菜美味，丰盛有余。在宾客逐渐散去后，外公、舅舅和至亲好友三五人还会围到火坛边，开始新一轮更加轻松随性的斟酌。无需重新做菜，舅妈会把吊锅挂在"梭筒搭钩"上，将桌上剩下的鸡、鱼、肉等一起倒进锅里，三鲜合一，加汤煮沸，那味道更加层次丰富、鲜香浓郁。在大家酒足意满时，舅妈还会去菜园子里，拨开霜雪，掐些肥嫩菜心来，用井水冲冲，就下到锅里去。经过霜打雪压的青菜本就清甜，再下到浓香的汤锅里一煮，并且作为最后一道菜来吃，不仅特别爽脆鲜甜，而且能解油腻清肠胃。

在大人拼酒的时候，我和哥哥等孩子们都到外面疯玩去了。我们家境

武潭·寒江水静

还算不错，能吃饱饭，不必以红薯当主食，间或还能吃点鱼肉，但仍然没有余钱买零食。玩饿了我们只能自己动手煨制吃的——红薯、板栗或者粑粑（糯米饼、红薯饼或者南瓜饼），而且基本上每次只能得到其中一种。做法是把食材直接埋到靠近火的坛灰里，煨烧来吃。煨烧的食物是否熟透，全凭经验掌握，煨红薯可以通过闻香味判断，烧过了也不怕，外皮焦糊时剥皮再吃更香。板栗烧熟后一定会外壳爆裂，发出"噗"的一声响，而且震动上盖的灰层，这时寻着动静把火钳伸到灰里去，一夹一个准。只有粑粑是否烧好了比较难把握，经常会烧过，表面硬成焦壳，开了几道裂口，还粘上了火灰，但是谁都不会嫌脏，把滚烫的粑粑夹出来直接扔到地上，捡起来拍拍就吃，特别香。稍有余粮的人家，煨烧食物都不避外人，见者有份。但是，大凡能吃饱饭的大人，肯定不会吃，只有小孩子或者食不果腹的大人，才会开开心心享用。这也算是打牙祭和"吃百家饭"的一种方式吧。

梁上的"三腊"是腊肉、腊肠、腊猪肝。舅妈勤劳，每年都养两头猪，一头必须交国家按统一价格收购，另一头在春节前宰杀，卖掉一部分肉，而大部分肉和肠子、猪肝会用来做腊肉、腊肠等。做法是先在肉上揉粗盐颗粒，放在火坛上方屋梁上的大木桶里腌制一段时间，然后取出来悬挂在梁上，围在"梭筒搭钩"四周，接下来就任由火坛的烟慢慢熏上几个月。因为在火坛里是不烧茅柴的，而燃烧木块和树桩产生的烟并不浓，所以腌肉是在远离火苗的地方，被轻烟慢慢地、持续地熏着，时间长了外表逐渐变得棕红油亮，还会挂上一层烟尘黑灰，而切开后里面是肥肉洁白如玉，瘦肉深红如枣，软硬适度，香味浓郁。猪肝就不一样了，可能是因为块头小，质地不同，会变得非常干硬，但切成薄片，用辣椒一炒，比腊肉更香，很有嚼头，是绝好的下酒下饭菜。家里虽然没有冰箱，悬挂的腊味却可以一直吃到天气暖热，火坛熄火以后，很久都不会变质。城里人也自制腊肉，而且在腌肉时用了酱油、料酒等上好材料，但在熏制时肉近火而烟浓，用时太短，一般就几小时而已，所以做出来的是简易速成品，被称为"急火腊肉"，外表颜色不自然，里面的颜色和新腌肉没什么区别，吃起来烟味重而香味淡，品质比乡下老腊肉差一大截。可惜现在乡下已罕有火坛留存，当然也就更难得有正宗老腊肉了。

三

在窗户旁墙角处，正对火坛一角的地方，安放着另一个火坛神器——坐桶。之所以叫它坐桶，是因为它的形状像木桶——把一个类似上下两层的红漆大木桶竖在地上，上面一层的桶盖和三分之二的桶壁已被去掉，留下的三分之一桶壁被锯成了一个弧形的太师椅靠背和扶手。靠背密不透风，高过坐者头部不少，红漆上画着黑色下山虎，或是松鹤延年图。桶的下面一层基本保存了原状，被当作椅子坐，在坐者两腿之间的桶壁上开了一个小方洞，洞里竟然是一个猫窝。

火坛是一个秩序与温情并存并重的地方。如果把火坛屋比作宫殿朝堂的话，那么坐桶比龙椅更尊贵，上面坐的一定是"太上皇"，是家里的最尊长者，一般都七八十岁了，有的甚至更加高龄。"太上皇"多数时间只是坐着不动，除了抽水烟，基本没有其他动作，甚至也不怎么说话，永远都像是在闭目养神，或者在回顾自己的一生。因为坐桶靠背是直立的弧形，而且与扶手连为一体，很好地支撑着人的躯体和双手，所以"太上皇"即使靠着打瞌睡，给人的感觉也是正直端坐着的，丝毫不减尊严。倒是坐桶

里那只猫，会时常伸出头来叫几声，或者跑出来溜达一圈，十分悠闲淡定，据说它要到下半夜才会去抓老鼠。

如果有客人进屋，他一定会先向"太上皇"问安，上茶时也一定会先端给"太上皇"。"皇上"坐在他的旁边"当朝理政"，在与家人和客人商议事情，或议论家长里短的时候，会特别注意看"太上皇"的反应，如果他不吭声就算同意了，只要他说上一句不同意，那就没人会再坚持己见。不过，除非有极重大的事情，或者事情出现了极大偏差，他都不会干预"朝政"。

其他家人和宾客在坛边的座次也是很有讲究的，坐桶居中为最尊，两边座位依辈分长幼顺序排列。因为坐桶在方形火坛的一角，所以"太上皇"左右的坛边为尊，对面的两边为次。"皇后"坐在左对边上，正对窗户，是最靠近火坛屋中间的位置，便于她操持家务，里外忙碌。如果家里已经有了"太子妃"或者成年的"公主"，她就坐在"皇后"旁边，一起操劳。等到其他家务都干完了，"皇后"就静静地带着"太子妃"或者"公主"

纳鞋底，缝鞋面，做布鞋，把温暖传给家人，把技术传给后辈。

其他"皇子""皇孙"的座位在"太上皇"的右对边，是最靠近进门通道的地方，因为房门有缝并有人进出，这里是最冷的位置。如果"皇子""皇孙"已是青年，自然最不怕冷。如果他们仍然年少，就经常会挤到"太上皇"身边去，抢着为爷爷拿纸捻、吹纸捻、点水烟。如果他们年幼，就会被"皇上"和其他家人、亲友轮流抱在怀里，面前享受坛火的温暖，后背有长者体温的呵护。在家乡有一句玩笑话："大人讲话小孩子听，大人放屁小孩子闻。"话糙理不糙。所以，除了大人让我们猜谜语，或者答智力题之外，我们往往都会在坛边乖乖地坐着，静静地听，不知道什么时候就会在大人怀里睡着了。这时，长辈会把坛火烧得更旺，把我们全身烤得更热，然后趁热塞到床上被窝里去。虽是寒夜，我们却能美美地、暖暖地睡着，开始做一些与大人们谈论的事情相关的梦，无非是后山坡上来了野猪，在对面河里捉到了大鱼，邻家儿子去了东海部队当兵，亲戚家婆媳妇要摆酒席了……

除了尊老之孝、爱幼之慈，在火坛边还尽显好客之道。因为我家里有一位医生、一位老师和一位会计，所以来客多而杂，有见过世面的回乡人，有登门请教的、前来看病的、走亲戚串门的，甚至还有专门来蹭火烤与蹭东西吃的。每逢来了客人，坛边人必会起身让座，客人的座序虽不相同，有几个待客礼节却是必不会少，而且是完全一致的，那就是男主人用火钳从烧得很旺的木柴上敲下一堆红红的火籽（正烧着的火炭），拨到客人面前，帮他驱散路途的风寒，然后递上烟杆或者卷烟，夹一颗火籽为他点上。女主人则会很快端来一碗加了芝麻的家制绿茶。客人也很讲礼节，一不会乱坐，二不会自己动手把火籽往面前扒。家乡有一句俗语，"叫花子烧火往胯里扒"，就是讽刺那些不懂礼节、不讲客气的人。

拍梅小记

一

从六岁多开始，我随父亲在湖南师范大学校园里生活。小伙伴叶农是中文系老师的孩子，有一天他指着一片小树林告诉我："这些是蜡梅！"话语中带着几分兴奋与得意。当时，我刚离开农村来到城市，没有接受早期教育，对梅是一无所知。我看了看，觉得那只是一种并不高大的植物，现在想来应该是自然生长的，因为并没有经过"以夭梅病梅为业"的修剪造型，枝条细长笔直，是萌发抽条的新枝。叶子也很普通，椭圆形的，摸起来有些毛糙。当时我没见到蜡梅花，更没闻到花香，当然并不在意这些蜡梅。

现在，叶农早已是暨南大学的教授了，对传播和传承中华优秀传统文化十分热心。我是

在年岁渐长之后，才知道梅自古以来就为世人敬仰，为文人吟诵和描绘，是中华传统文化的精神符号，因此也喜欢上了梅花。

我移居岭南已有二十余年了，赏梅机会不多。虽说每天上下班都要经过一个叫梅林关的地方，却只见到车辆长龙，没见到梅林。回湖南师大时也曾去找过童年时见的梅林，但那里已经成了学生食堂，四周一棵梅树都没有。

我有画画、摄影的爱好和记笔记的习惯，却不敢画梅花，更不敢写赏梅文章，因为我自知功力不够，很难表现好梅的特质。可是，在有限的几次拍摄梅花之后，我却有了一些感触，忍不住要以摄影为线索把它记录下来。

二

初次拍摄梅花，是因为深圳市中学生文联秘书长谢立虎先生的推荐，他说在红岭中学校门外新建了一处梅园，是深圳最大的梅园。我出差回深后，就兴冲冲跑了过去，准备好好欣赏和拍摄一番，心里满满的都是关山月大师所画红梅图的景象：梅干黑壮，苍老遒劲；梅枝直立向上，红梅朵朵、花蕾点点……

可是，走进梅园一看，令人大失所望。梅树树龄不大，枝干弱小稀疏，直愣愣指向天空。而且花期已过，只留下一些零星花朵挂在枝头，花蕊已经开始干枯。再往山坡高处走走，还有几棵梅树的花稍多一点，但花朵细小，有的白中透粉，有的粉红带白，既不像古人王冕画的墨梅，也不像当代关山月大师画的红梅。看看梅树上挂的牌子，竟然有叫宫粉的梅花，上网一查宫粉居然还是一个庞大的品系，都属于红梅系列。我顿时心情复杂，若有所失，套用当下人们常说的话，叫作"红梅的人设崩塌了！"

不过，既来之则拍之。我找到仅剩的几枝梅花，选好角度拍了几张。让人惊喜的情况出现了，高大的榕树把梅花的背景遮挡成了深深的墨绿色，树冠的一处叶隙却被长焦镜头虚化成了一个白色光轮，衬在梅枝后面，恰如明月。在微信朋友圈里发图时，我写了行文字表达拍摄实况："天阴无亮色，树影作月轮。"这张图好歹还有点中国画的味道，聊以自慰。

<h2 style="text-align:center">三</h2>

我赏梅拍梅也有运气好的时候，那是2016年出差到杭州，3天都住在西湖边。于是，我每天都一大早起床，先去西湖边走一走，看看日出，然后才回来吃早餐。

走到湖边一处庭院式酒楼旁，看到中国风格的圆形拱门竟然不伦不类地装上了铁闸门，而且还紧锁着，闸门里面一棵大大的梅树临波顾影，满树红花盛开，绚烂至极。这本已是极好的构图与光线，只要能拍下来就是好片子。可惜那道煞风景的铁闸门，硬生生挡住了绝胜好景。我只能把相机从闸门的铁条空隙中伸进去，拍了张半边是墙、半边是花的照片，然后在图上题了一行字自嘲："探春不得入，隔门偷窥之。"

拍完"探春图"，我又四处拍了几张盛开的梅花，大多是红梅。那时节白梅花早已稀稀落落，所剩无几了。这次拍摄经历印证了艺术虽然高于生活，但总归是源于生活的。我重拾了对红梅的信心，似乎还理解了为什么老一辈革命者喜欢红梅。因为他们不会孤芳自赏，也不会满足于洁身自好，他们的生命总是激情燃烧，总是与热血和牺牲联系在一起。一首《红梅赞》至今仍在传唱："红岩上红梅开，千里冰霜脚下踩，三九严寒何所惧，一片丹心向阳开……"

除了这次在西湖边偶遇红梅盛

探春不得入隔门偷窥之

开，此前我三次专程去赏梅全都错过了盛花期，只能细心寻找仍坚守枝头的几朵残花。于是，在不知不觉中我就开始按照古代文人画的意境去取景和构图，还下意识地把自己带进一种淡淡的忧伤，或者特立独行的孤傲情绪之中，以为这样有利于拍好梅花。

回想起来，我正是被那一树繁花的红梅所感染，拍摄梅花的心境才有了一些转变。

四

真正让我尝试用另一个角度、另一种情绪来赏梅的，是 2019 年 1 月的世外梅园之行。从深圳出发，沿高速公路东行四小时，在青梅之乡汕尾市的陆河县螺洞村有一处世外梅园。1 月 5 日至 15 日，是这里的梅花节。我下定决心要带全家人去品味一番。有位朋友听说我要去赏梅，就赶了过去，他在梅园玩得开心，打电话告诉我："这里漫山遍野都是梅花，满园飘香。"可是，我们却因为老父亲突然患病没能成行。

近两周后，18 日逢周五，一下班我就开车和家人直奔世外梅园，摸黑进村时已是晚上九点多。在村里民宿入住后，我和妻儿开始在村里逛荡，看了一家以梅花为主题的人文客栈，大堂里用梅枝梅花作装饰，布置得像梅林一角，旁边还有梅花艺术展和一个书吧。

接着又去了一家梅园餐厅，品山茶、尝梅饼、吃泡梅、喝梅酒。老板娘告诉我："今年天气奇怪，梅花都赶在同一个时间开了，上个周末山上全是白雾，山谷山坡全是白花，满村梅花香气。可惜前两天下雨，现在花落得差不多了。"

第二天早上，我不到六点就独自一人摸黑上山，想登上山头看日出，拍摄山村拂晓和无边花海。可惜天气不好，没有晨雾，更没有明媚阳光，白色青梅花已掉落殆尽，只有枝头无数浅浅的枣红色花托，给山坡山谷染上了一层粉紫色。

在山坡山谷、溪流两岸、园里园外一番转悠，我还是拍了一些图片、

感受到不少趣味，有梅林掩映的山村、穿过梅园的溪流、疏影横斜的梅枝、洁白宁静的花朵、随流漂散的落梅、小溪洗菜的村民，甚至还有在梅林里搭帐篷露营的游人，正用小煤气炉煮鸡蛋，做早餐。

螺洞村一行，让我对青梅的生长环境、梅园与村民的密切关系，以及梅子对当地饮食的丰富、梅文化对山村发展的影响等等，做了一次短暂而全方位的观察体验。原来赏梅的趣味远不止于梅花本身，也在于梅树、梅林、梅园，以及周边环境、乡土风情等等，在于赏梅人与以梅为中心的环境之间的互动与共鸣。从此，在我心中梅不再只是德性符号，还成了一种生活态度与趣味。世外梅园确实是一个能给自己内心调适、充电的好地方。

五

在整理拍摄的梅花作品时，我有所思考，关于梅的传统文化在具体表现为个人审美情趣时，往往与我们所处的时代或者身处的境遇有关。比如，古代文人赏梅的基调是"君子比德"，而且多数倾向于在"穷则独善其身"

的境遇下，以梅为榜样自喻自修。或者个人已进入了"达则兼济天下"的境界，却仍要表示自己像梅花一样，坚守不变的初心与秉性。比如，王安石有诗："墙角数枝梅，凌寒独自开。遥知不是雪，为有暗香来。"

当今，人们赏梅，兴趣就多种多样了，总的趋势是更看重花的颜色、形态和气味。相似的情况还有赏兰，国人的赏兰传统本是注重欣赏兰叶清瘦、色淡雅、味幽香、境静净，遗世独立的意趣颇为浓重。

现在，因为社会环境的变迁和文化的发展，人们开始喜欢叶肥、花大、色艳的洋兰——蝴蝶兰，这是一种附生兰，其品性自然与国兰格格不入。虽然我更喜欢白梅和国兰，但并不影响我能够理解人们审美趣味的变化，我欣赏把梅园拍成花海，艳丽惊人的作品，也欣赏小伙子独自在梅林里露营的雅趣。

我们的生活中除了激情燃烧、昂扬执着，也需要从容淡定、休闲放松。即使在传统审美中，也是既欣赏特立独行、坚韧不屈，也欣赏友善乐群、温润如玉。不论人们喜欢什么、期待什么，只要静下心来品味，大多都能从梅花、梅树和梅园里找到与之相映成趣的情境。

在离开螺洞村世外梅园的时候，一位村民告诉我："你们可以在清明的时候再来，进园摘梅子。"正是这不经意的一句话，让我对赏梅有了新理解：刻意以梅的稀疏和老残来表现它傲骨、坚韧和高洁是一种角度；执着用红梅来表现激情、坚贞与奉献也是一种态度；而自然而然地欣赏青梅生长，也是一种很好的选择。青梅在严寒时节开得漫山遍野，却又丝毫不流连花瓣的美丽，很快就脱下盛装落瓣结果，开始默默孕育清明时节的满枝梅子。这种生命的节律，更能体现它的内在力量与坚贞操守，正所谓"天行健君子以自强不息，地势坤君子以厚德载物"。而梅的树干苍老遒劲，其实是村民为了梅子丰产，年年对梅枝进行修剪的结果。

还有一幕在我脑海中印象极为深刻：2019 年元旦前，88 岁高龄的老父亲决定随我来深圳过年。在离开长沙的前一天下午，他坚持要去单位交了 2019 年的党费，然后又去老干办报告自己南下的行程安排。我看着老人家从一棵黄叶稀疏的树下走过，进了老干办小楼。

寒风吹来，一阵清香扑鼻，我这才发现那是一棵蜡梅，花朵像田黄石一样晶莹温润。附近还有多棵蜡梅，正在相继开放。于是我好一阵狂拍，还刻意把旁边的竹子当作蜡梅的背景，在图上题字"岁寒三友得其二"。

从树龄来看，这些蜡梅应该与我童年所见过的那一片蜡梅是同时栽种的，48年后因为老干办小楼和周边的老建筑受到保护，梅树也得以保存，生长得非常好。这老楼、老梅、老干部，恰恰是一派风骨相融的情景。毛泽东主席《咏梅》词云："俏也不争春，只把春来报。待到山花烂漫时，她在丛中笑。"

李花含露

　　坐在自家吊脚楼上，就像坐在剧场包厢里，观看山野、农田和乡道上，演出一幕幕季节变换、人情冷暖的戏剧。这一切都合乎四季更替，关乎亲情友爱，应于时代变迁，并非一句"天下熙熙皆为利来，天下攘攘皆为利往"就可以解释的。

琅琊深秀

　　我老家名叫琅琊村。琅琊，是两个美妙的文字。琅，本指像玉一样的美石或青色的珊瑚，后来用以形容清朗、响亮的声音，或洁白、华美如玉。琊，指似玉的骨。欧阳修《醉翁亭记》写道："环滁皆山也。其西南诸峰，林壑尤美，望之蔚然而深秀者，琅琊也。"我们琅琊村，既不在欧阳修所言的安徽滁县，也不在秦始皇东游登过的山东琅琊山，而是在湖南省桃江县楠木山下。

　　楠木是木中贵族，楠木山的确"蔚然而深秀"，只是山腰以下楠竹林多过树林，似乎叫楠竹山更加贴切。楠木山分出两条支脉，并列延伸六七里，像伸出双臂拥抱着一条狭长的山间平地，这就是琅琊村。俗话说山清则水秀，两条山脉之间果然就孕育了一条清清亮亮的小河——琅琊溪。琅琊溪从山间平地中间穿流而过，河边有一条青石板路相伴延伸。

　　从小河向两边山坡，是一块块稻田逐级升高，呈梯状。两边山坡与稻田之间，各有一条泥土小路，形成了两列青山、一条小河、三条乡间小道同向伸展的格局。站在河边石板路上，不论是朝小河上游还是下游看，能看见的都是山间稻田两三里、坡脚农舍六七家的景象。

　　山间平地大气稳定，清晨常有"地罩雾"现象。晨雾不向上升腾，而是紧贴着稻田上方弥漫，像是楠木山伸出双臂拉着一层白纱盖在田野上，直到迎来朝霞，太阳又逐渐升高了，才会把雾纱撤去。黄昏的时候，散布在山坡脚下的农舍冒出炊烟，也常常会袅袅地弥漫开来，在夕阳中给自己盖上白纱。在晨昏的雾霭烟霞中，青山隐隐，鸡鸣犬吠，山林田野十分秀美，而且还带着几分神秘。不知是在什么年代，更不知是何人，给家乡取了这么雅致的名称。琅琊村名雅而质朴，宁静为本色。

　　我家老宅就建在这画面中，在山坡边一个高高的土坎上，阳台临空架在坎边，就像吊脚楼，楼下是村里的小道。小河边的石板路较宽一些，我们称之为大路，从阳台上望过去，在百余米开外，大路上相熟的人还可以辨认得出。对面山坡下的小路就隔得远了，只能看清楚行人的衣服和后面跟着的狗的颜色。哥哥和我经常在阳台上玩耍，像是在剧场包厢里观看山野、稻田和乡村道路上，演出一幕幕四季更替、人情冷暖的戏剧。父老乡亲寒来暑往，肩挑背扛，从门前小路上经过，在山间稻田里劳作，多少生动片段和美好瞬间早已印刻在了心里。

　　四十几年后的一个雨夜，我在脑海中回放这些记忆，才真正理解乡野的种种忙碌是那么有序。播种收获、物资互通和人情往来等等，都与四季更替、时代变迁和亲情友爱高度关联，并非一句"天下熙熙皆为利来，天下攘攘皆为利往"就可以解释的。

　　人到中年，似乎才开始理解天人合一、顺应四时，为何是国人的生存哲学。正是因为有良好生态环境和深厚传统文化底蕴的滋养，琅琊村多年来才展现出自然、质朴而内秀的风情。

　　望之蔚然而深秀者，琅琊也。

楠木山下四季如歌 · 春

一

春天，是四季中最美的季节，也是忙碌的季节，父老乡亲像是在进行一场虔诚的祈祷。

家乡农作模式是"稻稻油"和"稻稻肥"并行，一年之内种植早稻、晚稻，还有油菜或绿肥三茬作物。春天，越冬作物忙着开花，山坡边的田地位置稍高，可以旱作。春天里金黄的油菜花怒放，形成山坡脚下的黄色彩带，两边山下的彩带之间，稻田更加湿润，种满了紫云英。

紫云英是植物绿肥，绿叶繁茂，铺满山谷田野，因为固氮能力强，氮素利用效率高，株体腐解时对土壤氮素的激发量很大，一块稻田如果连种3年绿肥，可增加土壤有机质16%。于是，稻田采取"稻稻肥"种植方式能越种越肥，多产稻谷。采取"稻稻油"方式，虽能收获油菜籽，却容易使田越种越瘦，水稻减产。

我们喜欢紫云英，除了因为它的肥效，还有很多其他原因。紫云英又叫红花草，花特别美，近看时每一朵都十分精致，白底上透着粉粉的紫红色，完全符合我们对女孩子脸蛋的评价标准——漂亮！远看时繁花密密层层，铺满山谷，给它紫云英这个芳名，大概就是因为紫红色的花开得像云霞一样的意思吧。粉紫色的云霞不仅漂亮，还会招来无数蜜蜂，而紫云英蜜是蜜中上品，散发清新宜人的草香味，甜而不腻，还有清热解毒、祛风明目、补中润燥、消肿利尿等特殊功效。

紫云英还是上好的饲料，孩子们牵着牛从田埂上经过时，会故意放松缰绳，让它们美美地吃上几口鲜嫩无比的绿肥，却不敢让它们跑进绿肥田里猛吃。因为牛贪吃，吃多了绿肥容易胃胀，严重时会被胀死。绿肥红毯还特别好玩，小伙伴们会把牛拴在山坡上去，然后就近溜到绿肥红毯上比赛摔跤，摔累了就各拿出一个空火柴盒，捉两只蜜蜂分别关到盒子里，做成只有一个频道、只播出一个节目的收音机，比比谁的蜜蜂唱得更好听。

不论谁的蜜蜂唱得更好听，我们都认为自己村的山林最茂密，希望自己村的稻田最高产。村里孩子戏耍时常常会在野外大小便，也都会钻到油菜地里去解决问题。"快到这边来！这块田是我们五斗村生产队的，那边那块田是桃花村的……"哥哥总是会大声告诉我。那时候我们就已经知道了肥水不流外人田。就这样，春野刚苏醒不久，就给我们带来了美丽、甜蜜和欢乐。我们在花海里嬉戏成长。

等到春雨频繁飘洒起来的时候，大孩子们就要随父母忙农活了。首先要给绿肥田开沟排水，村里的壮汉穿蓑衣、戴斗笠在前面开沟，沟的宽和深都只需二十公分左右就够了。

　　挖出的湿泥块堆在沟边，孩子们兴奋地跟在大人们后面，从泥块里找沉睡了一冬的泥鳅。在孩子们身后，远远的还会有喜鹊跟着，觅食漏网的小泥鳅或者虫子。好一派天地和谐景象！不过现在田里已经很少有泥鳅了，不仅是因为施用农药"殃及池鱼"的缘故，让人气愤的是有人竟然在稻田里电泥鳅，电流所至，大鳅小鳝通通晕死，无一幸免。

二

　　田里开好沟后，绿肥继续疯长。接下来才是春耕的四幕重头戏——犁田、滚田、耙田和插秧，这些既拼体力又考验技术的活，须由壮劳力来做。

　　首先是犁田，牛在前面拉犁，人在后面掌犁，人、牛和犁协同一致，在田里转圈或者往返犁地，原本草绿花繁的田地，渐渐就被翻成泥块朝上，把花草压在了下面。犁好的田要灌满水，等到把泥土浸泡软了再做下一道工序，滚田。

　　滚田工具叫"禾滚"，是在一米多宽的结实木框中装一个滚筒，筒上一圈圈、一排排装有像螺旋桨叶的轮片。人站在框上既能控牛，又能用自己的体重把"禾滚"紧紧压到泥块上。我们常看着舅舅身披蓑衣、头戴斗笠、手持长鞭、脚跨滚筒，站在木框上赶牛前行，牛拉着"禾滚"在田里转圈，滚筒上的轮片逐渐把泥块打碎，打成泥浆。那架势就像将军站在战车上，势不可挡地碾过敌阵。威风！"再来几圈！"我们总忍不住要大喊。

接下来还要耙田，牛拖着大大的梳子状农具——犁耙，把田里的泥浆拌匀、理平，把去年残留的少量稻草和大量绿肥更加均匀地混到泥土中去。在犁田、滚田和耙田的过程中，照例会有鸟在后面跟进觅食。等到田耙好了，要蓄水漫灌一段时间，这时田面如镜，天光云影，再来觅食的就不是喜鹊了，而是羽毛洁白，体态优雅的鹭鸟。

到了插秧的时候，首先要用装有多个木齿的耙子在田里横竖拖动，在泥浆上划出整齐的方格。然后有人挑来一把把扎好的秧苗，站在田埂上往田里均匀地抛撒。下田的人取一把秧在手，每次分出三四根秧苗，就往泥里方格的交叉点上插，凡是手所能及的地方都给插上，边插边往后退。插完一把秧又取一把，插完一块田又换一块。

在阳台上，看着春雨朦胧中的田野由花海变成水面，由水面又变成稻田，呈现出不同的美，似乎很诗意，其实这背后是超重的体力付出和超强的坚忍。春水尤寒，春雨亦凉，村民们没有靴子和衣裤连体的防水服，只能赤脚下田，泥里来雨里去，即使能上岸稍歇，也只是在田埂泥泞中站站而已。

那个年代，村里土地仍然是集体耕作，还没有分田到户，确实有人会在出工时偷懒，但勤劳能干的人自然受人敬重。尤其是在春耕和夏季双抢（抢收早稻、抢种晚稻）时，最能看出人的品性，分出人的高低。乡亲们大多能苦中作乐，甚至还会进行插秧比赛，结果往往是妇女胜过男人，因为她们耐力更好，腰身更柔韧，常常从一处下田，一直插到对面的田埂边才伸直腰来，张望别人的进度，说上几句玩笑话。

表姐是插秧能手，曾带着我下田插秧。我一次只能插四排或五排秧，经常跟不上表姐的进度，她常常会悄悄地帮我插两行，让我跟上，与她的姐妹们同时插到对岸。这时表姐就会高声嘲笑仍在田中间插秧的壮汉们："我们'堂客们'插秧，比你们'男人家'快，凭什么我们做一天只有六个工分，而你们有十个工分？"后来队长还真听取了"堂客们"的意见，每次插秧和割禾时，妇女和壮汉可以按照相同的起点计算工分了。

现在回想起来，在春天里乡亲们不畏寒冷、不厌其烦地精耕细作，只是虔诚地祈祷夏天能有个好收成。参与这场祈祷的，还有那些茂密而美丽，却已化成了春泥的紫云英。插下去的秧苗几天后就会抬起头，挺直腰身来，开始旺盛生长，要不了多久，田野又呈现出一片浅绿来，而且这绿色越来越浓密，像是在回报紫云英的牺牲。这时候稻田里泥鳅和黄鳝开始活跃起来，一种我们称之为"落沙婆"的水鸟（好像是池鹭）开始从小河边的灌木丛里溜出来，跑到水田中活动。

在接下来的一段日子里，乡亲们可以稍事休息，绿野里往来走亲戚的人会多起来，如果有人撑着深红色的油纸伞，行走在田埂和小路上，那也是一种很美的意境。我知道撑伞的人大多是年龄较大的长辈，或者家境较好的年轻媳妇。因为当年油纸伞属于奢侈品，一般人家舍不得买，也舍不得用。而打着红纸伞走动的长辈，或许刚刚约好了儿女在秋收后的婚嫁日子。

但愿风调雨顺，好年好景。

楠木山下四季如歌·夏

家乡夏日炎热，幸得楠木山茂林修竹，琅琊溪蜿蜒山冲，涵养水源，调节气温，滋养一方，因此我对琅琊村夏日的最深印象并非暑热难耐，而是平静温馨。

一

村里的农舍全部是背靠青山、面朝溪谷修建，坐落在林地边缘。室内基本都是泥土地面，透着润润的凉意。只有卧室例外，在离地 40—50 厘米处架设了一层厚厚的木地板，干而不燥，寻个通风处就可以席地纳凉。

从大多数农舍门前的地坪往外，稍低的地方就已经是稻田了。稻田从山坡脚下一直延伸到山冲中央的溪流边，一丘田比一丘田低。于是，山溪和山塘水就会从山脚的高处灌入稻田，然后再一层一层地流到下面的稻田里，直到所有田里都灌满了水，"管水员"就把山塘出水口和稻田间的流水口给堵上。

在水流入或流出稻田的地方，由于经常流水潺潺，所以会出现一个水桶口大小的半月形水洼，我们叫它月口。因为流水冲刷，月口处往往已经没有了水稻，水底的泥浆会比旁边要低近十厘米，自然水也就会深多十厘米。因为泥鳅对水温特别敏感，在田里水温太高的时候，它们就会跑到月口的深水里贪凉，太阳越猛、天气越热，月口里的泥鳅就越多。这时候，小伙伴们把一只较大的竹簸箕堵在月口下方，把月口处的出水口挖开，用另一只小簸箕把月口里的软泥铲进下方的大簸箕里，就能捉到一些躲藏在泥里的泥鳅。

在捉到泥鳅后，我们一定会把泥巴倒回田里，不让行人踩到稀泥后滑

倒；还要赶紧用泥土把月口堵上，不让田里的水流光了，影响水稻生长。等到临近早稻成熟的时候，通常会放水晒田，既是给稻子催熟，也是为人们下田割稻做准备，这时田里的泥鳅已不知躲到哪里去了。

捉泥鳅，只是村童们的小把戏，夏日最重要的事情一定是"双抢"——

抢收早稻、抢种晚稻。"双抢"是最苦最累的活，孩子们虽已放农忙假，一般却并不下田劳作，而只是做一些辅助工作，比如早、晚割草喂牛，等等。这种安排既体现了长辈对孩子的关爱，也体现了对耕牛的爱惜，其实还是当年劳动教育的高明之处。

南方农村多养水牛。早上，牛一般都躺在大树下面，旁边还有一堆草灰仍冒出几缕白烟，这是前一天晚上长辈给牛点燃用来熏赶蚊虫的。这时候，我们得赶紧把牛喂饱了，让它能够有力气下田干活。中午，牛又会回到树下小憩。人们在树下见到牛的时候，它一定是在吃草，或者在反刍胃里的草。

黄昏的时候，水牛要"困水"，就是躺在水里休息。如果放一些草在岸边，它会从水里伸过头来吃草，舌头一卷草就进了嘴里，间或还会抖动耳朵、甩甩尾巴来驱赶牛虻。有时会有一两只八哥鸟在旁边，甚至站在牛背上捉虫吃。

我家门前有座小水坝，坝旁有一条引水渠道。村民们会让牛在渠道里"困水"，而水深齐胸的坝上水域是村里成年男子的领地。他们常常打赤膊干活，在长时间割稻、打稻后身上粘满了稻屑，很不舒服。如果是城里人粘上了稻屑，还可能皮肤过敏、瘙痒红肿。所以大家从田里上来后，喜欢尽快跳到凉水里泡一泡，洗一洗，然后才清清爽爽回家。

这时节，柳树下，一边是牛静静地躺在水渠里休息，一边是村民在水坝里戏水，偶尔来一个狗刨式游泳比赛，几双脚把水打得噗通噗通响。远处夕阳西下，像咸蛋黄，炊烟四起，召唤家人，甚至会有乖巧的狗子跑到坝边来接主人回家。

二

"双抢"的农活再忙，中午都是要休息的。因为下田劳作时面朝泥水背朝天，上面太阳晒，下面水气蒸，到了中午，铁打的汉子也受不了。于是，村民们先回家吃饭，然后到下午干活的稻田附近的农家聚集，一起聊天休息。

主人家一般都会先给大家端上一大碗绿茶，然后开始擂茶。擂茶的主要工具就两样，一个是陶质擂钵，形状像一个超大的茶盏，开口直径40多厘米，外壁上了褐色的釉，内壁上全是从钵底呈放射状延伸到口沿的细槽，就像细细密密的齿。另一件工具是擂茶棒，一根一米多长，有锄头把粗细，用油茶树的直干做成。

擂茶的人在矮椅坐定，把生芝麻、花生和茶叶放在擂钵里，左手抓住钵的上沿，右手握住离擂茶棒下端40—50厘米处，然后摆动手臂，让棒下端紧靠着钵的内壁不停画圈，发出"嗡嗡嗡……"的研磨声，间或还会往钵底"嗵嗵嗵……"地捣几下，把茶料带到钵壁上来继续研磨，直到把全部茶料都擂研成碎末。擂茶棒下端在钵内快速旋转画小圈，握手处以上擂茶棒还有一米多长，以同样速度画着大圈，会形成较大惯性，所以合适长短的擂茶棒对于单手掌棒擂好茶非常重要。

村里评价主妇是否能干的标准之一，就是她能不能左右换手，一刻不停地擂茶。高手擂茶的声音是均匀沉稳而有节奏的"嗡嗡嗡……，嗡嗡嗡……，嗵嗵嗵；嗡嗡嗡……，嗡嗡嗡……，嗵嗵嗵……"，而不会经常发出擂茶棒走空或撞击擂钵的声音。如果有新媳妇从外地嫁来村里，擂茶技艺生疏，控制不好长长的擂棒，茶没擂好反而打破了擂钵，那必定会成为乡里的笑料。

在屋外大树下纳凉的村民，甚至路人听到这欢快的擂茶声，尽管走进主人家的火坛屋，讨碗擂茶喝。如果客人不进来，家里的孩子就会代表长辈出去迎请客人。主人家见客人坐下了，会在擂钵里滴上少许水，继续把茶料擂成浆，然后用小竹筝子盛凉白开，把棒上和钵壁上的茶料浓浆冲到钵底，往每个大茶碗里均分，再每碗冲兑上温的或凉的开水，讲究的人家还会每碗加些炒过的花生米、黄豆或绿豆。

我们所在的武潭镇面临资江，江对面是马迹塘镇。舅舅告诉我，三国时诸葛亮带领蜀军攻打曹魏，曾路过马迹塘，不少将士因为夏日暑热而病倒，是村民的大碗擂茶帮助蜀军抵抗暑热，很快恢复了体力。擂茶就这样从家乡传播出去了。

三

舅舅勤劳，也善于安排时间，他一般会中午多休息一会，下午却一直干到天黑才回家。

舅舅一进家门，舅妈就会递上凉凉的擂茶。在我记忆中，舅舅晚饭吃得并不多，甚至会说："晒了一天了，就喝点'薄焦粥'吧。""薄焦"就是锅巴，用米汤把它浸泡软了，再用饭勺慢慢把它压烂，就成了浆状的"薄焦粥"，有锅巴香味，口感不错。当中医的外公认为，米汤有营养好吸收，锅巴是略带焦糊的米饭，有和胃的作用，劳累过度和大病初愈的人喝"薄焦粥"比较好。但是，我至今不知道舅舅爱喝"薄焦粥"，到底是因为太累了没胃口吃饭，还是为了节约粮食。

童年时，村里没通电，用煤油灯照明也十分节省，全家只点一盏油灯，根本不知道电扇和空调为何物。盛夏天晚饭后，我们会把竹床、躺椅、矮凳搬到门前地坪上，点燃熏赶蚊虫的草堆，开始露天纳凉。我们孩童给长辈们摇扇子，长辈们给我们讲故事，这是每天上演的剧目。我到了已为人父的时候才知道，其实这是一种尊老爱幼的教育方式。

此外，分辨蟋蟀叫、观天象、猜谜语、背名联之类，都是我家的"夜校课程"。还记得七夕的时候，舅舅说："今天晚上，如果坐在瓜棚下面，静静地，不说话，就能够听到牛郎和织女在鹊桥上讲话。"可惜当时我和哥哥都不敢离开长辈身边，跑到黑漆漆的瓜棚下面去。夏夜慢慢凉下来后，孩子们都回房睡觉去了。长辈们还在星空下坐着，他们是否讲着和牛郎、织女相同的话呢？

现在回想起当年夏夜纳凉，总会有一首歌在耳边云绕："月亮在白莲花般的云朵里穿行，晚风吹来一阵阵快乐的歌声，我们坐在高高的谷堆旁边，听妈妈讲那过去的事情……"

有一次，我在微信朋友圈里讲起家乡童年的事情，有位同学的留言让人动容。因为我不知道那是他的原创文字，还是引用了别人的佳句，所以我只好把那段留言的意思重新表达一下：

月亮还在白莲花般的云朵里穿行，我们身边却没有了谷堆，没有人再给我们讲过去的事情；我们已经开始喜欢讲过去的事情了，却再也没有人愿意听。所以，同学们啊！大家要经常相约，自己讲过去的事情。其实，我们并不在意别人是否在听，我们只是爱讲过去的事情……

楠木山下四季如歌 · 秋

《千字文》开篇就是："天地玄黄，宇宙洪荒。日月盈昃，辰宿列张。寒来暑往，秋收冬藏。"我在楠木山下长大，感受更深的却不是秋收冬藏，而是秋收冬成。

一

秋收，是一年中辛苦忙碌而又欢乐的日子。

在春天插秧时，男子挑秧抛秧，女子插秧是主旋律，一行行、一片片浅绿在妇女手中被绣入水田里，那情境透着几分灵秀。而秋收则完全是另一种旋律和色调，女子弯腰收割，男子挺直了身板打稻和挑谷，尽显阳刚之气，在金黄的田野中上演着热火朝天的嗨歌。

打稻机的主体是个约一米五见方的大木箱，叫作稻桶。在方桶里安装了一个滚筒，滚筒上装着一排排铁环。滚筒的轴从左右两侧伸到了桶外，以小齿轮咬合大齿轮，大齿轮接着连杆，连杆连着箱后端的踏板。于是，壮汉们一踩动踏板，连杆就一来一回推动大齿轮转动，再带动小齿轮和滚筒转动。这时候汉子们双手捧起一捆稻子，把稻穗伸到滚筒上，筒上飞转的铁环就会把谷粒打落下来，只需把整捆稻子转动几下，就不会再有稻谷残留在稻草上了。我们把这项从稻草上脱下谷粒的工作叫作打稻。为了防止谷粒飞溅到田里，在滚筒上方的稻桶上还装了一个竹篾编成的棚罩。打稻机没有装行走的轮子，而是在桶底左右两侧钉上了竹条，桶两侧装了把手，方便人们拖着打稻机在潮湿的田地里滑行。

要把打稻机静止的滚筒踩到快速转动，很是废时废劲，所以村民采取了四人两组一台机的劳作方式。两人从田里各拿一捆稻子，并排踩板打稻，

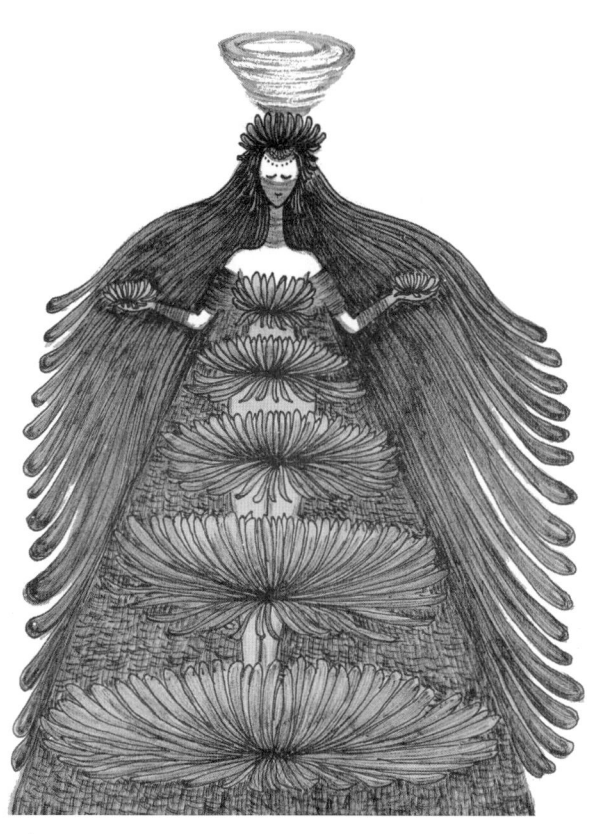

在完成一捆稻子脱粒的最后时刻，会大吼几声号子，猛然加力，把空转的滚筒踩得飞转起来，然后转身离开，到一边甩下稻草，再去捧回一捆稻子。这时，另外两位大汉就会应着号子声上机，赶紧给仍在惯性转动的滚筒加速。如果两组人配合默契，不仅机子很少空转，工作效率高，而且滚筒一直维持在高速运转状态，踩踏板会比较顺畅和省力。

在阳光下，古铜肤色的汉子们光着健壮的上身，脖子上搭条粗布毛巾，匀速踩板—吼号子—加速踩板—交叉换位—继续踩板，持续反复。他们挥汗如雨，机轮和滚筒嗡嗡轰鸣，谷粒打在桶壁和棚罩上叭叭作响，收成一层一层快速堆积。这不正是生命力的迸发和阳刚之美的最好展现吗？！一丘田的稻子打完了，还会有一两位更壮的汉子来挑谷，从木桶里装出满箩满箩的湿稻谷挑走，每担湿谷足有两百斤以上。

当壮汉把重担挑起来，稳稳地走在窄窄的田埂上，把稻谷送往晒谷场的时候，打稻的汉子们又一次喊起了号子，不过喊法和节奏却变了，那是他们在把打稻机拖过田埂，拖进另一丘稻田。我很喜欢看这些美好欢乐的场面，村里的妇女们也喜欢，因为那些壮美的汉子正是她们的兄弟、丈夫或者对象，是家庭和村子的脊梁。汉子们也正是在这样辛苦却又嗨翻天的劳作中彰显着自己的美、自己的价值。所以，秋收时男人的工分高过女人，没有任何人会有意见。

二

秋收时节，学校会放几天农忙假。长辈们为了锻炼哥哥和我，要求我俩在一天内完成家门口一丘田的割稻任务。我俩得令后兴冲冲跑到田里开始收割，学着长辈们的样子很快就割倒了几排稻谷。接下来，我们就开始玩花样了，先是两人分别从田的两边开始收割，在田中间会师。然后，又从田的四角向田中心割出几条通道来，说是在"修地道"，准备"打地道战"。

在田中央，我们又割出了一小片空坪作为"指挥部"，铺上几把稻草，就躺下休息了。其实，根本就没法好好休息，因为太阳很晒，稻草很湿，还不停地有蜘蛛、螳螂等虫子爬来爬去，引起我们的兴趣。玩耍一会后，我们开始修更多"道路"，并且不断把"道路"拓宽，慢慢地稻田里就变成了"路多稻少"的格局，仍然站立着的稻子被我们称为"路边的小树林"。最后，它们都被当作"残匪"通通割倒了。在这样游戏一般的劳动中，我们不仅感到快乐，而且还很是为村里的丰收而自豪。直到现在我对稻田还是特别感兴趣，如果见到稻田，总想拍几张图片。

不过，村里小伙伴们的任务主要还是"小秋收"——捡稻穗、打苏子、采菊花、摘糖罐等。捡稻穗，就是跟在割稻人群的后面，捡一些失落的稻穗。为了鼓励孩子们劳动，生产队允许把捡到的稻穗带回家。一场秋收下来，每个孩子可以捡到约两斤稻谷，家人每天抓一小把来喂鸡，可以用上一阵子。我在城里坐过公园里的小游船，用脚踏转轮推动的，所以在捡稻穗时总是喜欢欣赏大人打稻的动作，而且幻想：把打稻机放在水里，我和哥哥踩动踏板，打稻机就像竹篷木船一样在河里前行，在河湾里停下来，还可以钓鱼……

打苏子，是把紫苏结的种子轻轻打落到竹簸箕里，收集起来作中药卖。

大片紫红色的紫苏就长在家门外几十米处的小水坝旁，因为种子是我们有意播撒的，所以紫苏长得特别多、特别密。我们没打干净的苏子，会自然掉落到土里，下一年又长出大片紫苏来。紫苏叶子和苏子都有浓香味，我们在水坝边抓鱼抓泥鳅，一定会顺手摘一把紫苏叶作调料，还会把几片叶子放在手里揉搓，用来洗手去腥味。

摘糖罐，是到山坡上采摘金樱子。这是一种山坡上随处可见的蔷薇科野生植物，花洁白芳香，果子比小学生的拇指稍大，形状像小罐子，成熟后黄中带红，嚼来吃比较甜，所以叫作糖罐。可惜罐子上长满了刺，如果想现采现吃，须得用石块或者鞋底碾去它的刺。金樱子是一味良药，主治遗精滑精，遗尿尿频，崩漏带下，久泻久痢。我们把它卖给镇上的中药铺，几分钱一斤。如果采得不多，就往往是自己吃了，或者交给家长泡进药酒瓶子里去。山坡上和路边还有不少野菊花，采来晒干后也可以卖给中药铺。

小秋收的成果少则几分钱，多则三五角钱。三五角钱在当年已是成年人几天的收入了。长辈们看到孩子能够为家里分劳分忧，对于孩子的养育和疼爱有了回报，感觉十分欣慰。穷人家会告诉孩子："不错！这两个月的灯油是你劳动得来的。"家境好的人家会煎上一碗干鱼，慰劳奖励孩子。有的还会告诉孩子，等他有了两块钱就可以交学费了……

三

如果年景好，在深秋时节村子里还会集体酿米酒，各家出些米，在我家做酒。程序不复杂，只是煮饭、拌曲、发酵、蒸馏、出酒。到了出酒的日子，会对发酵好的原料进行蒸馏出酒，最先从蒸锅上方竹管里流出来的是蒸馏水，不久水里就有了酒的成分。孩子们对出酒非常好奇，取来一根楠竹锯成多截，每一截就是一个竹杯子，然后跑去接一些有淡淡酒味的水来喝。等到大人们开始收集蒸馏出来的米酒时，孩子们已经半醉，兴奋得发疯似的到一旁玩去了。也有喝了酒一声不吭，倒头便睡的，一个小伙伴竟然跑到阁楼上的稻草堆里，一觉睡到了半夜，让家长举煤油灯、持手电

山林夕照

筒，大呼小叫地找了很久。

在这时节，醉了的不只是大人、孩子，还有楠木山的秋色。山坡霜重，茅草枯黄，丛林却染上了红、黄等不同颜色，甚至还有油茶树开出的白花。长辈们望着天空中南飞的雁阵告诉我们，大雁播下了种子，林子里快要长出寒菌了。这是家乡美味而珍稀的菌种——雁来蕈。多年以后我才明白，长辈们看着大雁南飞，却是盼着远方的亲人早点回乡。

现在，我也成了南飞雁，想起楠木山的秋日，只有唐代山水田园诗人孟浩然的《过故人庄》能解乡愁：

> 故人具鸡黍，邀我至田家。
> 绿树村边合，青山郭外斜。
> 开轩面场圃，把酒话桑麻。
> 待到重阳日，还来就菊花。

（此文部分内容曾于 2017 年 12 月刊于《南方教育时报》）

楠木山下四季如歌·冬

入冬后，乡野里没有了劳作的人群，也还没有长出冬作物，草黄树枯，一片寂静。不过，这只是表面现象，各家各户实际上已经忙碌起来。主人是否勤劳，一年收成如何，甚至一辈子的收成如何，在这时候表现得最为分明。所以，我认为"秋收冬藏"不如"秋收冬成"来得准确。冬日之成，体现在方方面面。

一

我家西头是灶房，北窗下是大灶，在南窗里面，地下藏着一个近一米深、两米见方的"地下室"，顶盖是木板，在灶房里面，出入口却在灶房外的墙下，以青石板砌成，宽约 40 厘米。这是个豪华鸡窝，冬暖夏凉。清晨，舅妈打开鸡窝门，发出几声召唤，撒下几把稻谷，一大群鸡就鱼贯而出。舅妈一一数过，在确认一只鸡也没有被黄鼠狼偷走后，就开始盘算：这 4 只肥嫩的阉鸡过年吃，这只又大又老的母鸡送给"二爹"家媳妇坐月子时炖汤吃……细细算过以后，心满意足："这群鸡绰绰有余！"

从灶房再往西是柴房，业已堆满各种劈柴块、干柴捆和湿茅柴。柴堆旁是两间猪舍和一大群猪的运动场院。此时，照例会有两头肥猪在舍里睡觉，或者在场院里散步。那头乌克兰白猪长得快，长得大，用来交给政府，能够超额完成农业统购任务，还能有点收入。那头本地黑白花猪长得慢些，要小一点，但肉质更加美味，留给自家过年杀来吃。两头猪一般都会到临近年关时才作处理，因为入冬后红薯藤饲料还比较多，足可以把猪再养肥一点。

如果说舅妈备年主要在家西头，那么舅舅的成果主要在家东头。最东头一间房是仓房，一半是大木仓，装着稻谷和大米。另一半堆着山茶油果子，要等到它们干透了，果壳是熏鱼熏肉的极品，茶籽用来榨制清亮浓香的上好茶油。在茶油果子堆的下面压着一大片木板，木板下是一个近两米深、一米多宽、约两米长的坑。这是红薯窖，里面堆藏了几百斤红薯，在整个冬天里，它们会逐

渐被制成煮红薯、蒸红薯、烤红薯，甚至红薯片、条、丁、粉……

在仓房靠墙边的地方，整齐有序地码放着几十个大南瓜。家乡的南瓜是磨盘形状的，大而圆，扁扁的，黄黄的，便于堆放保存，味道非常甜美，经常会被做成煮南瓜、蒸南瓜和南瓜饼。

仓房的木窗格里，塞着七八上十个小纸包，全是用乡下最粗糙的草纸包着的。我曾好奇地打开来看过，原来全是开春要种下地去的蔬菜与瓜果种子。窗户外就是我家的东面菜园，满园萝卜、白菜、冬苋菜、筵须菜、香葱和大蒜等等，绿白相间，甚是喜人。

非常有意思的是，我家一东一西两头分别是菜园、仓房和猪舍、灶房，东属阳，归舅舅，仓主藏，却似乎是属阴的。西属阴，归舅妈，灶主火，

却更显阳性。更奇妙的是，灶台与木仓，鸡窝与红薯窖，几乎就在东西两边完全对称的位置上。

现在，我真心为舅舅、舅妈这对农村夫妻的和睦与质朴称叹：舅舅外表随和，实则沉稳刚毅，舅妈风风火火，却满心慈爱，两人一唱一和持掌家庭，忙碌了一年，在他们心里鸡成群、蛋成筐、猪肥壮，稻米满仓、茶油满缸、红薯满窖，备年已成，那是多么重要和自豪的事！

舅妈没什么文化，却年年都会把外公讲的故事说给我和哥哥听：吝啬土财主请教书先生写春节吉祥话，先生被亏待了一年，心有怨气，于是念道：今年年景好，烦恼少，不得打官司。喂猪象大，老鼠死光光！财主一听很高兴，让先生写好贴出来。结果初一早上看到的"吉祥话"却是：今年年景好烦恼，少不得打官司。喂猪象大老鼠，死光光。每次说到这里，舅妈总是开心大笑。春节前，舅舅、舅妈心底那份踏实，比故事里的土财主强多了。

二

在我家正中间，是一间堂屋，堂屋左右各是一间大大的卧室，每间都足有一间小教室大。堂屋比卧室短一截，因为堂屋后面藏着一条连接左右卧室的通道，那可是一个非常重要的空间。

在通道里摆着几口大陶缸，其中一口缸里下半截全是石灰，是用来吸水汽防潮湿的，石灰上面存放着家里比较少见的食品，比如茶叶、芝麻、红糖、冰糖、雪枣、柿饼、发饼、"猫耳朵"、红薯粉，还有油炸红薯片、米饼等等。这些食品只有贵客登门才会拿出来享用，或者是出去走亲戚时要送的礼品。其他的缸装着茶油或者猪油。

比陶缸小的，是一排坛子，这是湖南农家必不可少的，里面分别装着剁辣椒、白辣椒、辣椒萝卜、酸萝卜、酸黄瓜、酸豆角、湿咸菜、坛子辣椒米粉、干刀豆、干茄子、干鱼块等各式各样的干菜、泡菜、腌菜之类食物，有时还有干红枣、荔枝干和桂圆干。冬日里只要家里还有油，用这些东西可以每餐做几个菜，一个星期都不重样。这间屋子里东西的丰富程度，是家庭主妇勤劳与智慧的标尺。当然，这里的保卫工作是否好做，也是家里孩子是否懂事的标尺。

这通道是个私密的地方，而它前面的堂屋则正对大路，是家庭的"脸面"和长辈的"殿堂"，婚庆喜事、生诞寿宴等均设于此。冬日，家里请来裁缝，在堂屋里八仙桌下取出四张长条凳，两两叠放作为支架，上铺一张门板，就成了裁缝的工作台。我和哥哥长得快，每年都要做新衣服，家里长辈们在重要日子走亲戚、吃宴席穿的新衣服，也会在这时节进行添置。

在西卧室与灶房之间，还有一间火坛屋，也就是客厅。当家里杀过年猪之后，火坛上方就开始挂上一串串猪大肠、小肠，一块块腊鱼、腊肉、腊猪肝。这时候，家里各种陶缸和坛子早已装满，新衣服也做好了，就可以用各种恰当的理由设家宴请亲友来欢聚了。当然，讲究的人家还会先酿上一缸甜酒、一缸米酒。

家宴规模不一，但每桌均是十二个菜，基本菜谱是：清炖鸡、咸菜扣肉、蒸腊肉、黄焖鱼、腊鱼块（或辣椒炒淡干鱼）、辣椒炒腊猪肝、素三丝（粉丝、笋丝、豆干丝）、辣椒坛子粉、辣椒炒鸡蛋、油煎干子，还有青菜和瓜果菜各一碗。

如果你赴宴迟到了，只要注意酒席上的话题与情绪，就能知道酒席已经到了什么程度。如果大家正在回顾亲情交往与互帮互助的情境，敬酒表示感谢，那还是初端酒杯之时。如果已喝开了，大家就会重温各自的光荣历史，或者发表在外面闯荡的经历与感受；一旦喝嗨了，大家就无所顾忌了，开始捉对比拼，比喝酒的、比吃肉的，什么都有，直至语无伦次，东倒西歪。就是没有人比吃饭，因为家乡人信奉"酒醉英雄汉，饭胀死憨包"。

宴席一定是不醉不归，顺利结束就是一种圆满，往往代表着一种亲情关系的达成、延续或者升华，这也是乡村礼仪与家庭人伦的大成，对个人、家庭乃至家族都是非常重要的。比如，晚辈能上席了，就意味着不再被当作小孩与外人，他坐在了什么位置，也就是坐实了在家族里的地位。设家宴时家族成员和乡里乡亲到得多，说明了家庭人缘好，社会地位被认可。相反，如果一年下来家里没有设过大宴，或者来赴宴的人不多，就总是觉得很遗憾、不圆满！

当时，在酒席上常听人议论，某某家曾经开过海参席、蛏干席，可是当年大家谁都没有亲眼见过，更没有亲口尝过。没想到在我定居深圳之后，海参和蛏子已经成为常见之物，但我还是怀念乡下家宴的味道与氛围。

<h2 style="text-align:center">三</h2>

家乡常有冬雪覆盖山野的时候。站在自家吊脚楼上，对面的山岭，岭下的村舍，门前的田野，一片净白，好像刻意隐去一年来的葱绿、金黄与萧索，打算酝酿新的季节轮回与色彩更替。

外公是位老中医，隶属乡卫生院，常年下乡巡诊。他带了两个赤脚医生徒弟，在农村穷困时期不仅治病救人，还教乡亲们防病保健，赢得大家的信任与尊敬，被称为"满爹"。每到雪后天晴时，外公都会叫上我，坐在吊脚楼上晒太阳，说是有利于健康。我性子比较静，慢慢就学会了欣赏雪后天晴那种独特的美。阳光和雪地反光把四周照得亮堂堂、暖融融，低头可以欣赏地上千变万化的冰花，抬头可看到屋檐上悬挂着亮晶晶的冰凌，清澈的冰雪融水顺着冰凌往下流，落到青石板上，清冽洁净得让人心醉。

我还学会了闭上眼睛听景色，有滴水声、流水声，偶尔还会听到哗啦一声，那是成块的雪从屋顶滑落下来的声音。最悦耳的是鸟鸣，唱得最欢的是麻雀，因为雪封冰冻之后它们很难觅食，一旦冰雪消融，露出植被和地面，它们就异常兴奋，欢唱喧闹着觅食。更有趣的是喜鹊，每次听到喜鹊在屋后杉树上的窝边叫时，外公总是预言有客人要来了。预言往往是灵验的，因为在这大屋里住着的，外公是医生，外婆是在教会医院培训出来的助产士，舅舅是村干部，表姐是老师，舅妈不仅乐善好施，还有不少穷亲戚、干儿子。早年，外公送姨妈学医，把她培养成了县医院的医师。送

犹忆荷风柳韵

妈妈读高中，妈妈大学毕业后成了省城的老师。在贫穷的乡村，我家大屋就是一座有求必应的土地庙啊！外公对这一切感到满足与自豪。

外公92岁那年，乡下生活已经明显好起来，可是外公的身体却大不如以前了。他感叹自己终身行医，却被疾病折磨，临终前就反复说一句话："做了一辈子苍鹰，要被鹞子啄瞎眼了。"

在一个雪后初晴的早上，外公出殡时，要到十多里外山上的祖坟与外婆合葬。沿途村民都曾是外公外婆的服务对象，因此灵柩所到之处乡亲们或磕头迎送，或远道跑来燃放鞭炮，我们一家人逐一跪谢，结果不算太远的路程却走了整整一天。我宁愿相信人是有灵魂有来世的，外公外婆见到这般情景，一定会感到十分欣慰，继续施仁心仁术。

从那以后，我才知道原来老人入土也可以是一种荣耀！好人得好报，这是家人的信念，也是人生之大成。外公外婆就是众口相传的榜样，是我们家族的骄傲。自此，家乡雪后初晴的温暖，成了我心中最美好、最圣洁的回忆。

　　那里每一块菜地间，每一丛灌木旁，都散落着同学们的青春欢乐。我总觉得那些日子就像一颗颗从未被蒸发消逝的露珠一样，仍然挂在山坡的草尖上，等着我们去回味与珍藏。多年以后，再审视那些校园生活片段，才明白什么是真正的教育。

村 小

琅琊村有两条溪流汇合，大致呈现"丫"字形格局，村里的小学就位于"丫"字头上点和撇中间位置，坐落在青山与农田之间的矮坡上。当年我过溪流、穿田野去村小上学，非常自豪、非常快乐。虽然只在那里读了一年书，受到的影响却不小。

一

琅琊村小学不是完全小学，仅办了一到四年级，每个年级一个班。学校只有一座瓦房、一片泥地操坪和一个厕所。校舍是瓦屋顶、木板墙、泥土地面，左右各有一间教室。教室外屋檐下的台阶非常宽，形成一个敞开式的走廊。教师办公室夹在两间教室中间，比教室小很多，全校三间房形成"凹"字形格局，在办公室外、教室之间那块不小的空间左右连着走

廊，是同学们雨天的活动场地。

台阶下面是泥土操坪，之所以称之为操坪而不叫操场，是因为坪上没有篮球架，没有单双杠，没有划跑道，除了一根木质旗杆，什么都没有。其实称之为操坪也不准确，因为学校并没有组织学操和做操。

办公室唯一比教室好的地方，是在泥土地面之上约 40 厘米架了一层木地板，平整而且可以防潮。教室则是泥土地面，学生课桌腿下要垫瓦片才能摆稳。所谓黑板就是木板上刷黑漆，太过光滑，老师用粉笔书写很困难，学生看板书也吃力。厕所是稻草屋顶、木质框架、竹编墙面，抹上黄泥。

哥哥进三年级那年我五岁半，开学日我跟着哥哥去学校玩，见到学校正在招收新生，也混到队伍里，还被村小录取了。学费两元，这在当年是一笔非常大的费用，因为一个壮年劳力凭一天的工分，在年底只能拿得几分钱。

二

面向教师办公室，左边教室是一、三年级复式班，右边是二、四年级复式班。所以我和哥哥在同一间教室上课，老师先布置三年级同学看课本预习，然后给我们一年级讲新课、布置练习，接下来再给三年级讲新课、布置练习。我清楚地记得哥哥班上学习算术"进位"问题的时候，我老是听到老师讲"进一位"三个字，但并不懂，心里老想着是"浸一位"，以为是要把什么东西泡在水里。因为当地方言"进"和"浸"同音。

村小学生上完四年级要升五年级就麻烦了，必须走很远的路去武潭镇的完小。完小在哪里？我不知道，更没去过，只是听说二、四年级的薛老师是从完小来的，是村小唯一的公办老师。学校好像还有三位老师，我表姐是其中一位。其实，琅玡村小学相当于完小支持下的一个村教学点。

有一次，为了教我们识数和学习加法，老师要求每位同学带一小捆棍子到班上去。结果第二天就出现了千奇百怪的情况，让人啼笑皆非。因为一年级同学回家后根本讲不清带木棍的用途，大部分家长并没有读过书，就猜测是老师要拿棍子做教鞭，用来敲打不听话的孩子，所以大部分同学带的棍子长度都超过两尺。还有家长认为是老师烧水煮饭需要用柴，于是干脆让孩子背了一小捆干柴到学校来，而且还给老师带话："如果还要用柴，家里还有！"我是带了一把筷子去学校，比较符合要求。

我在村小只有语文和算术两门功课，另外上过一节音乐课和一节体育课，也就是全校学唱一首革命歌曲，选拔学生参加区里的学生运动会。一年级的学生实际上只是跑跑迎面接力分组赛，活动活动而已，最终选了一位四年级学生去参赛，我记得他名字的读音是"龚大庆"。

小学一年级基本没有作业，很多人家里除了课本连一张写字的纸都没有。表姐让我在包中药的纸上练习写字，那些纸黄褐色，又糙又皱。后来，她取出珍藏的几张信纸，教我给远在长沙城里的妈妈写信。那是我第一次见到信纸，平整洁白，印有红色行线，非常漂亮。信的开头自然要写上称呼"妈妈"二字，结果我一动笔就写成了"鸡鸡"。表姐在包药纸上写了个"妈"字给我看，其实我会写"妈"字，但不知道是什么原因，接下来又把"妈妈"二字写成了"妈鸡""鸡妈"，直到换上第四张纸才写好了"妈妈"二字。表姐虽然很是无奈，但还是耐心教导我完成了人生第一封信。她看着只有两行字的信，还有被我写坏的三张信纸，既高兴又心痛不已。

三

村小的课外活动很简单，主要是"浪肩"、踢脚和踢毽子，大家总是玩得很开心。家乡冬天寒冷，穿着棉鞋都不暖和，更何况不少同学没有棉鞋，穿的棉衣也不厚。于是，男生们普遍采取了比较"粗野"而高效的游戏取暖法——"浪肩"：同学两两一对，双方都双手抱于胸前，插在自己袖筒里，然后以肩膀去撞挤对方，谁被挤退了就算谁输。为了更好地发力，我们都会侧面迎对，把身体向进攻方向倾斜，压低肩膀，然后从下向斜上方发力。所以在游戏过程中双方的肩膀都在一高一低地运动。"浪肩"大概就是因此而得名吧。

女生的玩法比较"文明"：同学两两相对站立，同时轻轻跳起，分别伸出右脚去侧踢对方的右脚，在右脚收回落地的瞬间，又同时出左脚去侧踢对方左脚，如此循环跳动。刚开始的时候脚是被冻僵了的，脚和脚一碰就生痛，但不一会儿两人身上和脚就会暖和起来。

你可能会问："城里女生都玩拍手，玩法其实和踢脚差不多，你们为什么不拍手呢？"说来让人伤心，冬天同学们的手不堪入目，大部分都长了冻疮，有的红肿得发亮，有的肿上加皲裂，裂口渗血，发紫发黑，有的肿后还溃烂了，流水流脓，哪里还能伸出手来对拍对碰啊！男生更是不愿意把手从袖筒里抽出来，甚至擦鼻涕都用肘部衣袖完成了。

"那为什么不踢毽子、跳皮筋呢？"只有少数女生踢，因为按照当地的毽子制作方法，必须用布包上一枚铜钱或一颗纽扣作为毽子的底托，上面再插几根鸡毛，但并不是所有人家都愿意拿出铜钱或纽扣给孩子当玩具的。另一个原因是，冬天脚已被冻得麻木，踢毽子脚暖得慢，毽子砸在冻僵的脚上特别痛。至于跳皮筋的，就基本没有见过了，因为没有哪家会有那么多皮筋，学校也没有。

有一年我从长沙回村里过年，大概是因为村小有农忙假的原因吧，所以春节后村小比城里早开学几天，于是表姐让我先去村小跟班听课。课间我看到同学们发明了一种新游戏，一位男生发现操坪旁边的土坎上露出了一种植物的根须，上面长着鸽子蛋大小的球茎，大家都争着要看那是什么东西，这位男生就把球茎往天上一扔，任由大家来抢，大家玩得不亦乐乎。

很快游戏有了新的发展，他们把球茎扔到教室的屋顶上，球茎在瓦屋顶上跳动着往下滚，同学们伸长脖子等球茎落下来，就开始疯抢，抢了又扔，根本没有人在意那球茎到底是什么东西了。可能是因为劳动多、游戏多的原因吧，村小学生都灵活机敏。我在一旁看着，不是不想参与，而是同学们身手敏捷让我自叹不如，所以只好假装不屑参与，静静地作旁观状。

四

当年村小还协助开展卫生防疫工作，倡导健康生活方式。在学校我们服用了预防小儿麻痹症的粉红色糖丸，那是当年我见过的最亮丽的颜色；还吃了一颗宝塔糖，是驱蛔虫的药，浅浅的柠檬黄色也非常漂亮，在拿到糖丸和宝塔糖的时候，大家都舍不得吃。为了劝告我们不喝生水，老师还讲了一个因为喝溪水而导致脑内生虫的故事，故事是否真实和科学就不得而知了。

上劳动课的时候，老师带我们上山拾柴回来烧水，那天我恰好穿着舅妈给我做的新棉鞋，很怕上山时把新鞋弄脏弄坏了，就把鞋子脱下来，光脚上山去了。舅妈看到我冬天光着脚回家，脚上还有一些伤痕，连忙打来一盆热水让我泡脚驱寒。她摸着我的脑袋反复叮嘱："以后不要把鞋脱了！只要你爱惜鞋子，不要怕穿坏了……"

学校操坪外是稻田，从山坡下向小溪边田面逐渐降低，形成几级梯田的格局，有几处高高的田埂可以写上标语。哥哥和我从小在外公教导下练过"写大字"（毛笔书法），在村小放假的时候，哥哥和我还完成过一项特殊作业——刷标语。把竹笋壳卷成小捆来作笔，拎一小桶石灰浆当墨，在田埂上写上几个白色大字：农业学大寨，工业学大庆。石灰干后，那字迹一年都不会脱落。

现在回想起来，我在村小一年学了什么学科知识呢？早已记不清了！但是有些教育影响，比如是非观念却记得十分清楚："好伢子要上学读书""上课要认真听讲"，还有当班长和考百分是光荣的，跑步快是光荣的，甚至拾柴捡粪多也是光荣的……

我还非常清楚地记得一件事：哥哥的名字用当地方言读音为"铜盆"，几个同学天天对他喊"铜面盆、铜面盆、铜面盆……"哥哥不胜其烦，抓住一个同学的衣服想要和他理论，那位同学转身就跑，衣服被扯出了一个洞。这下同学哭了，哥哥也被吓到了，因为在当时衣服破了可是件让人非常心痛的事情，而且无法向大人交代。

舅妈被老师"请"去了学校，她的处理方式很高明。把被扯破衣服的同学带到家里，一面为他细细地缝补衣服，一面慢慢安抚和劝导他："伢子，莫怕，我去对你爸爸、妈妈讲清楚、赔不是，他们不会打你的。"舅妈话锋一转又说："你想想，如果别人给你起外号，你会怎么想？你会高兴吗……"多年后我当了老师，这次舅妈配合学校处理孩子的矛盾，却给我上了人生第一堂教育专业课。其实，舅妈大字不识一个，但她非常和善，疼爱孩子，只是将心比心，在讲浅显的做人道理，却起到了非常好的效果。

有学者认为：什么是教育？教育就是在学校学习的知识都忘记后仍留下的东西。村小给我的教育影响可以简单归纳为：人要学习上进，要讲卫生、守规矩、通人情、讲道理，要愿意和能够做些好事。这就是师长教育引导我扣好的人生第一粒扣子，应该是扣正了的！这些影响不正是教书育人的真谛吗？！

五

在深圳我曾参与组织实施百所原村小改造工程，政府没有撤销一所学校，而是投入十亿元，让村小面貌焕然一新，学位供给能力大幅提升。我回到老家，听说琅琊村小学已被拆除，就特意去村小旧址看了看，从废墟中取了一块石头和一片瓦带回了深圳。

村小是特定历史发展阶段的产物，在新中国成立后提高教育普及水平过程中发挥了不可或缺的作用。在我的童年时代，村里子弟几乎无一例外都在村小读书。同学们的家长大多是在解放前出生，新中国成立后才脱盲的，他们对孩子上学的期待不高，大多只是希望孩子能认字写信、算数记账、懂事明理。但是，孩子们的学习成长却远远超出了父辈们的预期，大家不仅都有了基本的文化水准，而且上中专学校和大学的也不少。随着国家发展、社会进步，同学们和各自的家庭都从根本上改变了面貌——走出世代"种田、糊口、成家、生孩子"的循环，实现了各不相同的发展和提升。

回想当年，村小虽然简陋，却是村里的文化中心和政策宣传中心，在乡村社会的影响力远大于现在的小学，甚至超过现在的中学。在村小当老师的正娥表姐，后来参加函授学习拿到了大学文凭，转为公办教师，到中学教书去了。

表姐不幸英年早逝，她的儿子大学毕业后在省城办公司，女儿杏娟大学毕业后回到了镇中心完小当老师。现在琅琊村已从一个小山村转型为城镇社区，武潭镇中心完小于2017年8月迁到了新校舍办学，新校舍恰巧就建在我家老宅基地上。当年村里子弟要去镇中心完小上五年级，现在镇里的孩子要到村里来读中心完小。

对于这些变迁与传承，我颇有感触，于是写了一篇小文《静静的，我回乡走一圈》。文章写到了我的村小经历和同学们，发在自己的微信公众号"新天茶座"里，结果被老家亲戚转到了他的朋友圈里。不久，几位村小同学就高兴地在网上联络上了我，把我拉进了村小同学群里。更有同学告诉我，我怀念的那位曾经哺育我的"小店妈妈"，就是她妈妈，我们两人实际上是同时吃了一位妈妈的奶。她还发来了老人家在上海旅游的近照。

老人家今年 85 岁了，和我亲妈同龄，精神很好。

　　大家都说家乡是人生最温暖的地方，小学是人生印象最为深刻的地方。现在，琅琊村小学早已不复存在，我却在网络空间里回到童年岁月，回到了小镇、小村和村小。点开微信群，有同学发了抖音视频，一群大妈在琅琊社区广场跳舞。

那山那校那座楼

最近，在班级同学微信群里，大家热闹地筹划着湖南师大附小六一班毕业 40 年聚会，天南海北的同学包括太平洋彼岸的几位，也都纷纷发言。突然有两条消息，在我心弦上拨出了忧虑的颤音。一条是班长告诉大家，班主任张千才老先生说："同学聚会好啊，以后见一面少一面了！"另一条是图文消息，小学老教学楼被拆成了一片废墟，新楼设计图已获批准。看来时光真可能榨干我们的童年记忆！于是，我决定赶紧做些记录，留存些美好的东西。

一

湘江北去，经过长沙，在岳麓山以东、湘江以西的狭长地带，由北向南依次是湖南师范大学、湖南大学和中南工业大学，大学之间又分布着中医药研究所、矿冶研究院等众多科研机构，还有"藏之名山，纳于大麓"的岳麓书院。江山之间，文脉千年，人才辈出。

在师大校园中央，有岳麓山支脉，亦南北延伸，与湘江和岳麓山平行。这座小山顶上是师大生命科学学院，山南段和东侧是师大附中。东北坡上有大片橘林，坡脚被挖开，形成土坎和扩大了的平地，因为不少橘林和平地属于师大附小，这里得名"学堂坡"。当年的附小很朴实，只有一栋教学楼、一层功能室、一个礼堂（兼作体育馆）和一个操场。土坎下的那座两层红砖小楼，我们最怀念、最不舍的小红楼，就是附小原主教学楼。

小红楼为砖木结构，用料考究，砖色均匀，近乎枣红，而且形状规整，质地细密，特别坚硬，就像上海和青岛的老洋房一样。楼梯、楼面和门窗全是木质的，刷着褐色油漆。楼体底面为"凹"字型，两端宽大部分各自

面对面排列着两间教室，教室中间夹着楼梯。楼体中间较窄的部分是一字排开的两间教室，两层楼共十二间教室，正好六个年级各设两个班。小小校园，以小红楼为核心，宛如良港，我的童年在此充盈，人生从此起航。

我曾多次对妻儿讲述附小对我的影响，如果说当年我从情感上认为母校是最好的学校，那么现在是从教育工作者的角度，认为附小确实是所好学校。回顾走过的路，我的人生态度与兴趣、价值取向等很多方面，就是因附小的培育而奠基。

二

清晰地记得，附小的老师批改作业不评分数，只评"认真""较认真""需勤勉"，有时候也评"优秀""良好"和"中"。我五岁半入学，比同班同学小一到两岁，而且身体和智力发育较迟，虽然比较努力，成绩仍属中等。但是在当时的氛围里，我更在意老师能否给我"认真"的评价，成绩似乎并没有成为负担。更可贵的是在更多方面，老师也实施这种评价和引导。有一次班级开展学农劳动，任务是把成熟的油菜一棵棵地拔出来，捆好后送回学校。我使出吃奶的劲却一棵油菜都没能拔动。于是，只好找了一棵最瘦小的下手，学着同学们的办法，紧拽油菜杆，身体后仰，双脚蹬地，与双手突然间同时发力，拼命一拔，结果小棵油菜终于给连根拔出来了，我却向后摔倒在地，而且把泥土扬到了其他同学头上。班主任曾秀英老师在一旁看到我的精彩表演，走过来拍拍我的头，重新给我安排了任务——负责捡同学们掉落在地上的油菜。我中午回家专门带来了小竹篮，不仅把一棵棵掉落在路途的油菜捡起来，捆好背回学校，而且还把散落的油菜荚也都捡到了篮子里，有满满一篮。就为这事，曾老师写了一篇广播稿交到师大广播站，大意是小学生收油菜，颗粒归公。稿子播出了，师大每个角落都能听到。曾老师很高兴，我更高兴！我还明白了一个道理：不管能力大小，认真尽力就好！这个信念至今仍决定着我的处事态度。

三

那个时候正是"文革"后期，工农兵最受尊重。在我班四十几位同学中，大学干部教师子弟、职工子弟和周边菜农子弟大约各占三分之一，大家在生活和学习习惯等方面差异不小。老师花了很多精力来维护班级团结，增进同学友谊，特别注重引导我们欣赏工农兵子弟的勤劳朴实。同学王常平是消防队子弟，老实勤快，严守纪律，日常生活完全自理，还能照顾弟弟妹妹，被评为全校德育标兵，这在当年是最高的荣誉，大家对他既佩服又羡慕。我们要是能得到"团结同学""热爱集体"之类的评语，也会非常高兴。一次学校文艺演出，我得到了登台表演机会，却忘记了必须穿白衬衣登台的规定。幸好同学黄丽娟把身上的白衬衣脱给了我，我赶紧穿上那件圆领角的女式衬衣上了台。这让我非常感激，她也因此得到了老师表扬。我有一位特别要好的同学，也属于非常懂事，从小就要为父母分劳的孩子。我经常看到他在大学荒芜的运动场里放牛，那头牛很奇怪，没有了尾巴，因此他还要完成牛尾巴的工作，不停地驱赶牛虻。我有幸得到他同意，骑到了牛背上，他牵着缰绳往前走，同时特意加大了赶牛虻的频率。他告诉我，如果老牛身体被叮咬了，就会习惯性地往后摆头驱赶飞虫，这样牛角就很容易碰伤骑牛的人。四十多年过后，这位同学的女儿成了深圳中学的初中老师，而我儿子在深圳中学初中部读书。我与同学谈起骑牛的事，他却说谢谢我，当年送给他大学食堂的馒头票，让他吃到了大白馒头。老师们当年努力引导我们欣赏同学优点，团结友爱，互帮互助，不仅奠定了我们四十几年同学情谊的基础，也深深地影响了我们的处世态度。

四

在进入高年段以后，老师指导我们写日记，还作认真批阅，这不仅是希望我们练习写作、磨炼意志，也是为了掌握我们的生活与成长动态，有针对性地施教。我坚持得比较好，即使没什么好写的，也能硬凑一篇。有一天课间，几位同学议论知识青年"下农村"问题。大概是因为他们的兄长已经下到农村，而且非常辛苦，有同学说自己坚决不下农村，宁愿在城里掏粪，我听了不以为然。因为家父被打成右派，我从出生直到小学二年级都在农村生活，自然觉得农村更好玩、更自在。于是，我很快就完成了当天的日记，表明自己很愿意将来下农村，还说农村是如何如何地好。有一天上语文课，班主任张老师拎来一块小黑板，挂在大黑板前。上面用粉笔抄的正是我上周的日记！张老师表扬我日记写得好，还分析说："你们看，胡新天同学还使用了反问句'难道下农村就是为了赚钱吗？'"后来，我知道这种日记能得到肯定，应该与当时的社会氛围有关。不过从那以后，我逐渐明白写文章就是要记录和表达点什么，而不是要写点什么。就这样，读中学时我也因为作文赢得了相应待遇，在大学还加入了文学社。直到今天，我的工作已与写作分不开了。

五

当时，附小的学业不太难也不太重，所学知识虽然源于课堂，却更加贴近生活。在学习算术应用题过程中，我逐渐掌握了大量的生活常识。比如在"百分比"章节里，例题和习题往往是这样的："小明为生产队捡了鸡粪、猪粪和牛粪，各种粪中氮磷钾含量分别是……"虽然我算术成绩一般，却直到现在都还记得鸡粪含磷多，磷肥钾肥利于植物根茎粗壮和果实生长，氮肥更能促进植物叶子生长。现在，我乐于精心打理花园，支撑我"小资情调"的所谓技术，大部分就来自算术应用题。还有，我们计算过关于农药成分百分比的题，知道农药在使用时要按比例稀释，知道硫酸铜、熟石灰和水可按比例配制成波尔多液，防治作物病害。放学后，我曾反复调制和使用波尔多液。就在几天前，我从大量网络信息中一眼就看到"波尔多液"这四个字，了解到一件趣事：十八世纪，法国波尔多地区的葡萄曾暴发霉叶病，枝叶凋零，但大路旁的葡萄藤却仍然郁郁葱葱。原来，园主为防止路人偷吃葡萄，在路边葡萄枝叶上洒了蓝白相间的所谓"毒药"，

而这就是后来被广泛使用的无机铜杀菌剂波尔多液。

　　附小很注重引导学生实践。六年级时，有一次考试便是测量学校旁边一棵大松树的高度。理论上很简单，在晴天直立一根竿，测量同一时刻树影和竿影的长度，然后用竿长、树高与两个影长的等比例关系，计算出树高。不过，在实际动手的过程中，我们才发现有很多具体问题要把控好。比如，要确保竿子垂直于地面。因为树影在移动，所以测量影长时要从影子顶端往树干方向量，等等。如果这些问题处理不好，必定影响测量精确度。小学毕业前最后一次考试，是测量小红楼的底面积，因为有了先前的经验，我们完成得不错。

<h2 style="text-align:center">六</h2>

　　除了通过考试来引导学习与实践外，组织每个同学参加一至两项课外兴趣小组，也是让我们动手的高招。记得当时有美术组、木刻组、泥塑组、理发组、板报组等等。我报名参加木刻组，老师认为我年龄小，担心我用

刀子会划伤手，让我去了美术组。我是美术基础薄弱的同学，但认为既然美术组收了我，就应该认真画、坚持画，结果我一直持续画到了大学时期。大学迎接新生时，用过我画的两米多高的宣传画，街上也曾挂出过我画的计划生育宣传画。国庆游行时，学校花车上的装饰也是我的作品。工作后，我还多次主持创办和制作市、区、校三级的教育成果展、摄影作品展和多种宣传画册。有很长一段时间，我还负责单位的宣传工作。

我在29岁那年，离开师大南下深圳从教，惊喜地发现附小老校长林路先生自退休后就已在此定居，还担任了深圳几所学校的办学顾问，这些学校对她的专业水平和敬业精神赞不绝口。林校长却自豪地告诉我，师大附小是国内最早深入推进教育改革的学校之一，当年谈起教改，小教界有"南北两山"的说法，就是指北京某山下的小学和长沙岳麓山下师大附小。我没去考证她所说的教改是哪个年代的事，只上网搜索了附小的简介：始建于1953年，在湖南名校之列，现已发展为九年一贯制学校。

近期，因为商议毕业四十年聚会的事，自然也就听到了不少关于附小的新情况，得知校园文化凸显了"经世致用，实事求是"的湖湘文化精神。虽然在我们读书时校长和老师没对我们讲什么教改、课改，没讲过湖湘文化，但是学校朴实的教育实践，以及对我的影响，让我坚信那就是具有湖湘文化特质的素质教育。

我写下这些点滴记忆，打算发到群里，向老师再交一次作文，为毕业四十年聚会助兴。

那山那校那红楼，忆说少年不知愁。

天南海北四十载，再次聚首已白头。

遥远的志溪河

湖南益阳，远在深圳 600 公里之外，那里的乡野是南方秀美丘陵的典范。四面翠绿的山丘环绕，山间流淌着清亮的小溪小河，稻田从山脚一直延伸到溪河两岸。其中有一列山丘比较高，树木茂密，叫作瑶华山。原益阳县一中旧址就在瑶华山脚下，那里原本是由晚清中兴名臣，著名湘军领袖胡林翼创建的"箴言书院"。学校前临一条小河，有三十到四十米宽，叫志溪河。

当年去县一中读书时，我要先从长沙市坐客运汽车到益阳市，再换乘狭轨小火车到一个叫邓石桥的地方下车，然后挑着行旅走十几里小路，最后沿志溪河前行来到学校。在河边读书，最喜欢干的事是下河游泳，其实叫洗澡更加贴切。我们从学校旁边走下河滩，站在石头上擦上肥皂，作一番马虎得不能再马虎的搓洗，然后带着满身肥皂泡跳进河里，游到河对岸去。对岸稻田里有一个勘探队在钻探，架了高高的铁塔，塔外面严严实实地裹着厚帆布，十分神秘。我们总是悄悄地走过去看看，希望能够有所发现，然后又失望地离开，游回到学校这边来。据说勘探队是在寻找金矿，在当地的稻田里很容易就能淘到沙金，甚至还有人在山坡上挖到过"狗头金"，可是一直找不到金矿的原生母矿在哪里。我们就这样在小河上往返，前后不过二十几分钟，然后就必须回校吃饭、赶晚自习去了。在夕阳中的短暂放纵，却是一天中最开心的时刻，我们不仅放松心情、释放青春活力，而且还试图在水上展现男子汉魅力，再到对岸去探秘。

从游泳的地方往下游约一里路，有一座拦河水坝，水坝配套建有船闸。在这里我第一次见到，并且仔细观察了船闸。在水坝靠近岸边的地方，修了两道水泥高墙立于水中，两墙与河水流向一致，与水坝方向垂直。两道

147

墙的上游与下游两端都修有闸门，当下游闸门关闭而上游闸门打开的时候，上游的船就可以进入两墙之间的水域，然后关闭上游闸门，从下游闸门下方的管道放出两墙之间的水，使水面逐渐降低，直到与坝下的水面齐平，这时再打开两墙间的下游闸门，船就可以开到水坝的下游去了。

对于这种奇妙的装置，我非常感兴趣，曾多次坐在坝上细细观看船闸开合，船只上行下行。很快我又发现了另一个更有吸引力的现象：在水坝上游，河水并不深，一旦放水把船送往坝下，坝上的水位就会迅速下降，直到露出布满大小鹅卵石的河床。这时，在石滩的一些小水洼里，或者是在石头下面仍残留有水的地方，总是会藏着一些小鱼、小虾和螃蟹，我们轻而易举就能捉到。船闸开放一次，捉半碗鱼虾是平常事。可是，当地人并不怎么愿意去捉，因为当时农村还没有完全脱离自给自足状态，捉了也没办法卖钱，而自家吃这些小杂鱼又特别费茶油，农家人舍不得多用油。要是我们现在再去志溪河边，不知道是不是还会有那么多小鱼小虾好抓。

想起在河边的种种欢愉，我不由自主地在百度上查询关于志溪河的信息。原来这条百余里长的小河，竟然是从久远的历史长河中缓缓流来。资水北去，到益阳时已近洞庭，湖港交错，往来船只不绝。所以，益阳从春秋战国时期起就是重要水港。到清中叶以后，益阳港更是"车船辐辏、物阜人移、省门以西、无与为比"。志溪河是资江的一级支流，汉代时志溪河口是造船场所，"因常夜烧废船料照明施工，红光烛天"而得名"红船市"。又因"志溪多曲折，日夜绕山流，往往经过者，收帆暂舣舟"（舣，音 yǐ，船只靠岸），河口呈现资江十景之一——"志溪帆落"。

自然秀美，人文悠远的志溪河，我与它是渐行渐远了，离开它三十五年，也没有再回去过。我的同学们也都像沙金一样，从各处山丘汇到河里，然后被清流带去更远的地方了。据说 HF 同学在北京发展，现在是心理学专家。GJG 在长沙，是国防科技大学的教授。DYD、GZM 等同学到了南岭……

同学们还告诉我，县一中在二十多年前就搬离志溪河畔，在益阳市郊区重建了，现已改名为湖南省箴言中学，校歌有词：志溪如带，瑶华苍苍……

志溪如带，仍在校歌的旋律里悠扬，却不知志溪河是否依然清澈，河边的箴言书院和县一中旧址现在是什么样子了。

（此文部分内容曾于 2017 年 10 月刊于《南方教育时报》）

后山坡上那些事

我们在瑶华山下生活，心无旁骛地求学，生活轨迹就是寝室、教室、食堂，还有学校后山坡。瑶华山并不险峻奇特，校园后面的山坡也极普通，从下往上依次是菜地、灌木丛和树林，可是那里每一块菜地间，每一丛灌木旁，都散落着同学们的青春欢乐。我总觉得那些日子就像一颗颗从未蒸发消逝的露珠一样，仍然挂在山坡的草尖上，等着我们去回味与珍藏。

记得当年，每天早晚我们喜欢三三两两结伴而行，沿小路往坡上走，边走边背诵英语单词，还经常互相提问和检查。我已记不清楚山坡上的菜地和灌木有什么特别之处，却永远忘记不了有一种"坏东西"，老是会突然跑出来，打扰我们的晨读。那"坏东西"其实很可爱，就是野兔。它们长什么样子，我们从来没有看得太清楚，因为它们总是突然从我们前面窜过，一瞬间就消失在灌木和草丛中了。可是，我们每次都会跟着它一阵猛追，明明知道不太可能追得到，却总是想着：万一能发现它的洞口呢，或者万一它在慌乱中撞晕在树根上了呢？有时候兔子没追到，却又赶出来一只野鸡，自然野鸡也是捉不到的。等到兔子和野鸡都消失了，我们刚才还依稀记得的英语单词也就忘记得差不多了。

后来，我们学乖了，一到山坡上就找一处草丛坐下来，专心背书。有一天，我正背得起劲，突然眼前的草丛晃动，有东西竟然朝我钻过来了。我屏住呼吸，静静地等着，很快草丛里钻出来一个胖墩墩圆滚滚的家伙，眼睛不大，却贼亮贼亮的。原来是一头黑白小花猪，应该是旁边农民家的，大概是钻过篱笆，想来偷吃老师们种的菜吧。不能让它得逞！我随手捡起一块土坷垃朝小猪扔过去，不想正好打在了猪鼻子上，那小猪立马倒地，在地上抽搐起来。坏了！它可能会死吧？猪嘴巴不是经常拱泥土的吗？怎

么会这么不经打呢？我赶紧站起来，一溜烟跑回教室去了。第一节课下课后，我用最快速度跑到小猪倒下的地方去看了一眼，没见到活物，也没见到尸体。接下来的几天，我就特别留意是否有村民来学校声称"活要见猪，死要见尸"。还好，天天平安无事。

这种追兔子、赶野鸡、打猪崽的事，美女同学们是不屑于干的。有位长沙籍同学HF，美貌多才，写得一手好文章，成绩极好，她也常到山坡上看书。有一场考试，她早早就交了卷，然后到山坡上看书，非常专注，以至于忘记了下面还有另一场考试。这是一次大考，她虽然因为少了一科成绩，没能得到学业优秀奖，总成绩却仍然名列前茅。后来，她考进了北京一所号称"师范圣地"的名校。多年后，我到这所大学公干，在餐桌上问起她时，校领导竟然高兴地说起了她的专业成就。作为她的同学，我自豪啊！

在这山坡上，我还干过一件城里美女们不会干，农村同学舍不得干的事。当时，我们正值青春期，长身体，食量大，饿得快，加上食堂的菜油水不足，自然特别馋肉吃。我们四个"城里来的"男同学，"仗着有几个臭钱"，趁星期天赶了几里路买回来几斤五花肉和猪肝，请厨房工友切了，用一个比脸盆还大的铝盆装好，放到蒸饭的大蒸笼里蒸上，临出笼前又往盆里加了几大铲白菜。然后，我们就端着一大盆肉菜和几小盆米饭，悄悄地跑到山坡上去了。我们找了片树荫一坐，立马开吃。一大盆蒸得软烂的肉和猪肝，一层油汤，拌上白菜，那味道就是现在回想起来，都只能用一个字形容——美！我们在计划这次偷吃行动的时候曾约定，要猛吃一顿，吃到腻，这样我们就可以两三个月不馋肉吃。果然，这一顿确实吃得很猛，四兄弟三下五除二就把肉和菜吃得精光，然后一抹嘴，你看看我，我看看你，"你吃腻了吗？""没有！""你呢？""还差得远呢！""下周再行动一次？""好！""要得！""就这样搞！"

同学们啊！这些事情你们还记得吗？追兔子的兄弟现在还跑得动吗？偷偷吃肉的兄弟没有"三高"问题吧？我们一起再去爬爬瑶华山，好吗？HF 美女，你还是去补上那次考试吧。

（此文部分内容曾于 2017 年 9 月刊于《南方教育时报》）

飞扬的青春

高 50 班的同学都是 60 后，现在正值壮年，应该还记得瑶华山下的青葱岁月。在那里，我们飞扬的青春不是街舞满地翻滚，不是过山车惊险刺激，不是车来车往四处游学，更不是在"靓仔"和"美女"之类的赞美或挑逗中飘飘然。我们青春飞扬，就体现在一个字上——劲！不论遇到什么困难，我们都迎难而上，有使不完的劲。按照前几年的流行歌词来说："天空飘来五个字，那都不是事！"在我们心里什么才是事？很简单，就是身体长好一点，学业搞好一点。在那个年代的乡村环境里，要实现这两个"一点"，可是不容易。

第一件难事，饭要吃饱。一所建在山沟里的县一中，20 世纪 80 年代的伙食非常简单。菜，几分钱至一两毛钱一份，难见荤腥。因为油水少，自然就得多吃饭。一个长方形铝饭盆从蒸笼里取出来，八个同学一人分一块米饭，四两。饭量大的同学不等把碗里的饭吃完，就得赶紧把铝盆洗干净，交回给食堂，约几个人再买一盆饭。

天凉以后，人长秋膘，加上气温低，消耗能量多，没能吃到第二块米饭的同学常常饿得直叫。同学们大多会花几分钱买一个烤红薯，一般重半斤左右。烤红薯有营养、味道好，吃的时候一路飘香，唇齿留香，可是不太好消化，吃多了会有"后遗症"。这大概就是它对种植条件要求低，而亩产又高于水稻，却没有成为主粮的重要原因。有经验的人都可以想象，教室里 50 来个学生，一半以上吃了红薯，很快就会发生"环境污染"，臭气无声无息地弥漫整个教室，根本无法判断是哪一位或者哪几位同学"作的案"。有一次，一位同学或许想"光明正大"点，准备来个带响的"人生之气"，可能突然又觉得不够文雅，于是立即加以控制，不料想音量是得到了控制，却把一件瞬间能完成的事硬生生拖长了很多，产生了"悠扬婉转"的音效。旁边一位同学小声说："嘘、嘘……"另一位同学说："你干脆点！"结果，哄堂大笑。

第二件难事，身体要长好。现在，与父母一起节食减肥、运动减肥的学生不在少数。当时我们却只求吃饱，吃好是不可能的，营养过剩更是天方夜谭。班上有一位城里同学常冲泡"麦乳精"喝，有两三位同学会泡白糖水喝，他们不好意思当"另类"，常为自己辩解：我肝肿大，要补充营养，否则高考体检会不合格。有些农村同学住在离学校二十至三十里路远的地方，每隔一到两个月回家一次，背些米来交给食堂作口粮。他们在返校前，母亲往往会给孩子装一玻璃瓶菜，一般是辣椒萝卜干、豆豉辣椒、辣椒炒腌鱼块、家制豆腐乳等能够长时间保存的菜，过年前后可能会有辣椒炒腊肉。全班男女同学分住两间旧教室里，从家里带了菜的同学往往会回寝室吃饭，有时还会互相分享自家美味。其他同学则非常识趣，午饭时间不进寝室。

在这里，我第一次见到了同学用叉子吃饭。叉子用处大，往菜瓶子里一戳，拔出来后在瓶口轻轻一敲，叉子上剩下的全是菜里的"精华"。有用筷子的同学不服气，与叉子斗狠，他把一根筷子直插到瓶底，拔出来都不用敲打，筷子上串着的都是腊肉片。当然，谁都不会一下子把自己或者好友的肉片全给收拾掉，那可是各自母亲的慈爱啊！要温暖和支撑他一两个月的。除了父母的关爱，学校也很关心同学们的体质，高三年级体育课正常开设，运动会照办，课外活动时间打篮球、排球也是常事，大家活力十足，真正是青春无敌。

第三件难事，全力拼高考。每天晚自习后教室熄灯，全校一片漆黑，连路灯都没有。不少同学就点起蜡烛继续学习，可是过不了半个小时，校团委贾书记一定会到每一间教室来，赶大家回去睡觉。于是，有同学发明了在被窝里打手电筒背书的办法，我也常这么干，可是不盖被子就会暴露目标，如果盖上被子，手电筒玻璃上很快就会凝结一层水汽，使光线变得

昏暗不堪。而且，不少同学还没有钱买手电筒和电池。所以，中午的时候绝大多数同学是不会回寝室午休的，往往只在教室桌椅上打个盹，又接着学习。同学们午休主要有两个流派，一派作"仰天长啸式"，靠在椅背上，仰面朝天地小睡一会，却也能够睡得张口做梦，甚至发出美妙的声音来。另一派作"孺子牛式"，俯首趴在桌面上小睡。可偏偏有位女同学善于"创新"，开创了一个小流派——精彩绝伦的"钓鱼式"。她睡得香，爱流口水，口水多了就从桌子边沿往下滴。口水下滴的时候会拉出长丝来，丝拉长则断，下半截滴向地面，上半截却会缩回到桌边去，接着再积蓄力量，伺机下滴。同学们开心地在一旁欣赏她"钓鱼"。可惜当时没有智能手机，否则一定会"视频上网"，全球分享。她错过了当"网红"的机会，不过现在已经是大学教授了。

其实，不仅我们想方设法挤时间，老师们也特别会挤时间，工作特别拼命。我们的教学楼简陋得连厕所都没有，但是每层楼的教室之间会有一间小房子，那是老师的办公室兼宿舍。物理课陈老师就住我们班隔壁，除了白天上课和晚上熄灯以后，他从不关门，随时欢迎学生上门请教。他双脚泡在木盆里，给同学辅导习题的画面是一道风景。有一次，班主任晏老师家里长辈去世，他回家料理，两天没合眼，却急着赶回学校参加监考，结果坐在教室后面就睡着了，还打起呼噜。据说，晏老师因此被校领导批评了。语文课杨老师年纪大，在昏暗的灯下他寿星般宽大的前额闪亮，批改完大叠的作业后，还曾垫钢板、持钢针笔，一笔一画把我的习作《生活在瑶华的怀抱》刻在蜡纸上，油印发给全年级同学参考，给了我莫大的鼓励。前几天，我在网上查看老师们的信息，得知在我们毕业后晏老师被评为省劳动模范，化学课徐老师曾任校长多年。虽然没有找到杨老师境况的信息，却意外地搜索到一位小学妹写的关于杨老师的文章：我要感谢原益阳县一中高70班的班主任杨求德老师，是他教育我怎样为人……

家乡人都知道，县一中长期是"神一样的存在"，其他学校无法超越。现在想想，大概正是由于一中师生都特别"带劲"的缘故。这种"劲"就

是激扬向上的精气神，是我们战胜困难的勇气与执着。其实，这种"劲"，正是那个年代青年的特质。1983 年，我们即将升入大二，哈尔滨师范大学毕业生李光武在去新疆工作的申请书上写道："在暴风雨过后泥泞的道路上，中国这辆大车又开始前进了。有些人坐在车上抱怨车速太慢。我只想说：'给我一根时代的纤绳吧，中国大车，我们拉！'"

三十多年过去了，当时意气风发的同学少年都成了社会建设的中坚力量，正在奋力拉车前行。以此为记，青葱岁月之《遥远的志溪河》《后山坡上那些事》《飞扬的青春》，写给我的恩师和同学们。

一 ·

客而家焉

　　干细胞是一种未充分分化、尚不成熟的细胞，但它具有自我复制能力和多种潜能，在一定条件下可以分化成多种功能细胞，具有再生各种组织器官甚至完整机体的潜在功能。我觉得自古以来、基于传统、开拓创新、面向未来的移民文化，可以算得上是深圳文化的干细胞。

客而家焉

我南下深圳二十几年，对鹏城早已有家的感觉，也有了更多了解。原来，深圳人主要由两类移民组成。

一

最早在公元前 219 年，秦 50 万大军征岭南融百越时期，然后是魏、晋、南北朝直至唐、宋时期，大批中原人陆续南下，"客而家焉"，繁衍生息，成为客家人。深圳是客家人聚居的地方，保留有多处客家古村落和大围屋，其中龙岗区鹤湖新居建成了客家文化博物馆，龙岗区甘坑村成了客家小镇旅游热点，龙华区大水田村已被开发为版画艺术村落。至于我们这些改革开放以后的来深建设者，已经成为深圳人的绝对多数，应该称为新一代客家人吧。

近些年来，干细胞一词已为人熟知，这是一种未充分分化、尚不成熟的细胞，但它具有自我复制能力和多种潜能，在一定条件下可以分化成多种功能细胞，具有再生各种组织器官甚至完整机体的潜在功能。我觉得自古以来、基于传统、开拓创新、面向未来的移民文化，可以算得上是深圳文化的干细胞。

有一天，我去坪山区办事，返程途经大万世居——一座规模宏大的客家围屋，其简介上说："围屋坐东朝西，平面呈回字形，建筑面积 1.66 万平方米，占地面积约 2.5 万平方米，是全国最大的客家围屋之一。围屋由内外两围环套而成，主体建筑为土木结构，主要承重墙用三合土夯筑，外墙厚达 1 米，高 6 米。四周皆有碉楼。内部院落和巷道结构完整，有房屋 400 余间。"

不知道是什么原因，我对于深圳四处可见的光亮玻璃幕墙、光滑的抛光花岗岩地面没什么感觉，总觉得它们太过单调、直白，从中看不到生命印记与历史痕迹。相反，如果遇到砖石墙，上面满是青苔，甚至还长出了一棵小榕树，我就会觉得趣味盎然。见到大万世居，我更是兴奋地在里面转起圈来，还高兴地发现了很多可以观照到自己童年生活与成长记忆的细节，倍感亲切。这个

大围屋是省级文物保护单位，明显有试图开发文化旅游的痕迹，可能是因为位置较偏等原因，并没有多少人来。一些开发者硬生生拼上去的仿旧装饰早已破败凋零，反而是原本的建筑越老越有味道。由于纯属路过，我没带摄影器材，只是用手机拍了些图片。今天回看和整理这些图片，还没来得及多想，有些脉络已经逐渐清晰起来。

二

大万世居于清乾隆五十六年（公元 1791 年）由曾姓客家人建成。曾

姓人氏从来都是以宗圣曾子为骄傲，因此祠堂里高悬四个大字——"东鲁旧家"。这支曾氏族人于东汉迁至江西庐陵，宋代经福建宁化迁居潮州府海阳县（今广东潮州市潮安区），明代徙居长乐（今广东梅州市五华县），清代来到深圳坪山。

虽然大万世居的旅游开发暂未取得理想效果，但在围屋维修时却较好地保护文物，传承文化，修旧如旧。唯独宗祠是仍在照常使用的场所，所以作了重刷油漆等翻新处理。围屋大门的维修所用木料不如我想象中的厚重，但门环还是很讲究的，采用了"铺首衔环"样式。铜铺首虽没用兽首，却也精致，还铸有"登门"二字，铜环下缘处的门板上装着门钉，可轻叩门环呼唤主人。从围屋的沿革、保存与修缮情况，以及各种牌匾和新近张贴的对联来看，可称得上文脉正宗，传承不断。

体现大万世居文化传承的另一个特点是建筑结构。中国传统文化有重伦理、守中正、讲平衡、好对称的特点，以曾子后人为荣为傲的族群当然更会遵循这样的传统，所以整座围屋以宗祠为中心，房屋和巷道全都对称布局，形成"八阁走马楼、九天十八井"的格局，天街布局为纵六横三，间有小巷，纵横交错，井井有条。

不过，在远离正门的后面小巷旁边，也有违反规制，在正屋旁边建搭小屋的情况。我们去看的时候，这间小屋已被拆除了，只在大屋主墙上留有与小屋屋檐相接的痕迹，还有一排安放小屋横梁的孔和几个被堵上了的窗。

我在这里停留了不少时间，总是在想，这到底是大屋主人硬生生给侧室拓展的生存空间，还是后人的乱搭建？我宁愿相信是前一种情况，而且这位侧室夫人的孩子奋发图强，有所作为，终于自立门户，结束了仰人鼻息的生活。

另外，临水而居也是古村落的环境特征。在世居建造之时，这里是坪山河一条支流的河段，是一片水草丛生的湖洋地（沼泽）。从现状来看，从围屋往西不到 200 米，就有一条小河，附近还建有湿地公园。围屋前严格按照客家习俗，保留着一个半月形的大水塘，塘面如镜，鸭群嬉戏，畅游在围屋的倒影中。

客家围屋特别重视生存条件与防御功能兼备，大万世居平面呈方形，四角建有炮楼，围墙高达 6 米，上有走马廊相通，利于封闭驻守。据说，围屋内水井与屋前水塘互通，即使围屋被外族人围困，也不会缺水。我参观时走马观花，没看清楚水网细节，只看到屋檐下排水沟上仍然保留着铜钱状的石盖。更为特别的是高墙下那口水井，井缘用平整的花岗岩条石砌成，井口足有几个平方米大，出于安全考虑现已用铁条封盖起来。墙下立着"本祠龙井神"牌位，摆放香炉供着。回家查阅资料才知道，这里各天井都有地沟，与天街排水沟相通，排水沟有涵管，与围屋外的大塘相通，池塘有出水闸，排水极为方便。围屋曾经的繁华和居民对水脉的重视由此可见一斑。

三

不难发现，大万世居的兴盛应该延续到了"文革"以后。

围屋是对称的回字格局，从正门进入后是内部最大的一条主道，沿高墙左右横贯，正对大门是广场，在广场两侧的大道旁左右各是一排二层楼房，墙上各有一条标语，分别是：领导我们事业的核心力量是中国共产党，保证我们革命胜利的根本是毛泽东思想。这两句话在墙上依然清晰，在我内心笃信不移。

大万世居是农业文明的产物，农耕痕迹无处不在。有一位青年带着老父亲来参观，大叔看到我用心拍摄屋檐下的一只陶罐，就兴奋地用客家话说："里面'么个'（什么）都有！"并热心地指引我到大院深处参观。我按照大叔指引前行，来到围屋"回"字结构的左边通道上，这里停着一辆老旧的东方红拖拉机，这在当年应该是十分荣耀的设备。

门廊处放着一架木风车，这个像头木牛的风车是干什么用的呢？我要为小伙伴们解释几句，你看：风车的右边是一个圆形箱体，里面装着风车

叶，只要转动摆柄，车叶转动，就会向左边吹风。圆箱左边连着一个方箱，顶上开口，用可转动的木板调节开口的大小，人们从这里把经过脱壳处理的稻谷倒进去，让它从木板缝隙处慢慢漏进方箱中。方箱的下方开有左右两个向下的出口，还有一个侧面向左的大出口，因为风自右向左吹去，完整的米粒较重就会从方箱下方的右口出来，滑入一个米笸；碎米较轻会从方箱下的左口出，滑进另一个米笸；糠则从方箱左边的大口被吹出去，一般都会被收集起来喂猪。如果在猪食里撒上一层细糠，猪就吃得特别香，好比我们在面条上加了一层肉末。

最能看得出变迁的，还有老房子的门窗。木质门板上曾经定期刷上新的大红油漆，百多年下来油漆越积越厚，后来人去楼空，在历经风雨烈日之后，门上油漆已完全看不清颜色，变成了裂纹密布的一层灰色堆积。不知何人不小心在门上划开了一道深痕，里面仍然现出鲜艳的红色来。修新如旧的大门却没有这么厚的油漆层，显得浅薄平淡。

客家老宅基本都是小窗木格，仅从一个窗台就能读出很多信息。窗台上的陶罐是客家人生活的必需品，使用鼠笼说明这里曾经存储过不少食物，还有一双球鞋（广东人称"波鞋"），显然是被不再那么节俭的现代青年给遗弃了。

另外一间大房子的窗户应该是在 20 世纪 70 年代后改造过的，非常宽而高大，铁质窗框，窗台上遗留了一个玻璃广口瓶。在那个年代，这种瓶子只有农业科技人员、医生（兼药剂师）或者中学化学教师才会使用。

显然，大万世居曾经是附近农村的政治、经济和文化中心。与我同行的 3 人，有一位博士、一位硕士、一位学士，大家不约而同地感慨，这里不仅要保护好，还要充分利用起来，只有用好了，才能给围屋注入活力。当即，有人表示愿意在此开特色客栈，作为书法和摄影会所；有人表示要开茶座；有人表示就愿意在这里居住……

我们转完一整圈，最后回到正门内的广场，站在这里更能看清楚围屋及周边的变迁。紧邻围屋是一片民居，应该是改革开放后建起来的，紧密排列，楼体方正，墙面贴瓷砖或马赛克，毫无特色。偶有那么一两栋比较讲究，用琉璃瓦盖顶，矮墙围成小院，院墙也用上了琉璃装饰，墙边种着簕杜鹃，修剪成绿篱，开着红花。不远处一大片高层楼宇拔地而起，尚未完工，刚才从围屋里残垣断壁的间隙中也望见了高楼一角，在这里却感觉到它们正势不可挡地挤压过来。

但愿大万世居能得到更好的保护与利用。

七娘山上访秘境

说到深圳，大家最先想到的画面不外乎改革窗口、经济繁荣、车水马龙、高楼林立之类，但我更愿意向朋友们介绍深圳鲜为人知的一面。深圳市大鹏半岛是国家地质公园，主要山脉七娘山是一座死火山，海拔 869

米，森林密布，山溪潺潺，海水清澈，沙滩海岸和基岩海岸交错分布，被誉为全国九大最美海岸之一。如果有当地人指点，从半岛上的东山社区海边徒步向七娘山行进，还没到半山腰，在密林深处能找到一个神秘的古村——高岭村。村子屋舍俨然，却空无一人。

2009 年 6 月底，台风"浪卡"登陆的前一天，在东山挂职当村干部的同事邀我们去高岭村探古寻幽。那天阴云密布，风满山林，如果不是偶有阳光从云隙中透射出来，恐很少会有人出门徒步。我们开始登山，穿林而行数百米，遇一小溪，溪上有桥，桥头有碑，辨读碑文，小桥竟然建于 20 世纪 20 年代。站在桥头四顾，密林环绕，前不见古人，后不见来者，让人感受到寻访桃花源的意境。此桥真可称为"遇仙桥"了。

当时已非桃花夹道，落英缤纷季节，我们过桥前行，只见溪流两岸满山坡都是荔枝林，枝枝挂果，果压枝低。朋友说他的房东已有叮嘱，这山坡上全是他家的荔枝林，尽管随意摘来吃。想到朋友是挂职扶贫的干部，我们不要违犯了群众纪律，就只是象征性地各自尝了一颗。果然核小味甜，是正宗极品好货！再向前行，山势渐陡，我们气喘吁吁登上一个高坡再回头一望，东山社区尽收眼底，大鹏海湾雨云已起，很快阵雨就追了过来，将浓密的树冠打得沙沙作响。我们赶紧钻进一片最茂密的荔林避雨，忍不住又尝了几颗荔枝。

过了不到十分钟，雨过天晴，阳光穿过云层和林隙又催我们上路了。由于天气转好，我们也兴致大增，一位朋友开玩笑说："山上的猴群一般都会悄悄地把走在人群最后面的一位掳走……"一路说笑，一路期待，我们很快来到了高岭古村。村口有一座两层的碉楼，是为保卫村落而建设的，但是对于高岭村来说，最好的防卫屏障还是山下及沿途的密林。1938 年10 月，日军登陆大亚湾，入侵华南，烧毁了山下的村子，却没有发现这山上还另有一片洞天。朋友们开始议论，高岭村为什么要建在山上呢？我想，应该是这一族群客家人迁徙到此地的时候，山下较平坦的良田沃土早已成为他人的领地，于是只好"后来居上"，定居山林了。福祸相生，他们因此躲过了战火之劫。

从村舍规模、建筑水平和遗留的家具等种种迹象来看，高岭村不仅比一般古村落大，而且要富裕得多。村里的房屋依山而建，沿着山体的等高线方向排列，因此村屋从低向高分成了好几个横向排列的层次。建筑风格与附近的另一个古村南澳鹅公村相同，都是典型的客家民居与旧洋楼的结合体，远看是白墙黑瓦，平房和二层小楼间错，近看是用花岗岩条石砌屋基、门框和窗框，三合土筑墙体，圆木横梁。在进村不远处，有一座大宅，紫红色门楣上用水泥做出了四个大字——"紫气东来"。

从山上往下数，村子第二层屋台的正中间是一个修缮完好的祠堂，虽然不见人，却仍有香火，爆竹碎屑满地铺红。堂内对联为"宗传姬旦家声远，学绍濂溪道脉长"，看来是周家祠堂，属爱莲堂一脉，而且与宋理学家周敦颐有渊源。在旁边一座荒废宅子前，有一棵芭蕉自然生长，正在开花结果。我不禁为之感叹：古村废宅隐深山，荒园芭蕉落寞开。尤忆主家道脉长，绿叶题诗客满堂。

朋友告诉我们，村子早在 20 世纪 20 年代就铺设了自来水管，水管是下南洋的村民出资采购和安装的，至今仍然可以使用。来到村子中间，有一座纯南洋风格的二层小楼——高岭学校，上下层各两间教室，校舍的主体结构依然完好，但二楼教室的地板已经失修塌陷，只剩下了几根木横梁。一楼两间教室的黑板完好无损，其中一间教室里还安放着一台机器，大家研究后认为是"打米机"，也就是用来给稻谷脱糠皮，加工大米的机器。由此判断，这所学校应该是直到"文革"期间仍在使用，那间没有机器的教室用于上文化课，而安装有机器的教室用于开展劳动技术教育。在那个年代，中学物理主要讲授"三机一泵"（柴油机、电动机、拖拉机和水泵）的结构与使用。

看来高岭古村不仅是中国传统文化的传承之地，而且是当地现代文明的先驱，甚至还曾是教育文化高地。可惜到了我们前去探访时，整村空无一人，已然成了植物王国，不仅屋外荒草丛生，而且不少屋子的门扇倒伏，草木早已长到了屋里面去了，有的还从窗内向外探出花枝来，一派主人家闺女的架势。有些藤蔓原是主人用来绿化墙面的，现在大小枝蔓却把整座宅子都包裹起来了，墙壁上只见藤萝不见土石，房顶盖满绿叶不见瓦片。身临此境，我不禁感叹：先贤避乱高岭坡，后辈入世子孙多。惟留一脉迁不走，缠墙护院绿藤萝。

　　要是从广东人的风水观来看，村址似乎是不错的，左右山势像太师椅的扶手，而村子正坐在椅子上，背靠大山，面朝海湾，山海之间有平地，海湾对面是惠州。我们都为周家后人惋惜，怎么就把这么好的村子给荒废了呢？据挂职的同事说，解放以后山上山下归属一个生产大队管辖，当地村民和睦相处，高岭村人陆续下山耕种。随着当地经济逐渐发展、日益多元化，人们也就没有必要再为耕种少量山地而长居半山腰上了。于是，村民的后人相继迁下山去，搬进城镇，甚至定居香港，移民国外去了。听说政府已投资两千多万元，用于维护和开发鹅公村，高岭村更被确定为重点保护的古村落。高岭古村既没被战火毁灭，也不会被现代化进程所遗弃，反而会成为一处文化地标。真是万幸！万幸！

　　大家谈兴正浓，在当地挂职的朋友却神神秘秘地提议大家去看一种"猛鬼"，把我们带到了村子最高一排房屋前。这时黄昏天暗，又下起了雨，我们都站到台阶上屋檐下避雨。朋友指指房内的屋顶，黑黑的什么都看不见，他轻声告诉大家"猛鬼"就在这里，等一会它们就会出来。我进屋用相机闪光拍摄了几张图片，大家凑过来一看，原来是数十只蝙蝠倒悬在室内的屋梁和瓦片上，每只都足足有拳头大小，这是我们从来没有见过的大蝙蝠。后来查资料才知道这是果蝠，在黎明和黄昏出来觅食果实和花蕊中的汁液，主要分布在热带和亚热带地区，在国内仅华南可以见到它们的踪影。虽然"猛鬼"非鬼，可是在深山荒村废宅里第一次见到这么多大蝙蝠，大家还是有些紧张的，当时不知是谁说了一句："在港产片中，蝙蝠群集的地方大多藏有吸血鬼或者僵尸……"这句话顺着山风吹进了大家的耳朵、后脊梁和每一个毛孔。大家连忙退出屋子，挤在门口避雨抽烟。在每个人都点上烟以后，却又有人幽幽地说了一句："你们仔细听听，好像有人在屋子里轻轻地说，'我也要一支烟'……"这时黑云低沉，天色已晚，雨打芭蕉，风摇山林，可能是因为大家吐出的烟顺风飘进了屋里，蝙蝠开始躁动起来，有几只竟然"扑""扑"几声，猛地擦着我们的头顶飞出房门，消失在雨雾和暮色之中，我们都感觉到了蝙蝠翅膀扇动的凉风。"快走吧！"大家二话没说，赶紧冒雨撤退。我们并不信鬼神，但是这种环境氛围怎么能不让人想起《聊斋》呢？真是人吓人，吓死人啊！有位帅哥在逃下山时说："我宁可被雨淋湿，也不能留在山上被吓死！"

我们一路无语，低头快步下山，直到出了村口，才放松心情又说笑起来。谁知又有人开始胡诌："其实，我刚才一直在数人数，就怕走着走着就少了一个，走着走着又少了一个，走着走着就跳进来一个，走着走着又跳进来一个。你们看过《倩女幽魂》吗？村里曾经有一位新媳妇，老公远走南洋杳无音讯。这位漂亮的村姑相思而亡，至今还要缠着路人问她老公的消息呢……"我们谁都知道他是在瞎编故事，可是大家还是不由自主加快了下山步伐。下到"遇仙桥"，回首再望，村子方向已在云雾之中。

再见了高岭村！好一个访古探幽的秘境，清晨和黄昏去摄影尤其不错。

我还会再来的，但一定会选择在大晴天的中午进村。

杨美，明年你还在吗？

在深圳最繁忙的干道之一布龙路北侧，行道树后面，距地铁站50米处，静静地藏着一片老旧客家民居——杨美村。有一天，我路过时突发好奇心，就把车停到村口大树下，走进去逛了一圈。发现老村子除临村道的房子还有人居住外，其他房屋早已被空置，能观察到曾经有几种势力在这里进驻、撤退或坚守，留下了不同年代的印记。

村子最外侧，临布龙路有一个半月形池塘，池塘对面是村里的第一排传统客家屋，清一色是石质门框，三合土墙，其中还有一大间曾是村里的祠堂。再往后，是依坡地建筑的多排民居，村子西北角有一处较高的碉楼。这些都是典型的客家民俗民风，是村子的建筑基调和文化基因，而祠堂和池塘是村子的核心。

后面几排房子明显是后期建设或经过改造的，因为墙体为砖头水泥砌成，窗户明显比一般客家老宅的大很多，而且装了铁窗框和压有花纹的玻璃，有些窗户玻璃上还沿对角线交叉贴着白纸条。凡20世纪60年代及以前出生的人应该知道，这是"文革"后期，全民提高警惕，保卫祖国的结果，人们为了应对敌人空袭，防止炸弹爆炸震碎玻璃掉落伤人。这些房子墙上装有简易排气扇，门前院子里装了铁质压柄式抽水井，可见当时村民生活已有明显改善。村子的发展演进也基本上定格在了那个年代。

目前，仍然坚守在村子里的主要是三类新老村民，让人感慨颇多。在村道边一排房子前，石栏上坐着一位广东老阿婆，着碎花布衣服，镶金牙，穿拖鞋，挂拐杖，颤颤悠悠站起来，挪步到晾衣架下收衣物，旁边几个破旧塑料桶和搪瓷盆里种着红葱、绿蒜和花草。这情景让我想起在动员老屋村拆迁时，老人们常说的经典话语："我祖祖辈辈都在这里生活，我也在

171

这里生活一辈子了，我哪里都不去，就想守在这里。我要打理桃树，孙子最喜欢吃我种的桃。看到水井我就会想起老公天天提水的样子。我要死在这里，才能找到先走了的老伙伴们！"

还有些本省农民来到深圳，从事并不"高大上"的工作谋生，他们发现老村子与老家很相似很亲切，于是用极少的钱租房住了下来。他们自然就延续了曾经熟悉的生活方式，种种青菜、瓜果、花草，甚至养蜂，很熟练地激活了村里房屋、杂物和原有的一切，重现岭南独特风景：大树下，石凳上，三五好友喝着工夫茶，身边大黄狗趴地，老母鸡踱步。

最后入住的，是一群拾荒者。他们住在村子最荒芜破败的几间房子里，门前堆满了经过分类整理的废旧物品，一位大妈还在忙着分拣工作。这些东西在我们眼里只是废物、污物而已，在他们眼中却是财富，是孩子的学费和家庭的希望。旁边一栋小楼的隐蔽处，还藏着一条大黄狗，只要有陌生人走近，它就立刻大声示警。

不要以为他们是被城市遗忘的群体，村里并不缺少城市管理和商业经营痕迹，治安岗亭上印着报警电话，警用摩托来往巡逻，消防栓被新刷上鲜红的油漆，水泥灭鼠屋被涂成绿色安放在墙脚，既能投放毒鼠诱饵，又可防止小鸟误食。临近布龙路的几处房子的外墙上刷有商用标语和广告，也都是仿照"文革"风格，比如"公社第一食堂"之类，以便与环境融合并引人怀旧。标语和广告制作者曾在此经营餐饮业，现在还有几处大排档仍在做夜市卖烧烤。

村后山坡上长满参天古树，挂着受保护树木的登记牌。树旁一家餐饮店规模较大，简易棚架下摆了好几张桌子，经营地道客家菜，特色之一是用木柴烧制窑鸡。

太阳西斜，炊烟升起，光线透过树隙，与轻烟交织成美景。我连忙用手机抓拍了几张，光影效果不错，心生些许得意，却又滋生几分惆怅和困惑。这炊烟飘散的是温馨还是污染？老村子是城市历史还是一块伤疤？应该清拆还是应该改造和保留？深圳更需要新增一片商住开发用地，还是需要更多传统文化留存？

离开村子时，看到墙上有某房地产商将要进行旧村改造的告示。我不禁要问：杨美村，明年你还在吗？杨美这个地名会被新楼盘名称取代吗？

杨美，明年你还在吗？

此
心
安
处
是
吾
乡

静观小镇潮涨云飞

  我是学地理专业的，常常看地图。有一天，偶然在地图上发现，深圳东边不远处，惠东县稔平半岛最南端的港口镇一带，地形如垂丝挂滴，犹双湾如月，十分奇特。

  于是开车去探究一番，结果发现这里不仅自然环境奇绝，而且人文特色鲜明。从此，我便与小镇结缘，几年来常去小住，并从当地的质朴风情中体会到一种坚定而深刻的社会变迁。

一

  我先打个比方，说明这里垂丝挂滴，双湾如月的地形吧。如果我们把一块渗满了蜂蜜的饼拎起来，蜜汁很快就会在饼的下沿聚集成一团。然后，在蜜团的下端会淌出一滴蜜，黏黏的蜜滴会拉出一根丝往下掉落，形成垂丝挂滴的情形。朋友，你一定见过这种情形吧。

  那好！我们就在这

蜜滴快要拉断垂丝的瞬间让它定格。这时候我们见到的形态就像我看到的奇特地形——稔平半岛，以稔山、铁涌和平海三镇为主体，是从惠东陆地向南海垂悬下来的一团蜜，土地肥沃，光热充足。在半岛的南端还垂挂着"一根丝"和"一滴蜜"。

这根"丝"向南伸，是从稔平半岛南部的平海镇拉伸出来的，因为下面还挂着一滴蜜，所以它上下粗而中间细。它的左右与大海之间呈现略带弧形的狭长地带，分别是向西南和向东南开口的两个海湾。两个沙质海湾各长几公里，向南连着的那滴"蜜"是港口镇和大星山。登上大星山俯瞰两个海湾，如同两弯新月，故称双月湾。

更为奇特的是，这根"丝"除了左右带双湾如月，自己竟然还从中间裂开，形成一条长长的水道，北端有小河从平海镇汇入，南端直通大海，这里是一个优良的避风港，当地人称之为内海。港的两侧陆域狭长，东岸连着大星山，山下是港口镇的主要街区。西岸更像一条细长的沙堤，护着内海港区和小镇，已被开发为双月湾度假区。

大概是因为古人重陆地而轻海洋的缘故，在600多年前，人们选择了在大片陆地的南端，也就是稔山半岛这个大蜜团底部与"丝"相连的地方筑城，镇守陆域，抵御盗寇，收取盐税，这就是平海镇平海古城。而由狭小的"一根丝"和"一滴蜜"组成的港口镇，就成了古城之外的边角地带，直到近些年这里的旅游价值才被发现和重视。

二

第一次来港口镇，我和妻儿三人同行，先到了南门海边，看到万科在建楼售楼，但我们并不感兴趣，就直接去了沙滩上。沙滩的沙细而紧实，被称为牛皮沙，一个浪退去后，会有薄薄一层海水不会马上渗进沙里，于是形成沙面如镜的景象，倒映天光云影，人行其上，宛如天仙。妻子的少女心立马被激活，在沙滩上做起了一连串的芭蕾跨越动作。

再仔细一看，沙滩上到处都有洁白的贝壳、彩色的螺壳，各式各样，林林总总，三五分钟我们就捡了一小袋。环顾四周，整个沙滩上只有我们三人漫步。远处有一台拖拉机正在用马达驱动转盘，拉收海里长长的渔网。更远处有一艘渔船靠岸，几位渔民正船上船下忙碌着人工收网。

离开沙滩，我们去登稔平半岛最南端的大星山，开车不过20分钟就到了山上。然后徒步登顶，四下张望，只呼：绝！美！回望稔平半岛，青山隐隐，延绵横亘，已不觉得那是半岛了，港口镇一带才的确是狭长的小半岛。东南海湾正迎东南季风，白浪翻涌，涛声阵阵，一排排冲向海岸，

当地人称东山海。西南海湾背风，风平浪静，波光粼粼，叫南门海。中间小半岛上，青山之下民舍俨然，内海之中渔船密布，拱桥跨渡。如果不是大自然鬼斧神工，再伟大的规划设计师也不会有这么绝妙的构想。

下得山来，一不小心，我就把车开进了港口镇最热闹的临海老街。街上全是商铺、餐馆，店前沿街摆卖各种瓜果蔬菜以及当地特产。这本是不应该开车进入的步行街，一般只有摩托车和当地人运货的小三轮、小卡车才会进去。我的车一进去，就导致了拥堵，可是当地人立刻避让、绕行、引路，无一人面带愠色，更无人吆喝催促。

我们到街尾停好车，美美地吃了顿海鲜，才依依不舍地离开。返程时我们又经过南门海旁的万科楼盘，已经知道它就位于南门海的月湾之上，立在仙境中，于是鬼使神差地进去看了看，而且还立马交了定金，买了套小房子，做了小区业主，成为小镇居民。

三

又是一年秋凉时，一家三口去新房里小住。我习惯清晨早醒，却不忍叫醒妻儿，就独自一人向港口镇走去，很快就来到了小半岛的南端。这里有一座拱桥跨越内海，与对面的港口老街连通。不过桥去，与老街隔内海相对是一片老村子，大概是位于内海西面沙坝尾端的缘故，所以叫沙尾村。

村子靠内海一面也是渔港，清晨小船频繁出入，七点钟早归的船已经泊岸，各家人都在自己船上整理网具，从网上摘取收获的鱼虾和螃蟹。岸上的房屋早已破旧不堪，看样子是 20 世纪 70 年代的留存，其中有一两排规模较大的，应该是当时渔业大队的队部。临内海一排房子是海产品加工厂，格局就是一排平房，中间开有通道，通向里面的第二排平房。通道左边是仓库，右边是冷库。房子与码头间有大片空地，是晒制各种海鲜干品的晒场。我去的时候晒场已铺上了花岗石地面，立了一块大大的石头，上刻大字"港口渔人码头"。看样子这里已经开始发展旅游业了。

不过我仍然看到了原汁原味的渔村生活。在平房的中间通道上，有人

178

烟雨海港
水天一色
戊年初六
摄于惠东
港口镇

扛着一大捆地笼出来，迎着朝阳身后投下长长的影子。在旁边的冷库外，一位成年人正往晒网上整齐地摆放小鱼，然后由一男一女两个孩子抬着晒网去晒场上，靠栏杆斜架起来。我打听到那个男孩姓刘，是镇上的小学生。

从通道往里走，应该是原来大队部的办公室等房屋，虽然破旧，但格局与气象仍在。现在成了大杂院，黄狗看门，鸡鸭成群，儿童嬉戏，大婶晒衣，好一派生活气息。再往里走，是原住民的房子，家家户户门前种花，架上晒网。

有一家门开着，小院里桌子上一位小女孩在专心做作业，旁边一位少妇在做手工活。我随手拍下了村子里的种种情景。

待到再来双月湾时，就给正上小学的儿子安排了一道作业：让他拿着我拍的照片去找勤劳晒鱼的小刘同学，还有院子里那位好学的小姑娘，了解他们的生活情况。我和他妈只是跟在他身后，并不帮他。

很快他就找到了小男孩家，原来那位做手工的少妇是他妈妈，那位做作业的小姑娘是他堂妹，因为父母出海了就在叔叔家做作业。我们递上前次拍的两张照片，和少妇攀谈起来。这家男主人姓刘，是江西人，夫妻俩南下后本在附近的惠东鞋厂打工，后来就租了村民快要废弃的老旧宅子，包下了村民的渔船，转行做起了渔民，丈夫放网捕鱼，妻子接一些鞋厂的手工活计。

小姑娘的爸爸是小男孩的伯伯，随后来的港口，主要是靠放地笼捉

惠东双月湾

鱼虾和蟹，我看到扛地笼的男子正是她父亲。问他们为什么背井离乡，弃农从渔？"家乡人多地少，一年种两季水稻，活不多，收入少。不像在这里，面朝大海，满海是鱼，除了休渔期外，只要肯下功夫、出力气，就天天有渔获。而且，海鱼比稻米贵多了，捕鱼更能赚钱。"她接着说，"打鱼比打工好，一家人都在这里生活，孩子可以在自己身边长大，还能就近上学……"我回头看到儿子听得很认真，好像是听懂些什么。

这刘姓两家人离开江西来到港口，在南下打工潮中却是两朵别样的浪花，他们拍向岸边可能会永远改变家庭的走向，同时也推动了港口的社会转型。我们走出刘家，在岸边看到一艘渔船准备离港，一位瘦小黝黑的妇女使劲撑着竹篙，船却纹丝不动，她急得大声呼叫丈夫："你快来嘛！我撑不动！"我和妻子一听就笑了，这又是一家新渔民，是我妻子的老乡，重庆人。

新来小镇的内地人还喜欢干一件事——赶海。内海水浅，涨潮时水平如镜，是摄影的好地方。但潮水一退，有近一半的区域就露底了，泥质海床就成了采沙甲（一种与花甲相似的贝类海鲜）的好地方。用带齿的铁耙在泥里一刨，就能听到耙齿碰到沙甲或者沙甲互相碰撞发出"嘎啦、嘎啦"的声音，可以收获数只甚至一小堆沙甲。即使不用工具，只需在泥上有气孔的地方伸手一掏，也能摸出一两个沙甲来。所以，叫"捉沙甲""捞沙甲"都不合适，还不如叫作"采沙甲"贴切。沙甲这东西好像就是青岛著名海产"嘎啦"，是喝啤酒的标配菜。

四

内地新渔民来港口"下海"了，当地渔民"上岸"后干什么去了呢？我们到小镇去得多，走街串巷看得细了，还亲历了当地的变化，自然也就知道了不少详情。

原来，当地渔民基本上都上岸转行，做起了渔业的配套产业或下游产业，比如：加工和贩卖海产品，开海鲜餐厅，开渔具、船具店，等等。他们的后代有重新下海的，主要经营自家的海洋旅游生意，开船带人出海游玩、钓鱼，开沙滩摩托，摆沙滩烧烤，等等。小伙子们的船和用具都比较先进，生活非常时尚，经常用微信做广告、拉生意。现在的双月湾海滩，尤其是在黄昏以后游人如织。即使到了半夜，还有人在沙滩和草地上露营，喝啤酒、听潮音、望星空。

小镇及附近有"古灶""盐州""盐仓"等与盐业有关的地名，可见盐业曾经十分兴盛。现在，大片盐田已被荒废，留下不少浅水塘和荒草地，成了水牛的乐园。不知道什么原因，白鹭和八哥鸟特别喜欢与水牛作伴，甚至站在牛背上休息。我想如果能恢复一批盐田，让游客观赏和体验晒盐生产，再出售自制海盐和盐焗系列的客家菜，那一定是很有意思的文化旅游项目。

在了解这些社情后，再到港口走动，就更觉得亲切有趣。比如，镇上那条最热闹的老街就很特别，我原本以为老街临海一面就是海岸了，后来才发现在临街商铺后面与海之间，还藏着一条宽度却够两人并肩行走的巷子。小巷两边都是海鲜档位，形成一条长约百米的海鲜市场，靠海一边的房子前门是档位，后门是自家的小码头，可直接从船上进海鲜。

沿海小巷向内海的出口方向走，过了两家冰厂，就进入了居民区。房屋面朝大海整齐排列，家家户户都有较高的门槛，可能是为了防止台风天海水和雨水进到屋里。人们习惯了脱鞋进门，家里可席地而坐。这里路稍宽些，可以通汽车，在门口路的对面是海岸，距海面约有 3 米高。在海岸与小路之间，从头到尾全是类似阳台的地方，一家一段，是高出路面 1 米左右的平台，上搭棚架，盖上棚布可遮阳纳凉，收起棚布可在棚架上搁晒渔网或晒鱼干。

棚架下一般都放着从家里淘汰出来的老式木沙发和茶几，闲时可对海品茶。今年中秋再到这段路走走，看到家家户户都在剖鲜鱼、晒鱼干，我能认识的有鳗鱼、马头鱼、剥皮鱼，还有八爪鱼、鱿鱼、墨鱼等。沿路所有棚架上都已晒满了鱼，再有处理好的鱼摆上晒网后，就斜架在地上、汽车顶上、摩托车上，真是蔚为壮观。

沿这条路回到冰厂处，是商业街的尾端，街道在这里转了个直角，一转弯就到了做马鲛鱼饼的现场。街边摆着几个大塑料盆，每个盆里都有几十上百斤马鲛鱼，每条鱼重约十斤左右。剖好的鱼从中间对开成两半，一些妇女耐心细致地用刀在半条鱼的剖面上来回地刮，刮下的鱼茸没有一根刺，被装进了盆里。

另一位妇女则在一大盆鱼茸里加上少量生粉，拌匀后把鱼茸放入模具做成圆饼状。路对面的太阳伞下支着一口大锅，把鱼茸饼放进滚油里慢慢炸至外表金黄，再捞出来沥去油，就成了可以上市售卖的马鲛鱼饼。晒鱼干和做鱼饼的多数是中老年妇女，偶尔才会有一两位年轻女子。

五

老街民居多数是平房或者两层小楼，有新中国成立后不同时期的房子，因为墙体有三合土（黄泥、细沙、石灰混合）外抹石灰的，有红砖外抹水泥的，有砖墙外贴马赛克的，还有贴条形磁砖的，年代特征十分明显。有些墙上还残留着文革时期的标语，也有装着新标牌"党员之家"的。

偶有几幢三层以上的临海小楼，装修漂亮，墙上贴着广告，这些是海边民宿，同时也是海钓人的驿站与"窝点"。楼对面一般都有码头，停着摩托艇甚至小游轮。楼下路边密密地停着来自广州、深圳和东莞等地的车，还有居民自家的车。

如果走到小镇外围，那变化就真是日新月异，天翻地覆了。万科双月

湾、万科檀悦、宝安虹海湾等等各类度假村和温泉酒店，如春笋般见风长高，尽显现代速度与时尚气息。大星山上的双月湾观景台、山下的海龟自然保护区越建越好。我在街头街尾、村里村外转得多了，觉得小镇除了自然环境奇特之外，渔港风貌还特别原汁原味，海鲜特别丰富美味，民风特别质朴淳厚，各个年代的历史沉淀和各类人群的融合特别和谐。

我细细体味港口镇数十年的变迁，静观几年来的发展，新老居民都向着更能创造价值的行业流动，旅游业向着充分挖掘海洋资源的方向成长，小镇向着更加现代而多元的方面发展。

一切恰如潮涨云飞，笃定前行。居民们既自强不息，面貌日新，又勤劳质朴，和谐如故。我最担心小镇因为贪求发展速度，出现规划不当，盲目建设，对历史风貌保护不够等问题。

最期待的是改善交通，这里有无敌海岸旅游资源，有高铁和3条高速公路通达稔山镇，平时从深圳出发开车两个半小时可以到达港口镇。但是由于稔平半岛内的环岛公路尚未修通，逢节假日半岛内容易堵车。如果能修好稔平环岛路，再提高现有乡村公路的等级，当地一定会发展得更好。

相约荷塘

国人多受周敦颐《爱莲说》影响，认同"莲，花之君子者也"。"爱莲之出淤泥而不染，濯清涟而不妖，中通外直，不蔓不枝，香远益清，亭亭净植……"其实，荷花气质虽可比照君子坚贞、纯洁、无邪、清正的品性，却绝非这样概念化。一片荷塘则更是趣味无穷。你不信？那好，我们约起！花开时节，早上六点半，荷塘边见。

一

赏荷需早起，细细观察品味。清晨，初开的荷花最具中国古典美，极像小家碧玉，惹人怜爱。荷塘初醒时，荷花亭亭玉立，迎候晨光，此时若拍摄荷花特写，花瓣质地特别细腻。旁边的荷叶仍在弱光中昏睡，近乎墨绿，整个画面色彩厚重质朴，呈现国画风韵，唯独把荷花衬托得格外洁白。如果将花瓣与和田玉相比，虽少一分光泽与剔透，却更多几分清润和水嫩。

还没等你多看几眼，多拍几张美图，旭日就把柔光照了过来。这时要请你站在侧光或侧逆光的方向观察，荷花已不似小家碧玉，反而像大家闺秀了，花瓣大方开张，色泽鲜艳亮丽，荷叶也被阳光照成通透的嫩绿。不过这气质仍然没有脱离清雅含蓄的中国风。这时候塘里荷叶深绿浅绿明暗相间，花瓣上半部分红中透亮，而下半部分包裹着花心——刚开始发育的莲蓬，并不透光，一朵朵荷花就像漂在绿波上的盏盏莲灯，透着禅意。

再过约半小时，夏日阳光显露出猛烈而生硬的本性。如果仍然逆光赏花，她就像现代都市美女了。强光下花瓣上的红色脉络清晰而突出，荷叶变成了明黄色，花和叶的色彩艳得热烈奔放。

如果顺光看花，就完全没有了光影变化，显得太过直白单调，而且在暴晒之下花瓣很快就消退了清润质感，唯有从水中欣赏荷花荷叶的倒影还比较合适。这时大量游人已陆续拥挤过来，真正玩摄影的人却要撤退了。宋代诗人杨万里的名句"接天莲叶无穷碧，映日荷花别样红"，语出《晓

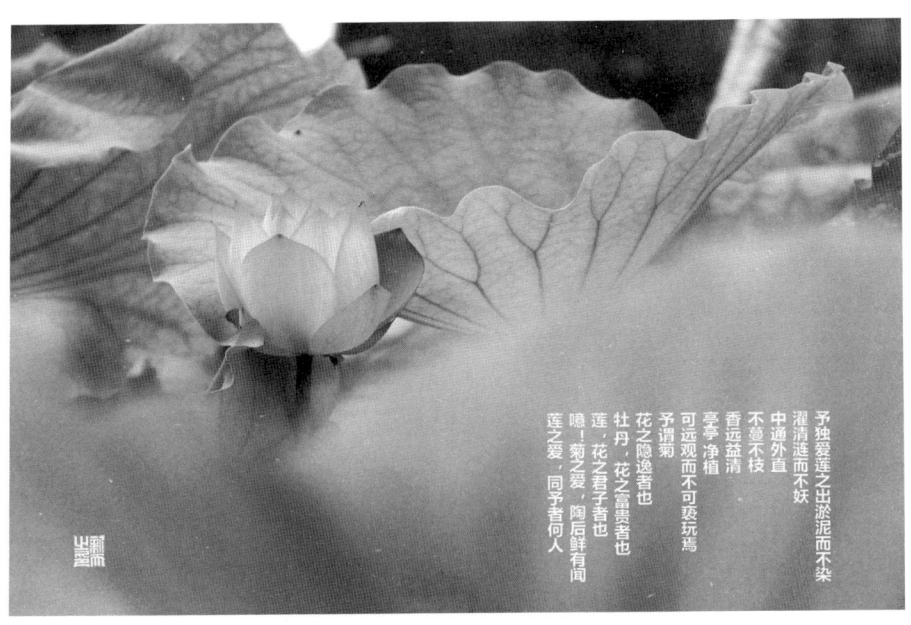

予独爱莲之出淤泥而不染
濯清涟而不妖
中通外直
不蔓不枝
香远益清
亭亭净植
可远观而不可亵玩焉
予谓菊
花之隐逸者也
牡丹，花之富贵者也
莲，花之君子者也
噫！菊之爱，陶后鲜有闻
莲之爱，同予者何人

出净慈寺送林子方二首》，所谓"晓出"应该正是这个时间前后吧。

我比较痴迷，还舍不得离开。你若不怕热，就请跟着我，我有荷塘寻趣的秘诀，更多有趣的观赏才开始。刚才，我们观察的都是荷塘花叶以上的部分，现在请你坐在地上歇一歇。都说梅花耐冬，柳丝迎春，绿荷消夏，桐叶惊秋。你抬头看看摩肩接踵、如同伞盖的荷叶，全都被强光自上而下照成通透的明黄或鲜绿色，经过荷叶的遮挡与过滤，叶与水面之间就成了一个绿波茵茵、清凉静谧的世界。飘落的花瓣一团一团地堆积在较低的荷叶上，或像小船一样漂荡在水面上，旁边小鱼游来游去。

运气好时，寻着"噗通"一声远远望过去，可以看到刚扎进水里的池鹭正好冒出水面来，嘴里叼着一条泥鳅。它摇头晃脑，三下两下就抖干羽毛上的水，同时把泥鳅给甩晕了，然后把泥鳅抛起来，让泥鳅头先落入口中，一瞬间泥鳅就被吞下了肚。看到这一幕，我并不觉得是一种杀戮，反而为都市里有如此生态感到欣慰。

你要是不想被暴晒，我们就退到荷塘周边的树下去。以满塘花叶为背景，拍摄游人和树上的花与果，让他们去比美斗艳吧。你可能会觉得，竹外荷花三两点的画面别有情趣。我常为爱美而又自信的姑娘们赞叹，她们特意换上旗袍、撑起花纸伞或者手持团扇来到花丛中留影。从塘这边望对岸，在大片荷花荷叶的尽头，大叔大妈们耍太极、舞剑、跳舞，好一派祥和景象！我不敢走得太近，唯恐打扰他们的雅兴，只远远地偷拍几张照片。

二

荷花看上去吹弹可破，揉捏滴水，十分娇嫩。实际上她是一种特别坚强坚定的花儿，生命节奏清晰笃定。

从小我就听说，荷花花蕾出水后，十多天开花，花朵每天都要开合一次。当时我就想用白纱布包上点茶叶，用绿丝线扎紧，放在荷花花心上，让茶叶在花瓣闭合后被包在里面，吸满荷香。第二天早上荷花再开时，取回茶叶冲泡，一定会是满屋清香。后经百度证实：常见的单瓣荷花凌晨开放，

八九点钟开始回闭，中午完全闭合，重新恢复花蕾的样子。初开的荷花水嫩而色浅，第二天再开放时花的色泽最艳丽，到了第三天，花色又渐渐变淡，质地渐干，越来越像张纸，第四天花就边开边落了。唯有重瓣的荷花可以开到 8 天。荷花准备了一年，却只开 4 到 8 天，我并不会因此就认为她娇弱，反而觉得她目标明确，不恋风尘。花儿开过，放弃美丽，选择果实。

你仔细观察，还能看到另一种精妙变化：荷花心是雌蕊，初开就已有莲蓬的雏形，但是娇小嫩黄，润泽发亮，旁边紧紧围着一圈丝状雄蕊，也是嫩黄滋润。荷花开放的当天，就会在风吹和虫媒作用下授粉。自授粉以后，雄蕊很快向枯黄的干草状态转变，雌蕊则迅速长大，嫩黄中透出淡绿，很快绿色逐渐变深并且扩大领地。到第四天花开瓣落，就会露出一个小小的绿色莲蓬来。荷花花期长达二至三个月，期间朵朵荷花像接力一样相继开放，所以经常能看到花蕾、花朵、莲蓬比肩而立的情况。

南方 9 月至 10 月初，晚稻扬花抽穗，不少荷叶荷秆就已经干枯。当人们为之惋惜的时候，泥里的藕却日益壮硕起来。直到天寒地冻的时候，还有藕客下水挖藕，给人们送上炖肉煨汤的上好食材。有人在一个大水桶里放上泥土，埋入菜叶灌上水，再放进一些藕根、藕节，水桶里竟然也开始了长荷叶、出花蕾、开荷花的历程。剪去枯干荷叶，把水桶倒扣过来的时候，竟然倒出一堆白生生的莲藕，紧紧地挤成了水桶形状，像个超大超厚的藕饼。即使是在如此简陋的条件下，她也坚定地完成了自己的生命节律，展现出强大生命力。在佛教与印度教中，莲花象征神圣与不灭，不知是否与她超强的生命力有关。

<h2 style="text-align:center">三</h2>

"荷"与"和""合"谐音，"莲"与"联""连"谐音，所以荷花寄托着和平、和谐、合力、联合等寓意。先不说那么高大上的主题，荷花确有一群好友，它们是天作绝配，互相衬托，各美其美。

记得小时候学画画，老师展示了齐白石的名画《十里蛙声出荷塘》，画中并没有蛙，只有水墨荷叶和一群小蝌蚪。我对这般精妙构思佩服得五体投地，至今都想着要拍类似的摄影作品，可惜没成。那就不算蝌蚪和青蛙吧，荷花五友应该是翠鸟、鹭鸟、蜜蜂、蜻蜓和游鱼。

摄影人亲切地把翠鸟叫作小翠。它背上翠蓝光亮，点缀些白点，胸腹红褐中带黄，在荷叶荷花间更显得清新靓丽，却又十分和谐，尤其是它那双橘红色的小爪子特别抢眼。更奇特的是它似乎天生就是好演员，很愿意选一个莲蓬当舞台，一会儿摇头晃脑梳羽弄姿，一会儿又突然扎进水里，捉住一只小虾米，然后回到莲蓬上，自在地进食早餐，而不会匆匆离开。在这个过程中，早就有一大群摄影爱好者排好阵式，架起了"长枪短炮"各种相机，而且大多还使用了连拍模式，只要小翠稍一改变姿态，立刻就会响起一阵快门连拍的声音，"嚓嚓嚓嚓"，好像阵雨打在荷叶上。因为小翠的配合，人们有时间调整机位，设计构图，往往会把小翠与一两朵荷花拍在一起，创作荷花翠鸟图。这时你若退出摄影圈阵，从后面观察各位大师，一个个都弯腰撅臀，大气都不敢出，也怪有意思的。

如果说小翠的优点是乖巧大方，很会表演，那么白鹭则是特别害羞，非常优雅的精灵。它们全身洁白，清瘦修长，到了繁殖季节头顶还会披上几根长羽。可惜我们往往只能瞥见它掠过荷塘的白色魅影，欣赏它们在远处涉水觅食的悠闲舞步。如果摄影装备与技术俱佳，用超长镜头抓拍到它们从水里起飞的瞬间，那就绝美：荷塘虚化成墨绿的背景，白鹭展翼，翩然而起，长腿上滴着水珠，只留下水面涟漪……

就蜜蜂的体型而言，荷花花大粉多，花瓣像是围幕，而花心如同餐桌，开着流水席，一只蜜蜂刚走，另一只蜜蜂又来，或者多只蜜蜂同时飞来聚餐。飞离荷花的蜜蜂不仅腿上挂着金黄的花粉球，还常常把自己弄得全身发黄，要拍到这样的图片也不难。养蜂人自然知道，蜜蜂两股粗如茧，应是满塘荷花开。其实黄蜂和蝇也是传花授粉能手，也很勤劳，只是黄蜂太凶，蝇类太猥琐，不宜列为荷花好友。

受古诗感染，每次到荷塘边我都情不自禁地寻找"小荷才露尖尖角，早有蜻蜓立上头"的画面。其实这一幕寻常可见，不过要是一只红蜻蜓在荷尖上歇息才好，如果还要有光线把它照得色彩鲜明，却不是件易事。

华贵的锦鲤，普通的罗非，或者其他小鱼，它们喜欢在荷叶间巡游，在叶荫下乘凉。它们与荷的友情有诗为证："江南可采莲，莲叶何田田，鱼戏莲叶间。鱼戏莲叶东，鱼戏莲叶西，鱼戏莲叶南，鱼戏莲叶北。"在深圳洪湖公园和浙江普陀山的荷塘边，我都拍到过此景，确实很美。

四

我们的约定应该风雨无阻，因为雨中荷塘别有风味。还没到塘边，远远的你就能看到一些荷叶在摇头晃脑，一会儿低下头，一会儿又抬起头。走近一看，你就能明白究竟，原来荷叶高低错落地站在雨中，承接着雨滴。一开始是在叶中央聚成一大滴晶莹的水珠，很快荷叶就像是盛了半盏玉液，荷秆不堪重负，荷叶就一歪头，哗啦一声把玉液倒向一片更低的荷叶上，而自己又挺直腰杆开始承接新的雨滴，所以满塘都是"唰唰唰、啪啪啪"

和"哗啦啦"的声响。有一些荷叶是平躺在水面上的，水珠落上去，完全就是大珠小珠落玉盘的样子。

雨天凉爽，不妨慢慢走细细看。你会发现在半开荷花的花瓣下，竟然会有蜜蜂躲雨。有些花瓣上挂着被雨水冲落的黄色花粉，像哭花了彩妆的嫁娘。如果突然风雨大作，我们不妨"荷亭听雨"。通俗一点说，就是避雨聊天，在雨洒荷塘的环境中，谈谈与荷相关的事儿。文雅一点说，就是品品茗茶、听听音乐、交流艺术、欢谈逸事而已。不必要什么雅致茶座，拧开保温杯，掏出手机，音乐、诗词、摄影和书画作品一应俱全。

你若是文艺青年，北宋刘攽的诗《雨后池上》颇为应景："一雨池塘水面平，淡磨明镜照檐楹。东风忽起垂杨舞，更作荷心万点声。"我想你会用词来回应，欧阳修《临江仙·柳外轻雷池上雨》中有佳句："柳外轻雷池上雨，雨声滴碎荷声。"大胡子苏东坡在《阮郎归·初夏》中有细腻描写："微雨过，小荷翻，榴花开欲然。玉盆纤手弄清泉，琼珠碎却圆。"我们立刻就会形成共识：荷塘荷花，早已经成为国人的文化场景与情感符号。

我想顺势表达观点，少女与荷花最是画风相和、情意相融，只因人是万物灵长，所以不纳入荷花五友之列。唐朝皇甫松《采莲子》，描写在"菡萏香连十顷陂"场景中，小姑娘情感萌动："船动湖光滟滟秋，贪看年少信船流。无端隔水抛莲子，遥被人知半日羞。"最是唐人多情，王昌龄吟唱《采莲曲》："荷叶罗裙一色裁，芙蓉向脸两边开。乱入池中看不见，闻歌始觉有人来。"诗中芙蓉指水芙蓉，就是荷花。不独唐人多情，曹雪芹幻想晴雯死后变成芙蓉仙子，还借宝玉之手写诔词《芙蓉女儿诔》："其为质则金玉不足喻其贵，其为性则冰雪不足喻其洁，其为神则星日不足喻其精，其为貌则花月不足喻其色。"其实，还有更早的民间情种，留下了南朝乐府民歌《西洲曲》，有这样的句子："开门郎不至，出门采红莲。采莲南塘秋，莲花过人头。低头弄莲子，莲子清如水。置莲怀袖中，莲心彻底红。忆郎郎不至，仰首望飞鸿……"

　　深圳是繁华都市，难得在市中心保留一片荷塘，引种几十种荷花，才把洪湖公园建成了荷文化主题公园，自然不会允许有人采莲抛莲，可惜好好的莲子都让鸟儿给衔走了。你若想在岸边接到莲子，还得到我老家去试试运气。我家就在洞庭湖边，十里荷塘寻常见。

　　你要是科技少年，我与你探讨，水珠在荷叶上滚动自如，叶子上有什么奥妙？如果把这种技术用到汽车挡风玻璃上，那就不用装雨刷器了……

　　你若是学生家长，我就发给你一张图：荷蕾像一支大湖笔，从水中伸出来，准备在荷叶背面写诗，有人称之为荷箭。在荷箭长高过程中，刚好有一片荷叶盖在它上方，而且不肯偏头让位，结果被荷箭扎破，花秆穿叶而过，花在叶上开放，叶在花下枯萎。这情景好比亲子关系，孩子小时倍受大人荫庇，就好像荷叶掩护着荷箭。当孩子长大了，总是要抬头看外面世界的，就像荷箭长高了，要伸到荷叶上方去开花结果一样。如果家长不给孩子自由空间，仍然倍加呵护、严加管制，最后受伤的恐怕会是自己。我曾把这段话配上图发到家长微信群里，大家深以为然。

你若是生活达人，我们可以交流如何把莲子银耳羹煮得晶莹剔透，再加上几颗鲜红的枸杞；如何把藕粉冲泡得像冰种翡翠，而且没有夹生的白絮；还有怎么用荷叶蒸鸡、泡茶养生等等。我建议你做一件小艺术品：到郊外荷塘剪取数枝带秆的莲蓬，在秆中插入同样长度的竹签，晾干后把长柄莲蓬插在大瓷瓶里，十分雅致，寓意家庭和美，子孙平安。

朋友，你看这荷花，遍布我国南方北方，城市乡村，不仅生活功用已得到充分挖掘，而且审美趣味也被发挥得淋漓尽致，真是雅俗共赏的典范。今天陪你到荷塘边走了一遭，你还觉得荷花是正襟危坐的无趣君子，或者是娇弱不堪的孤傲黛玉吗？你应该愿意再与我相约荷塘吧？！

深圳洪湖荷花开

已是初夏时节，我真希望有久违的朋友来到深圳，我好带他去洪湖公园看看荷花。

不少朋友对深圳的印象就是高楼林立，汽车飞驶，却不知道深圳有国家级自然保护区和森林公园，还有全国最美的海岸风光带，即便是在老城区也到处都有免费开放的公园。我要让他感受深圳城市、市民与自然的和谐相融。

早上七点，就把他带到洪湖公园，这时日初升，天不热，从跨湖而过的桥下穿行，可见彩虹飞渡水如天，碧叶满湖花点点。身边晨练的人们或打太极拳、舞太极剑，或者跳交谊舞、鬼步舞，音乐声有缓有急，有高有低，都让我们感受到和谐社会里人们淡定从容，即便是老者，也健康快乐，充满活力。

至于湖边摄影的，那也是各姿各态，有摆好三脚架，装上"大炮筒"，专门等候翠鸟和鹭鸟飞临的，俗称"打鸟"。有沿塘边巡游，寻找最美花朵甚至专门拍摄并蒂莲的。还有的大姑娘、小姐姐穿得花枝招展，一心想要与荷花比美斗艳。当然，也有一些比较传统的，会穿旗袍、撑纸伞、

摇团扇，端庄矜持，深情款款地留影，却把男伴摄影师忙得鞍前马后，一会以立姿拍摄，一会以跪姿拍摄，一会干脆趴在地上拍摄。

不论是哪一种游人，或者摄友，在这周末的早晨，都一心要以美来充实自己的生活、丰富自己的情感、滋养自己的内心。

我们沿湖走上一圈，拍摄完数十上百张照片，就到了太阳当空，逐渐热起来的时候。不用看表，应该就是九点左右。这时，我们就近找一家广式早茶店，沏上工夫茶，叫上茶点，开始一张张回看美图，一段段回顾人生、畅述友情……

老家的朋友若问洪湖公园在哪里？就在罗湖区，广九铁路以东、文锦北路以西、北环大道以南、笋岗路以北的区域。洪湖既是荷花主题公园，也是以湿地生态净化水体的试验区域，是一个闹中取静的好去处。

如果摄影的朋友问我收获如何？我却心情复杂了，虽然收获不少，但是面对一湖荷花似乎并没有找到更好的表现手法，摄影水平并没有什么提高，也就是自娱自乐了一回吧。

荷塘秋色

夏天，洪湖公园是观赏荷花的绝佳去处，满眼花红叶绿，如翡如翠，人工喷放的水雾从叶底漫出，颇有瑶池气韵。到了重阳前夕，秋高气爽，深圳气温仍与夏日无异，荷花荷叶会是什么状况了呢？

早晨七点，我进得园来，走上石拱桥一望，荷塘四周绿树环绕，大花紫薇和箣杜鹃依然盛开。草坪因为草种优良，养护得当，仍然旺盛生长。在斜斜照过来的晨光里，草间水珠反射出清亮光泽，草叶尽显通透的明黄嫩绿颜色，数只池鹭踱步寻食，一派祥和景象。

再看看荷塘，却是绿少褐多，秋意渐浓，全然没有了春夏的清润气息。或许是因为塘水深浅不一，或许是因为品种不同的缘故，有些区域的荷叶仍然倔强地昂着头，保留着明显泛灰泛白的绿叶，更多地方则已经全然只剩下褐色枯叶了。

走近了细细一看，荷塘上下明显有多层不同颜色，呈现不同趣味。最上面，残留的绿叶除紧连着荷秆的一圈之外，外缘部分已经失去了叶肉，只剩下叶脉，像一张小网朝天支着。那些已经干枯的荷叶全都低下了头，不过荷秆仍然直立着，而且因为脱水枯干的原因，似乎变得更加硬挺了。莲蓬也已干缩，像哑口的小钟寂寂无声，透出几分萧瑟。夏季绿叶繁复多层遮盖塘面，荷花玉质红颜点缀其间的胜景彻底消失了。不过这并不意味着精彩剧目结束，而恰恰像是落下了盛夏帷幕，却又开演了一场秋日新剧。

你会发现作为荷塘魅力担当的主角变了，已经不再是花枝招展、四处与荷花合影斗艳的大姑娘，反而成了一种含蓄的小精灵。或许是出于无奈，在日渐稀疏的枯荷秆下，小白鹭和池鹭已经逐渐习惯了抛头露脸，开始大大方方地在人们的目光与镜头下漫步寻食。如果按照身形比例来看，鹭鸟

有着近乎夸张的大长腿，它们在睡莲叶子上行走，抬腿时干脆利落，但在迈步落脚时却特别轻缓从容，想必是为了踩稳当、保平衡，而且防止莲叶发出声响，震动水面泛起涟漪，吓走目标小鱼。它们的身躯呈流线型，流畅的细颈和长长的尖喙一伸一缩，与步伐协调配合，完全就像芭蕾少女般精致优雅、轻盈舒展。只有在需要向前突击两步啄鱼的时候，它们才显露出动作异常迅急的本性，身体前扑，脖子像弹簧一样伸出，同时张开双翼，平衡自己在浮叶上的动作。还没等你按下相机快门，它们就恢复了优雅站姿，开始昂首吞鱼了。

这时作为奉献担当的荷叶，自然也让位给了大藻。在鹭鸟的脚下除了睡莲叶，还有几乎占满水面的大藻。大藻也是漂浮生长的植物，却不像水葫芦头顶翠绿的叶，腰别精致的葫芦，它的叶子像小开幅的折纸扇，颜色浅绿中带着微黄，质地像脆嫩有汁的多肉植物。它们密密地挤在一起，竟然成了厚厚的优质地毯，而且把作为新任魅力担当的白羽精灵衬托得更加突出。

197

当荷叶荷花都让位后，在这绿毯下面的泥里，莲早已把根茎长得十分粗壮，为来年春夏的演出积蓄好足够能量。这时，作为荷塘颜值担当的主角也更换了。塘里还有三两朵迟开的荷花，刚刚完成授粉，莲蓬已从嫩黄变成淡绿色。只是不知道它们还能不能结籽，圆满完成自己的生命周期。而睡莲的花期更长，还在枯竭的荷叶下盛开，被衬托得更加洁白精致。

不管大藻如何肆意生长，荷塘里还是会有一些留空的水面，上面零星漂着金黄或者深红的落叶，还有大花紫薇的紫罗兰色落花，它们无意而随性地随风缓缓飘荡，然后找到干枯的荷秆荷叶作为港湾。而罗非鱼则特别活跃，在塘水稍深的地方，它们把钓友静静地钓在岸边，而在浅水处却忙着制造涟漪和给小朋友们带来惊喜。有一位"创客"老豆，把女儿没吃完的早餐塞进矿泉水瓶里，然后把瓶子沉入浅水中，打算诱鱼进瓶。然后他就地安坐刷起了手机，女儿却迫不及待地反复捞起水瓶，检查渔获。旁边，爷爷、奶奶推婴儿车让孙子沐浴晨光来来往往，大妈大姊跳起广场舞来忘情投入，青壮男女健步狂奔得挥汗如雨，各种各样，各自忙碌着。

我独自徘徊，静静地欣赏荷塘的多姿多彩与生机盎然，不感叹夏日逝去，不感伤秋意渐浓。荷塘既是一个完整的生态系统，也是一个祥和的社区，在这里花开花落、鱼游鹭翔，老少同乐、朋友聚散，生命的精彩原本千姿百态，总是此消彼长，周而复始。人生一世，草木一秋。荣枯寻常事，自在得逍遥。

临海观潮

    大海的宁静不是寂寂无声，而是周而复始，默默运行的天道。内心的宁静并非心如止水，而是排除杂念，笃定前行的从容。在这片热土，珠江南流入海，潮声千古不绝。在不同时代，这里都曾唱响过无数悲歌、壮歌和凯歌，发出最强潮音。

感受海洋·感受静美

童年时我在内地山村生活，梦想长大了要到遥远的大海边看看，谁知自己年轻时竟在深圳定居了。深圳濒临南海，海岸线长达 260 多公里，西接珠江口，有内伶仃福田国家级自然保护区；东连大亚湾，基岩海岸与大小沙滩交错分布，其中大鹏半岛是国家地质公园，被称为全国九大最美海岸之一。

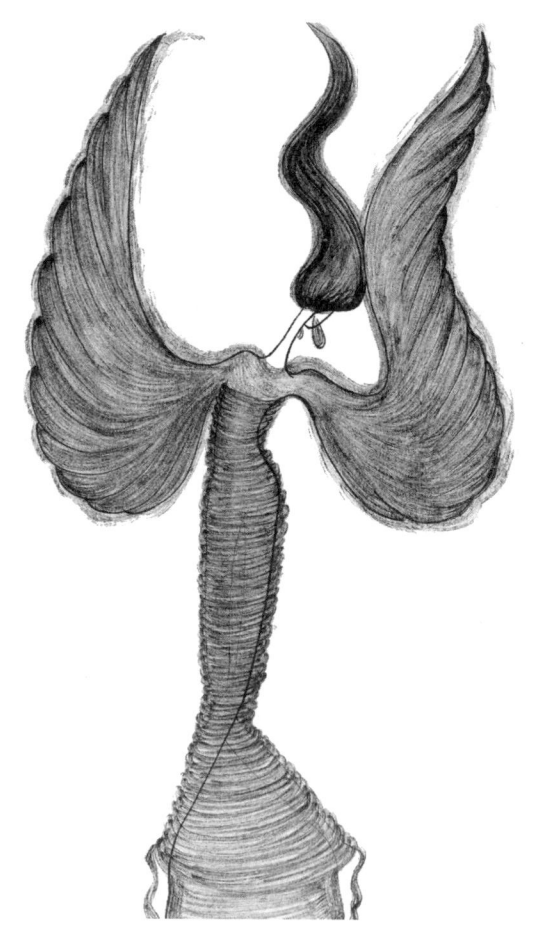

我临海居住二十几年，一直以各种方式感受着海的魅力。大海博大深邃，亘古不变，它的秀美与险峻，平静或喷怒背后，都蕴含着不可抗拒的力量。其实，人们在某个时代，或者某个季节、某种天气下接触大海，所感受到的都只是大海的一个侧面而已。

深圳像个巨大的蜂巢，市民工作紧张而忙碌，于是不少人就把大海当作心灵后花园，节假日常去海边海上调节身心。年龄稍大或者喜欢宁静的人，会选择到渔排小憩，或者来到杨梅坑、东涌、西涌等依山临海的地方，找一家散落在林中的民宿小住，亲近自然、探古寻幽、排解焦虑、滋养心灵。

人一旦静下来，一些被暂且搁下的情趣、一些灵光乍现的念头，甚至一些深藏心里的人和事都可能会冒出来。歌手陈楚生曾经来到友人在西涌的客栈，整理自己的音乐作品，却又创作了新的作品《西涌客栈》："夜色黯然灯火珊阑，生活还依然……海风捎来彼岸的你无声的叹息，时间被寂寞啊拉得好长好长……我在西涌客栈里，亲爱的你在哪里？我想念你！"当我来到海边，这浪漫而孤独的吟唱仿佛随风飘来，也带来了大海关于遥远、分离、寂寞和思念的意蕴。

我没有艺术工作者丰富的情感与表现力，只是喜欢到海边走走，或者在海上漂着，吹吹海风而已。冬季清晨，我不敢摸黑爬上山顶，只好到伸向海面的栈桥上看日出。海湾尽头山峦漆黑，夹在微亮的海面与天空之间，眼前就像是一幅浓墨泼就的大幕。6点左右，树林后面渐渐露出曦光，深红的颜色仅有几丝几缕，夹在墨云的层隙中。不等我架好相机，那露出暗红的地方很快就亮起来了，红色越来越鲜艳，色块越来越大，紧接着周边也开始变成褐色，不过其他地方依旧是一片墨黑。

这时候，穿着各种艳色衣裙、披着纱巾的大妈们陆续来到栈桥上，等待旭日露头，爬上树梢、楼顶和山峦。她们不停地变换着姿势与朋友组合拍照，甚至有排队跳着佳木斯广场舞合影的。真是印证了一句"名言"：纱巾和广场舞是中国大妈最后的自信！而常来深圳和子女一起过年的候鸟老人，则往往是两口子相依相伴，找张长椅静静地坐着欣赏日出。这种景象年年相同，他们称之为到南方过暖冬。

有两个姑娘遗憾地叹息："日出太美了！可惜拍出来的照片都是人脸太黑而太阳又太白！"我在一旁淡淡地说了一句："你们试试拍人物剪影吧，对着太阳测光，把人拍成影子，画面色彩会很漂亮的。"她俩凑过来看我拍的效果，看到自己身影修长，太阳圆亮，画面红彤彤、金灿灿，

就连忙说："大伯，能不能把照片发给我们？"这是我第一次被人称为"大伯"，却又印证了另一句"名言"：单反相机和人生经验是中国大爷最后的自信。

我也喜欢黄昏时刻，阳光穿透云隙，向海面射出多条光束，如同巨大舞台上的追光，把几叶归舟捧成主角。我却想顺着光束穿云而去，我知道此刻若从云层上空俯瞰，那些阴云由于反射阳光的缘故，都洁白光亮如雪堆，而云开之处又露出蔚蓝的大海，这景象就如同鸟瞰北极冰原，蓝白交错，光洁明亮。

不等我有更多想象和感叹，落日很快就像融化的金球，把颜色涂遍天空、山峦和海面。从船边一直延伸到太阳的方向的波光，更像是用金片铺成的一条闪亮大道。在约二十分钟的时间内，海上日落的景致快速变幻，光线由强变弱，由明变暗，画面色彩却是越来越浓重，直到点点渔灯呼应着远处渔村的灯光亮了起来。精彩的海上日落，终于被深褐色的夜幕给收了去，紧接着黑色大幕就合上了。

稍后，我的眼睛似乎适应了黑暗，又开始欣赏海上夜的宁静。此时深圳市区笼罩在霓虹灯光里，连天空都被染得五颜六色。在东部的海上抬头仰望，天空清澈通透，银河横亘，繁星闪烁，我好像回到了童年，正坐在乡下老家的地坪上。只不过听到的不是家乡水坝哗啦啦的淌水声，而是海水有节奏拍打海岸的潮声。渔排以竹竿为骨，用木板铺成，被很多条缆绳锚定在水面，随波起伏，以同样的节奏发出"吱呀—吱呀—吱呀"的扭曲、摩擦声。这时我才真正感受到唐诗"蝉噪林逾静，鸟鸣山更幽"的妙处。

明月升起，海面上波光粼粼，显得更加静谧柔美。三五好友在渔排上席地而坐，谈天说地，小酌品茗，眼睛不时转向海面上的鱼漂。漂上装有荧光棒，发出几点淡绿色的微光，随波涌缓慢起伏。我自然吟不出"野旷天低树，江清月近人"的佳句，但是很享受与朋友们在这里度过美好时光，让焦虑情绪随风飘散，为身心充满积极能量，而且友情也在淡泊中增长。

因为常常欣赏海上的日出日落，月圆月缺，我已有所体会，大海的宁静不是寂静无声，而是周而复始，默默运行的天道。内心的宁静并非心如止水，而是排除杂念，笃定前行的从容。

感受海洋·感受劲爆

海洋是生命的摇篮。有歌唱道："小时候妈妈对我讲，大海就是我故乡，海边出生，海里成长……"其实，人类就像一群熊孩子，在大海心境平和时，可以撒点野，释放一下活力，但是只要大海皱一皱眉头，人们就得乖乖顺从。

一

年轻人精力旺盛，喜欢周末到大小梅沙或者大鹏半岛的较场尾、桔钓沙、杨梅坑去，在临海的酒店和民宿小聚，踏浪戏水、豪饮嗨唱，欢乐闹腾。仅仅利用与感受风浪的运动就有冲浪、帆船、桨板、海上摩托、拖拽滑翔伞冲浪等等，小伙子乐于寻求刺激、释放激情，同时展示自己的豪迈与强健。不过也有女汉子参与此类活动，结果往往是闹出的动静不大，发出的尖叫声不小。

我刚到深圳的时候，曾与本校一群同事到大梅沙戏水。下海后，我和一位男老师负责推一张床垫大小的气垫，把两个不会水的年轻女同事运送到深水区，与游泳的同事们会合。那里只有浪涌起伏，没有排浪拍打，比较适合戏水。我们好不容易才冲出排浪拍打沙滩的水域，到达海水较深的地方，可是就在大家玩得开心的时候，岸上的高音大喇叭提醒大家：海上风浪加大，已不适合游泳，请大家赶快上岸！游泳的同事一转身，就纷纷游上岸去了。

我们费尽了吃奶的力气，才把气垫推回到岸边的排浪区域，一次一次往岸上冲，一次又一次被浪打回原地，怎么都踩不到底、上不了岸。坐在沙滩上的同事以为我们玩得开心，不愿上岸，只是朝我们招招手，哈哈大笑。终于，我们在浪的间隙时脚尖撑到了沙地，赶紧往岸边挪了两步。突然，一个大浪打来，把气垫和我们两男两女高高地抛到空中，又重重地摔了下来。

当我回过神来，发现自己已经被浪打到沙滩上了，身边的姑娘一只手死死攥着我的一根手指，另一只手紧紧挽着腰间的救生圈，瘫软在沙地上发呆。如果按照电视剧的惯例，我已经英雄救美了，这个姑娘应该会成为我的老婆。不过当时我早已结婚，而且我还是被游泳健将老婆扶起来拉走的，这时那位姑娘仍然死死攥着我的手指，直到我们三人回到阳伞下坐定她才松手。同事们夸我推气垫尽责尽力，其实如果不扶着气垫，我在海里根本游不了多远。

安顿好了惊魂稍定的女同事，老婆和一群体育老师又回到水边去了，我也跟着过去，和大家坐下来聊天、玩沙浴，不知不觉就到了日落。但是回到学校后，我发现后背火辣辣地痛，洗完澡不能用毛巾擦干，晚上睡觉也只能趴着。一周内我背上的皮全部都掉了，我终于领略了海边阳光的暴烈。后来我才知道即使人不坐在太阳下直晒，也容易被晒黑晒伤，因为海面波浪的反射光看似要柔和一些，其实很具有欺骗性，会让人放松警惕，在反射光中停留较长时间，更容易在不知不觉中受伤。

二

随着年龄渐长，我不再下海戏水，但仍会带家人、朋友去海边玩耍，多次感受了大海的暴力。有一次，乘小摩托艇从东山码头出发，去惠州的大辣甲岛海域浪荡，去程时风较大、浪涌高，小艇飞快地在浪头跳跃式前进，我们感觉比驰骋草原还豪迈，兴奋得大叫不已。

大家虽然都是坐着的，却双脚用力做半蹲状，否则小艇突然来一次大的跳跃，人就被抛离座椅，然后重重跌落下来，把屁股摔得生痛。有一位朋友就因此受伤，整整一周都用手撑着腰，还时常抚摸自己的屁股缓解疼痛。午后，海面翻起了白头浪，也就是说一排排压过来的浪涌太高，出现了海浪翻转、拍打、破碎的情况。"快点回去！浪越来越大了，再大一点我们就回不去了。"船长连忙大声招呼我们。

船长驾驶技术高超，深知须让小艇沿着垂直排浪的方向行进，否则艇会被浪打得侧翻而且立刻被卷走。于是，我们的小艇一会儿冲向浪的坡面，被浪涌抬上浪尖，一会儿又跌入波谷。艇冲上浪的坡面时，就像坐过山车上坡。艇在浪尖时，就像在一层多楼高的地方，前后都是深深的波谷。艇在波谷时，只能看到前后都是波浪形成的水墙，根本看不见前方的山和后方的岛。这时已经没有一人再呐喊尖叫了，大家都把全部精力用于抓紧船帮、扎好马步。

坐前排的人连头都不敢抬起来，因为浪花飞溅打得脸颊生痛。小艇开进海湾后，风浪小了不少，船长却突然减速了。"什么情况？不会是发动机坏了，要在海上漂吧？"我们连忙问道。结果船长回过头来淡淡地说："谁的眼镜度数最低？借我戴一下，我被浪打得睁不开眼了。""啊！那你刚才是怎么开船的？""我眯着眼开的。""啊！？"我们好一阵惊叹。

这一次的经历够刺激、够惊险！我们时常会说起来炫耀一番。

还有一次，台风刚刚过去的黄昏，我们就登上了渔排，期待体验一下渔民谚语"风头风尾好上鱼"。谁曾想台风在海陆间转了个弯，风势虽然减弱，却朝离我们更近的方向来了，海上风浪又开始加大，还带来了雷雨。那家渔排实际是吊养扇贝的地方，排上只有一间工人的木屋，屋外有一块两米见方的帆布雨篷，我们五人都穿上雨衣，站在篷下躲雨。

其实，在大风斜雨中，雨篷只能让我们的头不被雨淋，身上的雨衣仍然被雨点打得唰唰响。夜深了我们只能两人一组，轮流挤在仅有的一个鱼箱上背靠背坐坐，稍稍休息一下，而一旦坐下来，头就随时会被飘来的雨淋到。其实我们还没有在乎淋雨，只是默默祈祷：但愿渔排够结实，不被浪摇散架了。突然，一道从未见过的强烈光柱携炸雷声直砸在不远处的海面上。我们又开始祈祷："老天爷！雷电千万不要砸过来！我们这里没有一个坏人……"就这么在惊恐疲惫中熬了一整夜，直到第二天清晨，风停雨歇，阳光特别温暖，空气格外清新。从此以后，我们每次出海必细细查看天气预报，有亲友出海也会提醒他们，要看清楚风浪级别和潮高才行动。

我父母年事已高，不方便再出海，我曾带他们到盐田的海边栈道上看海景。栈道从盐田港延伸到小梅沙以东，全长有十几公里，沿岩石海岸架设，或坐落在岩石上，或临空架设在海面上，离水有几米高。站在栈道上向北看，青山延绵；向南看，海波浩渺；向下看，惊涛拍岸，潮退时露出无数个巨大而浑圆的石球。所以，栈道一直被誉为最美风景线，引来无数人徒步和摄影。

后来，在南澳渔港旁边修建了约 200 米长的台阶状海堤，每年端午时节，居民和游客可以坐在台阶上观看海上龙舟赛。可惜前年一场超强台风正面袭击深圳，卷起了罕见的海潮，盐田栈道和南澳台阶海堤都被巨浪打坏了，至今都没有完全修复。

杜甫曾有诗云"飘飘何所似，天地一沙鸥"，那是感叹人生的无奈。我等深感在海天之间船如一叶，人如草芥，这是出于对海洋博大深邃，既利生万物，又强悍多变的敬畏。

最早开花的美丽海岸

深圳这座城市因水而灵动，因海而博大，因史而厚重。

我在这里居住越久感受越深，面对大海甚至还会油然而生沧桑之感，有关于历史进程与社会变迁的，甚至还有关于地质历史演化、沧海桑田的。

深圳南部沿海沿边境一线，可以分为东中西三个部分，东部以大鹏半岛为中轴，西是大鹏湾，东是大亚湾，沿海有大鹏新区和盐田区，大鹏新区与惠州接壤，盐田区与香港山水相连；中部是罗湖、福田两区，与香港新界一衣带水；西部以南头半岛为中轴，东为深圳湾，西临伶仃洋、连珠江口，沿海有南山、宝安两区，宝安毗邻东莞。在深圳这个现代都市，不论东部还是中、西部，竟然都有出人意料的历史遗存。

在东部大鹏岛可以感受最久远的沧桑巨变——地质历史演化。正是因为这种沧桑，深圳成了我国"最早开花的地方"，大鹏半岛沿岸成了全国九大最美海岸之一。

2005 年冬，段维先生来到大鹏半岛海边，敲开一些深灰色石块，这是距今约 2 亿年的早侏罗纪页岩，结果他发现了大量植物化石，让他非常惊诧的是其中有一小块灰白色的东西像一朵花。此后历时 3 年多，经国内外古生物学家等多位专家研究证实，这竟然是中国南方唯一、世界上最早的本内苏铁花化石！

生物石化的沧桑往往历时久远，但有时也会发生在顷刻之间。在大鹏半岛一带清澈的海底，众多海螺、海贝自在生活，有一天突然火山喷发了，大量炽热的岩浆在岸上流动，像魔鬼的血舌，所到之处植物瞬间化为烈焰。当血舌伸进海里的时候，立即引发近乎爆炸的沸腾声，激起漫天蒸汽。岩浆虽然温度迅速下降，但仍然吞噬了大量海螺、海贝，并且把富含钙质的螺壳、贝壳闷烧成陶质硬核，包裹在了冷却后的岩浆岩里面。

如果你说它们很不幸，那我告诉你，如果它们自然死亡，可能很快就会腐烂成空壳，壳化为沙，逐渐变细，直至无影无踪。即使它们有完整的身体被泥沙掩埋，幸运地变成了化石，那也只是一块普通化石，粗糙无光。而陶化的化石似乎更加坚硬，当周边岩石被风化和冲刷掉的时候，它们却从石头里凸显出来，甚至还透着几分光泽。

不过大鹏半岛并没有全部被覆盖在岩浆岩之下，不少海岸显露的还是石英砂岩。砂岩性刚硬，在地壳抬升过程中形成断裂，发展为临海悬崖。因为地壳抬升和挤压等原因，砂岩层的姿态发生了各种变化，有的岩层仍然保持近乎水平，所以崖体稳定，高度几米至几十米不等，雄峙南海；有的岩层向一侧倾斜，以大角度插入海水中，而另一侧成为直立的断崖；也有的岩层像一本书，被挤压弯曲成了折皱；有的岩体因为几十万年甚至几百万、几千万、上亿年被海水冲蚀，岩体已被掏出了一个大洞，海浪涌来就冲进洞里，发出巨大的轰鸣声，海浪退出时岩体就张着黑洞洞的大嘴。

如果海蚀洞随岩体抬升，已经高出水面，就可能成为沟通山嘴两侧的天然暗道；也有的大型海蚀洞已经坍塌，被海水冲蚀得只剩残留石柱朝天。或者石柱又倒了，成为普通礁石；至于那些掉落的石块，就慢慢被冲蚀成了大大小小的圆角砾石，甚至粉身碎骨化为细小沙粒。所以大鹏半岛的海崖呈现悬崖峭壁、礁石海滩、细软沙滩交错分布的奇险和秀美景象。

在半岛最南端，有西涌和东涌两个大型沙滩。西涌沙滩是深圳最大的沙滩，长达4.5公里，细沙如银，海水蔚蓝。东涌沙滩小一些，却连着红树林海湾与河涌。近些年，深圳年轻人特别喜欢组成团队搞海岸穿越活动，尤其是在东涌和西涌之间沿海岸线作十几公里的徒步。所谓海岸穿越就是不走正道，而是沿岸边在岩石上跨跳前行，在丛林里穿行，遇湾绕湾，遇崖攀崖。有两处地方湾绕不过去，崖也攀不上去了，你也不必哀叹山重水复疑无路，因为崖壁有海蚀洞，可供单人侧身钻过去。小哥哥小姐姐们爱穿越，玩的就是新奇与心跳，青春飞扬。不过由于过度追求刺激，不时就

会有人因为迷路，或者高估自己的能力，结果困于密林或悬崖不能返回，需要向救援人员求助。

我比较小心谨慎，而且更加留意察看沿途的火山地貌、海蚀地貌，还有红树林和露兜树等植物群落。每次这么走着、爬着、看着，我都会感叹人类历史短暂、人在天地间何等渺小。人们若不对自然环境心存敬畏、悉心呵护，进而寻求人地和谐，那是多么无知、自大而危险的事。

大鹏半岛因为地质地貌独特、植被繁茂、风光旖旎，不仅被划入了深圳市生态保护区域，而且确定为国家地质公园，推选为全国九大最美海岸之一。近几年来，段维先生一直在努力推动申报工作，争取将深圳市侏罗纪海岸认定为世界自然遗产。参加国际论证会的专家提出了这样的论证意见："建议对大鹏新区辖区及邻区海岸地貌、古生物化石资源、地质公园、植物园、现代珍稀生物物种以及人文历史资源等进行有机整合，打破地域限制，统一纳入申报世界自然遗产的范围……"

目前，申遗工作仍在努力之中，半岛海岸却早就成了市民拍摄婚纱照的圣地，大家都乐于来这里表达山盟海誓、永结同心的意愿。毕竟山海对于人生，甚至对于人类而言，已经足够恒定了。看来大鹏半岛的美，不仅体现为古老与时尚、雄奇与秀丽兼容并包，而且还体现为人与自然、环境与社会等多方面和谐相融。

最早开化的现代都市

2009 年冬，我在深圳东涌沙滩漫步，发现沙子里露出一个黄褐色小圆片，捡起来一看，是一枚古铜钱。我立马兴奋起来，这不会是宋元崖门海战前后的沉船遗物吧？

很遗憾！这只是一枚明代铜钱，为何会出现在这片沙滩上，无据可考。但这枚铜钱就像一把钥匙，启动了我探古寻幽的时空穿梭机。几经查考我才知道，原来现代都市、一夜之城深圳，还是珠江三角洲地区最早绽放文明之花的地方。数千年来人们在这里历经沧桑，以人地和谐、民族融合、抗击外辱为主调，生生不息，笃定前行。

在大鹏湾东北的二三级沙堤上，咸头岭村的范围内有一片树林，长着湿地松和灌木，并没有什么特别之处。然而这里从 1985 年到 2006 年先后进行过 5 次发掘，出土了大量白陶、彩陶、石器等史前人类文化遗存，最早的文物距今近 7000 年，是珠三角地区最古老的史前文化遗址之一，曾被列入 2006 年全国十大考古新发现。

深圳还有另外一处遗址，曾与成都金沙商周遗址同时被列入 2001 年全国十大考古新发现，这就是屋背岭商周遗址，竟然在南方科技大学校园内。有人笑称：难怪南科大创办以来发展这么快、这么好，原来是"古墓派"高校，有数千年文脉。这两处遗址为什么都被列入"十大"呢？主要是因为它们极大地丰富了珠江流域的史前文明内涵。

从咸头岭往东几公里，有一座"大鹏守御千户所城"，人们常称之为大鹏所城，深圳正是因此而得名鹏城。所城建于明洪武二十七年（公元 1394 年），已有 626 年历史，是明清两代深港地区的海防要塞，曾多次抵御倭寇和抗击葡萄牙、英国殖民者入侵。在所城外面的海边曾有驻军的练兵场，现在已成为一大片民宿区，是滨海旅游热点，叫作较场尾。

在民宿区马路对面有一座东山寺，抗日部队东江纵队的军政干部学校曾经设在这里。再往东几百米，是中国大陆第一座大型商用核电站大亚湾核电站。核电站在大亚湾西部一个小海湾边，引进和消化法国先进核电技术，目前在电站营运方面已形成了自己的管理体系，并多次在国际测评与竞赛中拔得头

筹。等到旁边建设岭澳核电站时，已实现了部分国产化。现在核电集团在国内运行的机组国产化率已经非常高了。据说大亚湾核电站一周抽用的冷却海水总量，就相当于把附近海湾里的水更换一遍，但从来没有造成污染。就在大鹏的这么一小片区域内，人们骑自行车转一转或走一走，就能看到最久远的史前文明遗址，与最先进的科技与发展成就。

这种古老与现代的强烈反差，在深圳西部表现得更为突出。比如南山区被称为中国"硅谷"，辖区内却有一座南头古城，是明代新安县故城，曾是历代岭南沿海地区行政管理中心、海防要塞、海上交通和对外贸易的

集散地。新安县（又称宝安县）辖地包括今天的深圳和香港。古城有近1700年的历史，仍保留的古城始建于明洪武二十七年，与大鹏所城同期，初始为明代东莞守御千户所城。从古城向东仅几百米，就进入了粤海街道范围。这个街道的社区临海，有深圳大学和中兴、大疆、腾讯、大族激光、迈瑞、金蝶、TCL 等公司，华为的注册地也在这里。所以网上戏称：美国发起了一场与深圳市南山区粤海街道办社区之间的贸易战，先是中兴，后是华为，再是大疆，腾讯在旁边观战。

除了深圳市内古老与现代文明的反差之外，深港边境两侧的面貌也存在着巨大差异，香港新界最北部一带基本是原野和乡村。在福田和罗湖两区，深港基本以深圳河为界，深圳一侧高楼林立，连原来的渔民村也成了高层建筑社区，而河对岸的香港一侧几乎都是未开发的水沼、山丘和乡村。向东到了罗湖与盐田两区交界处是梧桐山，山峦与香港相连，深圳一侧是国家级森林公园，山高林密，有高速公路穿山而过。而在香港一侧的山低一些，森林似乎曾被刻意砍伐过，现在坡上主要是小树林和灌木，山林间有一条边境巡逻小道。

再向东下得山去有一个海湾，是大鹏湾一角，因有"日出沙头，月悬海角"美景，那一带得名沙头角，原本是新安县治下的村庄和乡野。沙头角中英街为大家所熟知，小街由梧桐山流向海湾的小河河床淤积而成，特点在于"一街两制"，以街心"界碑石"为界，两边分属深圳和香港管辖，街后都连着城镇社区，也都保留了"沙头角"地名。小街只有200多米长，却商店林立，舶来商品甚多，曾是内地居民的旅游购物天堂。随着内地扩大开放、经济发展，这里的吸引力明显下降，却建起了中英街历史博物馆，又吸引了不少人参观。

中英街一带曾因鹭鸟和鸬鹚翔集而得名"鹭鹚径"，近些年来又出现了一种奇特景象，因为海湾的香港一侧是山林，而深圳一侧是城市建成区和"南方明珠"盐田港，常年有鱼群尾随大船从外海进入内湾，所以海边有更多鹭鸟和鸬鹚聚集觅食。特别是每年1月前后，大量鸬鹚会在清晨到

深圳一侧来"早餐",然后飞回香港。在中英街和盐田港之间的海边,还曾停泊一艘苏联退役航母明思克号,"化剑为犁"建成了海上军事旅游主题公园。

　　深圳就是这样一个最早开化的现代都市,在 7000 年文明的基底上森林苍翠,车流不息。3000 多年文明的沉淀上建起现代大学,学融中西。600 多年历史的古城边,孵化高新科技企业,引领世界潮流。与数百乃至数千年历史相比,深圳仿如一夜崛起。如果以宏观视角来审视她的成功与独特,我想主要有三个原因:坚持走中国特色社会主义道路;背靠内陆如泰山立于大地,自然环境优良得人地之和;临海邻港得改革开放先机。

最早临风和静水深流

　　1979 年 7 月 8 日，深圳蛇口炸响了我国改革开放开山第一炮。深圳位于穗港之间，凭海临风，大潮涌动，敢为人先。现在经济特区建立 40 年，市民平均年龄不到 34 岁，经济繁荣、科技创新、社会发展、高楼摩天、日新月异、不夜之城，活力十足。尽管人们调侃南粤人太喜欢吃鲜活生猛美食，以至于当地文化都有生猛鲜活特色，但不能忽视深圳文化源远流长、静水深流的一面。

　　2004 年，深圳全面完成农村城市化，农民和渔民全部"洗脚上田""洗手上岸"成了居民。传统农业转向观光农业，渔民从捕捞海产转身当起了老板，雇请员工养殖海产、加工和销售海产，还开海货店和海鲜餐馆等，干起了旅游服务业。有些年轻的渔民后代喜欢开船带客出海，看美景吃海鲜，或者进行海钓等时尚运动。他们装备先进、服饰新潮，开着马力强劲的小飞艇，头戴太阳帽、潮牌墨镜，身穿冲锋衣或防晒服，全然一派时尚型男模样。不过一旦气温升高，他们就会穿上花短裤和拖鞋，露出古铜色双腿，尽显渔民本色。

　　在深圳海上万吨轮往来不断，小飞艇浪尖飞驶，早就淘汰了风帆渔船，却常能见到彩帆点点，那是运动帆船。深圳帆船运动是由核电站法国专家带动起来的，现在核电站旁的海湾里每年都会举办国际帆船赛。帆船母港就是比赛出发地，核电站正对面七娘山下的七星湾，湾里还有一所航海学校。在七星湾东面是浪骑游艇会码头，深圳人第一次驾游艇远航，就是从欧洲驶回这里。

　　然而，这一带海边居民的祖辈，有的原本生活在七娘山上的密林中。从海边公路旁开始登山，拾级而上二十多分钟，就到了他们的祖居——高岭古村。这虽是个客家村落，建筑却有明显的南洋风格。因为下南洋的村民不仅带回了财富，也带回了海外建筑风格。前几年我进村看了看，村里一栋两层小洋楼曾是高岭学校，从教室里安装的一台电动机来看，村子应该兴盛到了"文革"期间。因为那时候中学物理课主要学习"三机一泵"（柴油机、电动机、拖拉机和水泵）。可惜因为村民下山定居、出国等各种原因，古村早已被荒废，有的房子木门掉落，野草和灌木已经长到屋里去了。有的野生藤萝有手臂粗，攀墙而上，覆盖屋顶，把老宅裹成了粽子，但旁边园子里几棵香蕉还在自然生长，开花结果。后来听说古村已被列为保护开发对象。

像这样的客家村落，在深圳还有不少，比如鹅公村、土洋村、沙鱼涌等等。在鹅公村口，一块浑圆而略长的花岗岩约有 3 米高，形状像个大馒头。圆石上裂开一条缝，缝里长出棵大榕树，华盖擎天。我第一次去的时候，只有一个老人在榕树旁的废宅基地上劳作，在满地红薯藤中间清除杂草，取出石块垒砌矮墙。后来我再去时，村子里人稍多了一些，地里有人收红薯，屋檐下有人照看幼童。原来村里原居民早就搬到十多里外的南澳镇去了，这里来了一群云南昭通老农，他们的子女在附近工厂打工，自己在古村里带孙子，帮原村民看守山林。老人家很客气，还递来两个红薯让我尝尝。这时，一群鸭子排着整齐的队伍，从山溪里觅食回来了。

土洋村也属于大鹏新区，因为地处海边要道旁，所以一直很兴旺，村里有一栋居高面海的小洋楼，曾是东江纵队司令部。东江纵队的成员不少是从南洋、香港回来抗日救国的青年学生，有位战士会讲日语和英语，奉命打入日军司令部当上了翻译官，做情报工作。现在他依然健在，还会回到深圳小学给小校友们讲抗日故事。

在土洋村附近约一公里的地方，一条小河的入海口处是沙鱼涌，东江纵队曾在这里伏击日军巡逻汽艇，从香港营救茅盾、邹韬奋等爱国人士就是在这里登岸。抗日战争胜利后，为了维护国内和平，东江纵队集合部队从这里登船北上，撤到山东解放区去了。现在，这片海滩是热门景点，沙鱼涌成了岭南风情海鲜美食街。我曾到村里吃海鲜，进了最靠海的一家餐厅，这是村民在自家旁边的崖壁下循地势建的一个平台，再搭起钢架，盖上防雨棚布，完全就像一个舞台，只不过是食客坐在台上，而能看戏的是海船上的人。

这"戏台"靠崖临海，特别清静，我品香茶、望海景、听海潮、吃海鲜，不免开始遐想——客家人从中原南迁，原本以族群集中居住，以围屋自卫，生产、生活和文化自成一格。当他们不仅能靠山吃山，也能靠海吃海，还建造开放式村落的时候，说明他们已经完全适应海边自然环境，并且融入当地社会，甚至还在一定区域内成了社会主体。

客家人带到岭南的是当时的中原先进文化，所以他们极重文化传承。即使后辈下南洋积累了财富，也要带回老家。国家有难了，就回来救国。这是一种剪不断、化不开的浓厚家国情怀。即使是在荒废古村里，祠堂也往往修缮一新。在高岭古村的宗祠"爱莲堂"里，明艳的红漆木框上有金字对联——"宗传姬妲家声远，学绍濂溪道脉长"。这应该是周氏宗祠，族人以周代王室为祖先，希望后辈秉承宋代大儒周敦颐濂溪先生德才。

这样的传统文化遗址，不止存在于深圳东部。在深圳西部宝安区距海约6公里的地方，凤凰山下有个凤凰古村，是文天祥后裔定居繁衍的地方，前去"正气堂"游览凭吊的人流不断。我工作单位的一位领导，就是从这里走出来的文氏后裔。我由衷赞叹，在岭南的田野山林、悬崖海岸，村落沧桑变化，而文脉竟然传承发展，挺立着民族精神脊梁。

后来，我发现在广东尤其是沿海地区，历史上下南洋甚至远渡重洋求生存、谋发展的人颇多，也就使得广东成了著名侨乡。在特殊年代里，我国传统文化遭受劫难，但在广东却因为华侨政策而得到了较好传承。从保护完好的客家围龙屋，广府人家、潮汕人家宗祠就能窥见一斑。而这种文化传承与血脉亲情、家国情怀，为广东的改革开放与快速发展提供了有力支撑。

特别让人欣慰的是，中华传统文化并非仅仅遗存于深圳的山林古村、宗族祠堂，更深植于市民的生活和血脉之中。深圳的公园不少都有主题花木植被，甚至会依季节举办主题花展，比如人民公园月季花展、洪湖公园荷花展、东湖公园菊花展等等，塘朗山南麓有梅园、莲花山北麓有桃园，翠竹公园遍植观赏竹100多个品种约1万余丛，位于梧桐山村的兰科植物保护研究中心有1400多个兰科植物品种。浓郁的中华传统文化风情，就像梅兰竹菊荷的君子之风，浸润都市，云绕楼林。在沟通深港的罗湖桥头，深圳罗湖小学师生坚持学雷锋56年。现在深圳被称为志愿者之城，2019年全市在线注册的学生志愿者有近27万名，志愿服务队有1263支，广大学生在志愿服务中把爱国之心转化为报国之行。

看来，深圳文化既有静水深流、传承延续的一面，又有凭海临风、不断吸纳和丰富发展的一面。大家普遍认为，一种植根于特区热土、具有中国特色社会主义特质的现代都市文化正在形成发展，深圳的高校甚至还成立了先进文化研究所。我曾经感叹，干细胞是一种未充分分化、尚不成熟的细胞，但它具有自我复制能力和多种潜能，在一定条件下可以分化成多种功能细胞，具有再生各种组织器官甚至完整机体的潜在功能。我觉得自古以来、基于传统、开拓创新、面向未来的移民文化，可以算得上是深圳文化的干细胞。

其实，深圳即使在被贬斥为"文化沙漠"的时候，也有自己的文化追求。当年，把原产巴西的簕杜鹃定为市花，是因为它聚集生长、适应环境、顽强向上、

热情如火，这些特点完全就是深圳拓荒牛的真实写照，正是深圳人引以为傲的精神特质。多年来，深圳每年都在莲花山举办市花展，花展规模越来越大，簕杜鹃品种越来越丰富，叶子有绿叶和绿叶镶嵌金边两种，花有大红、紫红、粉红、纯白、金黄等等，五颜六色。花的展出方式有单株盆景式的、有各种绿篱和象形造型的、有大片花海似的，还有与其他元素搭配构成园林小景的，多种多样，时尚新奇，精彩纷呈。在宝安区还建成了一个簕杜鹃谷公园，贯穿凤凰山南北，遍植 118 种簕杜鹃。

随着深圳全球海纳人才，市民构成越来越多样化，人们对簕杜鹃的喜爱和关注也日益多元化。我们很难说清楚，市花与市民的变化是怎样的互动关系。但有一点是可以肯定的，那就是市花与市民的特质一样，不仅没有消失，反而在不断丰富内涵、彰显光彩。从深圳高新科技产业在世界竞争中的表现，我们就能看到深圳文化特质的力量。

最强潮音和千年咏叹

在国内，甚至在全球有华人的地方，大家都深情传唱一首歌《我爱你，中国》："我爱你家乡的甜蔗，好像乳汁滋润着我的心窝⋯⋯我爱你碧波滚滚的南海⋯⋯"这是 1979 年珠江电影制片厂归侨题材电影《海外赤子》的插曲，带有浓郁岭南风味。歌词作者瞿琮先生和曲作者郑秋枫先生，都是广州军区战士歌舞团的英才，而演唱者是马来西亚归侨叶佩英。其实，珠江南流入海，潮声千古不绝。这里不仅诞生了《我爱你，中国》这样的经典赞歌，而且在不同时代都曾唱响过无数悲歌壮歌和凯歌，发出最强潮音。

曾经有南宋精英和忠民图存无望，十万余人蹈海赴难，尸漂碧波，归于史海。文天祥的《正气歌》和"人生自古谁无死，留取丹心照汗青"的豪言至今仍回荡在伶仃之滨，激励着国人。宋亡 80 多年后，朱元璋北伐高呼"驱逐胡虏，恢复中华"，然而大明终又被大清所亡。明末清初钱谦益写诗悲叹："海角崖山一线斜，从今也不属中华。更无鱼腹捐躯地，况有龙涎泛海槎？望断关河非汉帜，吹残日月是胡笳。嫦娥老大无归处，独倚银轮哭桂花。"关于钱谦益的评价，一直众说纷纭，或认为他失节降清，或认为他自负骂名，以避免清军"屠城"，是为大忠大勇。有人哀叹"崖山之后无中国，明亡之后无华夏"。也有人在反清复明无望，清代社会逐渐安定发展的情况下，传说乾隆原本是汉人血脉。

然而，在宋亡 700 多年、明亡 300 多年后，这里又有人高呼"驱除鞑虏，恢复中华"，并且在盐田区梅沙街道大、小梅沙海滩旁边的高山上，一个叫作三洲田的地方举行了第一次反清起义，史称"庚子首义"。此外在抵御外敌方面，珠江之滨、沿海一带抗倭抗英抗日从来都义无反顾、悲壮豪迈。

面对数百年来的各种坚守、抗争、牺牲、痛苦、权变，甚至"阿Q精神"，林林总总，我说不清，道不明，但我绝不赞同"崖山之后无中国，明亡之后无华夏"的说法，反而坚信中华民族一直都在融合中发展壮大。上溯到伏羲时代，各归顺部落的图腾集合成为龙的形象，所以龙具有蛇身、马首、蜥腿、凤爪、鹿角、鱼鳞、鱼尾和虎须。秦大将赵佗率50万大军平定岭南百越，在今河源市龙川县筑佗城，虽趁秦末大乱之际自立南越国，却坚持"以诗书而化训国俗"，大力推广中原文化。直到汉武帝时期，南越国终又归服中央，成为汉朝的一个藩属国。目前，在佗城镇各姓宗祠遍布街巷，一镇之内竟有179个姓氏，多为秦军后裔。

西晋"五胡乱华"，最终演变为"五胡"消亡或融入中原的结局。到了隋唐时期，汉民族又大量融入了新血脉，比如隋炀帝杨广和唐高祖李渊的外祖父都是鲜卑化匈奴人。在南宋和大明灭亡后，中原文化确实受到空前冲击，但在苦难之中中华民族又迈出了融合步伐。

现在，时代奏响了新的交响乐章，三洲田一带被开发为现代化的山海旅游区——东部华侨城和马峦山郊野公园。梅沙街道社区因山海兼备、环境优美、人地和谐，被评为全国最美森林小镇。在深圳能够与大小梅沙比美的沙滩有大鹏半岛上的东涌、西涌沙滩和桔钓沙，也都属于全国最美序列，走的都是以生态保护为主题的发展道路。

从东涌沙滩和桔钓沙向外海看，分别是三门岛和辣甲岛，都属惠州。三门岛实为沱泞列岛，岛上有清朝海关遗址和解放军弃用的岸炮部队山洞阵地。辣甲岛上也曾有部队驻守。这些岛屿见证了人类社会上演的三幕历史大剧：人民依海生存、社会依海发展、国家依海防卫。

在明清两代，出于政权安全和贸易管制目的曾长期禁海，百姓"寸板不得下海"，苦不堪言。清朝中期一度出现海上贸易繁荣，顺差增长局面，但是很快就开始了鸦片流入成祸。虽然道光皇帝一度支持禁烟，林则徐虎门销烟，却终究没能阻止民族苦难，还被迫割让香港岛、支付巨额赔款、开放五处通商口岸。历史证明，清朝国体腐朽是海防薄弱的根本原因，而

被坚船利炮敲开国门是屈辱的开始，从鸦片战争直到抗日战争，尽是家国伤心史。

在新中国成立以后，中国人民站起来了。在较长时间里，关于海岛是要建成海上长城还是海上花园，也有激烈争论，曾经摇摆不定，同时却有另外一种危机在滋长。深圳与香港一衣带水，深圳中部仅隔着一条狭窄的深圳河、一片浅浅的深圳湾与香港相对，然而在"文革"后期两地居民的收入和生活水平天差地别。曾经有不少广东人为了过上富裕日子，趁着夜色从深圳湾下海游泳偷渡去香港，有的在香港上岸开始了打工生涯，也有的半路溺亡长眠于水底淤泥之中。

我看到历史资料记载，当年小平同志到深圳视察，非常关注逃港问题。此后不久就上演了春天的故事，深圳经济特区担负起了"闯出一条血路"的使命。小平同志的伟大在于坚持社会主义道路，在于坚持实事求是，让发展来改善民生、解决争论。现在我国的海防已从海岸防守、近海防卫发展到了中海、远海结合的海陆空立体国防，近岸小岛再也不是只能"扎篱笆"的地方了，大多都实现渔业发展、旅游兴旺，成了真正的宝岛，沿海一带则整体成为改革开放前沿。

我父母都是历史专业人员，我曾特意带他们去看看宋少帝陵。南宋曾凭借大江与强大的北方力量对峙，偏安江南，在暖风中直把杭州作汴州。后来又逃到南海之滨，希望背靠大海图存，最终兵败崖门。有历史传说，渔民见到深圳蛇口一带海面上漂着一个黄色物体，上空有飞鸟盘旋不去，靠近一看那是南宋亡国之君赵昺的尸体从崖山漂了过来。他是由丞相陆秀夫背着跳海身亡的，好歹保全了一点尊严，于是人们把他葬在了蛇口的山坡上，还立起了陆秀夫背宋少帝蹈海的石像。

显然，海洋的作用不只是屏障，海水也终不能作为国防保障。记得在改革开放之初，家父常给大学生讲中国饱受屈辱和不断抗争的近代史，激励青年爱国报国。所以，我又带父母登上赤湾左炮台，手抚古老铁炮，俯瞰山下现代港口。每次看到深圳的历史足迹和现代化建设成就，两老总是兴奋不已。2019年初，我又带89岁的父亲和86岁高龄的母亲出行，从南山过西部跨海大桥进香港，从香港经港珠澳大桥到澳门，再从澳门到珠海回深圳。父亲特别高兴，因为他在出发前已经对大湾区战略进行研究，再实地到港澳察看一番，文章就可以定稿了。更让老人开心的是，自己有大批学生亲历经济特区改革开放历程，深圳用实践证明了"中国特色社会主义能行"，现在又担负起"先行示范"使命，将再次证明"中国特色社会主义能强"。

人间正道是沧桑

时逢庚子年，父母如候鸟再度南来。我本打算春节期间再带他们看看深圳的历史与变化。谁知新冠病毒肺炎肆虐，我们哪里也去不了。人们开始反思，人类只是自然环境中的一个因素，人作为个体或群体，也都是社会环境的组成部分，人与环境和谐相融何等重要。同时，我们在抗疫过程中增进了自信与自豪——中华民族团结包容的坚韧特质，以及举国上下众志成城的体制优势，是不可战胜的磅礴伟力！

我在上班值守之余，整理了以上笔记，涉及深圳的地质演变、历史变迁、民俗风情等等。再回看自己以前的文章《感受海洋·感受静美》《感受海洋·感受劲爆》，静思中有了一些观点，记录下来作为"感受海洋"这组笔记的收官。

对于地质历史时期而言，人类文明史只是短暂一瞬。对于人类历史而言，人生如白驹过隙。至于海洋究竟是摇篮还是险境？是财神还是暴君？是屏障还是通途？海就是海，浩瀚无垠。只是因为时代变迁，人类社会与它产生了不同关系，人们才会以不同角色、从不同角度去感知大海。人们所认识的大海，只是自身发展水平和现实需求的某种折射而已，并非大海刻意要在人类社会中扮演不同角色。

借用先贤诗词以为叹："江畔何人初见月？江月何年初照人？人生代代无穷已，江月年年望相似。不知江月待何人，但见长江送流水。"如果说张若虚在思考哲学问题，迷离中带着几分惆怅，那么毛泽东主席的诗句则积极达观，坚定豪迈，直接给出了答案——"天若有情天亦老，人间正道是沧桑"。发展和变化是基本的哲学规律。

我还意识到，月如无恨月常圆，传承海纳得永续。沧桑不一定只是巨

变，也可以是历经磨难的执着坚守，是百转千回的东流入海，是海纳百川的发展壮大。无论世界如何沧桑巨变，只要中华民族的魂在，就一定能和衷共济，吸纳融合多元文化之长；只要中华民族的魂在，就一定能走出一条救亡图存，昂然自立的路。如今中华民族不仅坚强自信，而且有自我革新的勇气和能力，还找到了自主发展的独特道路，一定会实现祖国富强和民族复兴的梦想。

鲲生南海，鹏飞九天。

改革大潮起于珠江口，波涌连动粤港澳大湾区。

我庆幸生于伟大时代，居于古老而又年轻的鹏城热土。

为什么我的眼里常含泪水

2019 年是中华人民共和国成立 70 周年，我一直浸润在一种暖暖的氛围中。也许是自己年龄增长，经历渐多的缘故，我时常会因为一段故事、一首歌曲、一张图片，甚至一个普通人，突然就眼睛发热，甚至泪水盈眶。这倒不完全是被当时的景象所感动，而是因为会有更多类似的歌曲、故事和人物情景，在这当口从心里奔涌出来，让我情不自禁。

一

看到一张古城楼图片，我会想起唐代诗人陈子昂心怀大志却命运多舛，在古幽州蓟北楼上吟叹"前不见古人，后不见来者。念天地之悠悠，独怆然而涕下"；会听到范仲淹抒怀"先天下之忧而忧，后天

下之乐而乐"；会想到长沙古城下关羽和黄忠虽曾激战，却同列蜀汉五虎上将。同样是在长沙城，国共虽曾激战，却又共同抗日守土，古城最终和平解放。

有朋友从西部扶贫支教归来，我眼前却闪过一系列画面：一个瘦劲的躯体裹着破衣烂裳，挺立在凛冽寒风中，飘扬的不仅是雪白的须发，更有一支残破的汉节；二十几年后，公元前126年，又有一位衣裳褴褛的汉子出现，一瘸一拐挪步走向长安城门，从怀里掏出汉节举过头顶，高喊：汉使张骞回来了！

还是在西北方向，700多年后，公元627年，玄奘笃定西行五万余里，终于取回真经。此后还有一众书生投笔从戎，西出阳关，开创边塞诗风。即使未曾出塞的诗人，也心向往之，热血吟唱"大漠孤烟直，长河落日圆""落日照大旗，马鸣风萧萧"。古代书生虽重功名，也知道家国一体，穷则独善其身，达则兼济天下。

中华人民共和国成立后，有更多青年"书生"支援西部建设，有的在蛮荒之地隐姓埋名研制"两弹一星"，给饱受屈辱与苦难的国家和民族增添自立的豪气。感动我的甚至还有不同阵营的普通人。在新疆和田地区皮山县有个赛图拉哨所，海拔4000多米，是1877年左宗棠收复南疆后建立的。1950年，解放军进驻赛图拉，在完全与世隔绝的哨所里，国民党官兵根本不知道新中国已经诞生，还对解放军连声埋怨："都几年了，才来换防啊！怎么又换装了？"

我们都知道古代前往西域的出发地，是中华文明更早兴盛的地带，铁马秋风的北方从来不缺"不破楼兰终不还"的豪迈，与"风萧萧兮易水寒，壮士一去兮不复还"的悲壮。但是，即使是在杏花春雨的江南水乡，即使是软语如歌的南方人，同样不缺精神之钙。岑参曾任安西节度判官，出口常吟"轮台东门送君去，去时雪满天山路"，他是江陵（今湖北荆州）人。

寒冬叶落，枝犹朝天。我回到母校湖南师范大学，经过景德楼、忠烈祠和岳王亭，踏着落叶爬上岳麓山，凭吊七十三军英烈，在云麓宫上凭栏远眺，花岗石栏杆上刻满了烈士英名。岭南人薛岳率众死战，保卫长沙，湘民犁路为田阻滞日军车辆和坦克，诸军奋勇抗敌，终于打出了抗日战争的转折点，给世界反法西斯战争注入了强心剂。

岭南春来，木棉盛开。我曾经到彭湃还田于民、发动农民运动的广东汕尾市海丰县，在那里，红宫、红场红墙依旧，红花正开满枝头，落满草地。一位年轻姑娘告诉我们，海丰青年学子黄旭华北上求学得成，却三十年不能公开身份，更不得回家探亲，默默进行我国的核潜艇研发工作，还随艇试航终获成功。我国打破了西方国家对于核潜艇技术的垄断，他作为总工程师被称为核潜艇之父，获得中华人民共和国勋章。但他的父亲却没能再见上儿子一面，至死都不知道儿子在外面干什么。

二

近来，触动我的瞬间林林总总，引发的感触特别多，古往今来，酸甜苦辣，线索错杂，但有一条情感主线却是清晰的：在中国，不同时代、不同民族、不同身份、不分信仰，国人秉承着同样的精神特质，挺立着同样的精神脊梁：平和包容，勤劳坚韧；家国情怀，蹈仁履义；富贵不能淫，贫贱不能移，威武不能屈。

或者，我们也可以换个角度来看，在历史与现实中虽然存在着与这个主旋律不一致的人和事，但千百年来，国人世代铭记、辈辈歌颂、薪火传承的，仍然是这样的民族精神。而且，民族精神在代代传承、不断强化的过程中，还形成了一系列精神符号。随着时代发展，我们会把中华民族的精神符号打造得更多更亮，把符号链接的精神财富积累得越来越多。只要点击它们，国人心中就会打开一个海量的资源库，里面都是闪亮的精神财富。

比如，观看解放军阅兵方阵行进的视频，有西方青年断言，这一定是使用"P图"技术复制拼合而成的影像。而我们看到的是，人民军队，众志成城，钢铁意志，一往无前。而且，在方阵前面还有着更长的无形队列，那是永远不会被历史淹没的抗日英雄等不同时代的人民英雄。正如共和国在人民英雄纪念碑上镌刻的："三年以来，在人民解放战争和人民革命中牺牲的人民英雄们永垂不朽！三十年以来，在人民解放战争和人民革命中牺牲的人民英雄们永垂不朽！由此上溯到一千八百四十年，从那时起，为了反对内外敌人，争取民族独立和人民自由幸福，在历次斗争中牺牲的人民英雄们永垂不朽！"

上周，我在贵州威宁县参加扶贫活动，来到海拔近 2000 米的山村。村委会是栋两层小楼，一楼是村卫生室，门前立着高高的旗杆，五星红旗迎风飘扬。站在旗杆下四处眺望，山坡山脚散落着星星点点的农舍，清一色是白墙新房。回头一看，在村委会后面更高的山坡上还有一根旗杆上飘着国旗，那是村里的小学。在这里仍然有 4G 信号，村民可以用手机点播快闪视频，听到动情的演唱："我的祖国和我，像海和浪花一朵。""五星红旗，你是我的骄傲。五星红旗，我为你自豪。为你欢呼，我为你祝福。你的名字比我生命更重要。"

此刻我们激动不已，因为驻村扶贫干部指给我看的水泥道路、新农舍、卫生所和学校，甚至地里种的辣椒、通信服务，都充分展现了国家大力脱贫的成果。即使来到大山深处，我们同样看到中华民族生生不息，国人有着共同的文化特质和精神追求，有着共同的中国梦和必胜的信念。

我也会被普通人物感动，2019 年暑假我去给几百名新入职的教师讲师德课。课前，阶梯教室外两位长发飘飘的姑娘正在互拍小视频，其中一位姑娘手指比划着胜利的"V"字，对着小伙伴的手机镜头说："从今天开始，我要做一名幸福的老师，天天读书、教书、育人。"我这位已有 35 年从教经历的前辈，立刻被感动了，因为她和她的小伙伴们让我相信，"青年一代有理想、有本领、有担当，国家就有前途，民族就有希望"，让我相信"我们的目标一定会实现，我们的目标一定能够实现！"走上讲台，我立即与大家分享了这份感动。台下响起热烈掌声，这掌声是给小姑娘的，也是给我们大家的。

整理和记录下以上内容，我终于理解了艾青的诗句：

为什么我的眼里常含泪水？

因为我对这土地爱得深沉……

2019 年 10 月 1 日夜

后　记

一

　　因为父亲在"文革"中受到冲击，母亲不得不暂时从省城长沙回到益阳市桃江县的乡下，把我生在了外公家。我自幼与外公、外婆、舅舅、舅妈一起生活，后又回长沙学习工作，1993 年南下深圳发展。

　　2015 年 12 月，因为怀念舅舅、舅妈，我写了《青石板上的守望与怀念》一文。没有想到从此就打开了我故乡记忆的匣子，因为情绪所致，或因一念闪现，我陆续写了一些关于家乡的文章，追忆家庭亲情、乡村环境和童年生活，感怀世事变迁。很快我就走进了"日暮乡关何处是"的淡淡忧伤之中，越来越担心家乡非常美好的一切都随风消散。带着这样的情绪回乡，看到长辈们逐渐老去，同辈人随子女进城生活，四散他乡，晚辈青少年又大多不认识，物是人非的感觉十分强烈。后来，又有更让人震惊的消息传达，琅琊村的大部分地方都被纳入武潭镇扩建征地范围了。此后，陆续有照片传来，村里农田变工地，很快被水泥广场、街道和商住小区所覆盖，自家老宅也已被拆掉，屋坪、菜园、茶园都被推平，封在了水泥之下。

二

　　直到汇编这组文章的时候，我才意识到在写作和整理文稿过程中，自己经历了一次情感治愈。

　　文章写好后，我总是先发在自己的微信公众号"新天茶座"里，也经常转到微信"朋友圈"中。《桃花依旧笑春风》记录了童年伙伴桃花姑娘

的不幸经历，在长沙高中同学群里引起议论，有同学留言建议："找到她，悄悄地帮帮她，但不要让她知道。"不久，外甥女就告诉我："桃花找到了，她早些年曾经到广东打工，有一儿一女，现在过得很好……"听闻此言，我心释然，同学们鼓掌。

2019年元旦，我开车回乡，住在了镇上的酒店，返深后写了《我静静地，回乡走一圈》。文章被转到乡亲们的朋友圈后，很快我就被拉进了小学班级同学群里。《永不消逝的老街》一文追忆武潭老街的古朴风貌，一位小店主对自己有哺乳之恩，我叫她"妈妈"。群里一位女同学兴奋地告诉我，"小店妈妈"是她亲妈，并且发来了一年前老人家去上海旅游的照片。女同学早已远嫁怀化市，妈妈仍在小镇上生活。于是，我立马改称同学为"姐姐"，并请她向老人家问好谢恩。

我只在村小就读一年，虽然和群里的同学大多已几十年不曾谋面，但进群后聊得十分开心。大家在群里相约爬山、秀广场舞、为自己参加市里歌唱比赛和孙子参加全国朗诵比赛拉票、为自家商店的新货做广告，信息林林总总，生活丰富多彩。同学们的发展和生活状况，远远超出了当年自己的向往，超出了父辈的期望。村小一个年级只有一个班，现在同学中有本县优秀企业家，有镇上各种店主，有医生、教师、工程师，还有处级和厅级干部。同学的后辈发展就更加多元化了，前不久，班长去北京参加了孩子北京大学博士毕业活动……

三

对家乡的追忆、与同学们的交流抚慰着我的乡愁，更让我有所思考。回顾家乡的历史与传统，关于祖辈有一个主题词：家族生存、抱团取暖。关于父辈的主题词是：艰苦朴素、勤劳慈爱。而我们这一辈是：继承发展、奋发图强。然而在21世纪的后辈看来，他们的祖辈、父辈都是同一时代的同一类人，而且属于我们的一页正在慢慢地翻过去，而新的一页必定是更加精彩的华章。他们的主题词应该是：突破瓶颈、海阔天空。这似乎与一篇文章的主题相一致：一切过往皆为序章！

关于故乡，我非常珍视一个概念"水坝"。我家建在小水坝边，也像是个"小水坝"，亲人们在这里生长，积蓄能量，去往远方，然后回乡探亲、充电，最终衣锦还乡，或叶落归根。这与水在土地、水体和空中的循环非常相似。家兄由舅舅、舅妈扶养成长，很好地继承了二老的优秀传统，在深圳建起了一座"别样的家乡水坝"，乡里乡亲来广东打工时，不少都会暂住兄嫂家，直至找到满意的工作才离开。我家老宅被拆除后，我曾痛心疾首，感到家乡之根已毁于一旦。后来，在老宅位置建起了武潭镇中心完小的新校园，外甥女随迁来到新校园，在自己生长的土地上当老师。我又觉得曾经引以为傲的"耕读人家"，现在成了小镇文化重地，成为一个更大的"水坝"，这也算是一个不错的结局吧。

现在，琅琊村已从农业乡村发展为武潭镇的琅琊社区，我又加入了琅琊社区居民微信群和武潭镇文化交流微信群，视野也随之扩大。开始关注小镇因为修建马迹塘水电站大坝而兴旺，而且镇旁的资江因大坝而变得更加江深水阔，秀美如杭州西湖。家乡子弟从这里出发打拼，已遍及南疆北国，大城小市，呈现出一个更大的"大水坝"格局。

数一数曾经在一起生活，现在却逐渐散去的亲友、同学，看一看乡里乡亲各自发展各自精彩，文化基因流淌在血液里，乡情乡愁萦绕心间。我曾经感慨："清清资江水深江阔，风景美得让人心醉，抬头是蓝天白云，低头是清波云影，谁知道哪片云把雨洒到了江里，谁又知道哪朵浪花曾是天上的云彩。"在《我静静地，回乡走一圈》一文结尾写道："我们的经历倒是与陶罐有几分相似：大家都是由家乡泥土做成的坯子，挂上一层釉料后就离开了，然后经过社会上不同炉子、不同火候的烧制，还有不同环境的浸润，才成就了陶罐不变的质地、多变的釉彩和丰富的沁色。"

我对这种感觉，只是用平淡话语如实记录，而席慕蓉的一首诗《七里香》，却别有一番滋味：

溪水急着要流向海洋，
浪潮却渴望重回土地。
在绿树白花的篱前，
曾那样轻易地挥手道别。
而沧桑了二十年后，
我们的魂魄却夜夜归来。
微风拂过时，
便化作满园的郁香。

在这种情愫萦绕中，我唯一担忧的是，在家乡快速发展的进程中，应该更加前瞻地做好科学规划，更多考虑保留一些地方历史印记与文化特色。比如，武潭街保留临水吊脚楼风格；琅琊社区可以保留一段琅琊溪，作为社区景观。如果在古石桥处保留一片水域，建成景观小湖，让石桥和大树仍留在水中央，宛如小岛，则既有景观价值，又有历史文化价值，那该是多好的事啊！

或许，以上这些感受和想法，正是我写作和整理这本集子的原因吧。

四

人到中年，忙忙碌碌，如履薄冰地工作，我抽空完成这组文章用了较长时间。幸运的是我有一群小伙伴，曾一起创办了有影响力的行业网站、开通了微信公众号和微博，在他们鼓励下我开设了自己的微信公众号"新天茶座"。我在"新天茶座"发文章时，经常得到他们很好的意见建议，并且能够及时看到亲友们的留言反馈，进行互动。

我要感谢两位老师，一位是谢立虎先生，他是深圳市中学生文联的秘书长，长期致力于推动深圳青少年青春阅读和阳光写作，成绩斐然。他在百忙中经常与我沟通交流，给我鼓励与指导，使我下定决心把这组文章写完，并做好整理编辑。另一位是陈冬平先生，他既是一所中学校领导，又是写作高手，还是文艺评论和阅读与写作指导名师，每每在我的文章后面写下大加鼓励和悉心指导的评论，让我受益良多。

正是由于小伙伴们和两位名师的鼓励，才让我坚持忙里偷闲，甘之如饴地写家乡小记，把直抒胸臆的过程作为丰富生活、滋养内心的途径。躲进书房成一统，此心安处是吾乡。

需要特别感谢的还有胡立根老师和王荟姝老师。胡立根老师与我同姓、同乡、同行，是我的师长，在为学、为人、为事等方面给予我启迪良多。他在百忙中为我的小集子作序，多有溢美之词，我从中感受到关爱、鼓励和鞭策，也体会到了老师引导我深入思考的提点。王荟姝老师为集子精心创作插图，作品巧于想像、善于夸张，画风却和她本人的形象、气质一样和美、优雅，给集子增色不少。

编完这本集子，算是为日新月异的家乡做了件实事吧。因为我已落户深圳二十几年，"客而家焉"成了我内心情感的真实写照，而且我也目睹深圳和周边生活过的地方，正在发生与老家一样的变迁，所以一并作些记录，收录其中。